岩 波 文 庫

31-202-5

折々のうた 三六五日

——日本短詩型詞華集——

大 岡 信 著

岩 波 書 店

目次

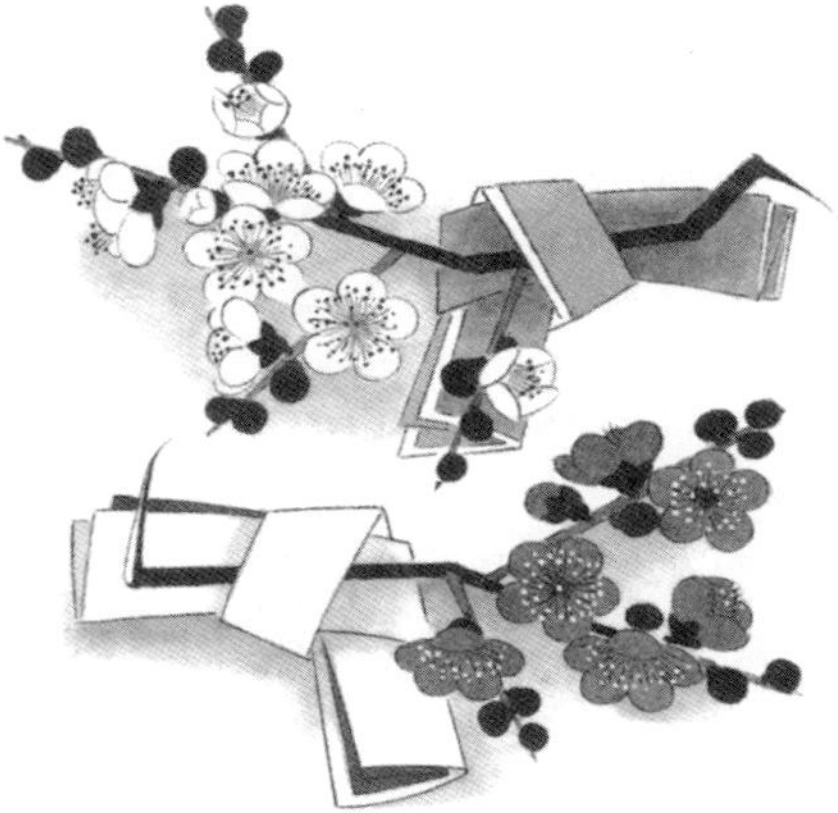

一月　9
二月　41
三月　71
四月　103
五月　135
六月　167
七月　199

八月　231
九月　263
十月　295
十一月　327
十二月　359
あとがき　391
「見渡し」による詩の織物（堀江敏幸）　393
索引

扉画　大野俊明
本文カット　〈日本の文様〉より

折々のうた　三六五日

一月

一月一日

通りますと岩戸の関のこなたより春へふみ出すけさの日の足

智《ち》恵《えの》内《ない》子《し》

『徳和歌後万載集』巻一春。江戸時代天明期に全盛を誇ったいわゆる天明狂歌の女流第一人者。号は古来の女官名内侍《ないし》をもじり、あわせて智恵が無い女と洒落たもの。夫であるもとの木網《もくあみ》も狂歌界元老の一人だった。「通ります」は当時関所を通る時通行人がいった決まり文句で、歌は天の岩戸の神話をふまえて、新しい年の日の足(月日の歩み)が、年の変わり目の関所を新春へ一歩踏み出す図である。教養豊かな女流の作は、さすがに優雅でのびやか。

智恵内子(一七四五―一八〇七)狂歌師。金子通女(一説に、すめ)。狂歌師、もとの木網の妻。国文学の素養が豊かで、節松嫁々(ふしまつのかか)とともに天明狂歌女流の双璧だった。

一月二日

長松《ちやうまつ》が親の名で来る御慶《ぎよけい》かな

志《し》太《だ》野《や》坡《ば》

『炭俵』所収。芭蕉晩年の愛弟子。江戸の両替店越後屋の手代だった。蕉風の「軽み」を代表するとされる『炭俵』を越後屋で同僚の孤屋・利牛と共撰した。「長松」は当時よく丁稚《でっち》につけた名前。丁稚奉公の年季があけて実家に帰った少年が、奉公していた店へあらたまっての年始参りである。親の名を襲名して、いかにもりっぱな何の太郎兵衛になってやって来た。頬笑ましくもまた新年らしいめでたさである。

志太野坡（一六六三—一七四〇）江戸中期の俳人。越前福井の商家に生まれ、江戸に出て両替店番頭となる。のち大坂在住。蕉門の軽みの代表撰集『炭俵』を編む。活発な俳諧活動で門人千余人を数えたという。

一月三日

新《あら》しき年の始《はじめ》の初春の今日降る雪のいや重《し》け吉事《よごと》

大伴家持《おおとものやかもち》

『万葉集』巻二十、巻尾の歌。天平宝字三(七五九)年元日、因幡《いなば》(鳥取県)の国守として赴任していた家持が、国庁の役人たちと新年の宴を催した時の祝の歌。万葉集はこの歌をもって全巻の幕を閉じる。新年とあるが、陽暦では二月半ばである。新春の雪が降り積もる。そのようにめでたい事もいよいよ積み重なれよと希願をこめて歌う。家持の因幡行きは左遷だったが、この賀歌には堂々たる風格がある。懐かしい歌人だ。

大伴家持(生年不詳—七八五) 『万葉集』中、群を抜いて作歌数が多く、同集の最終的な整理編纂者に擬せられている。繊美な歌風は後期万葉時代を代表する。政治的には不遇であった。旅人の子。

一月四日

わらんべの溺るるばかり初湯《はつゆ》かな

飯《いい》田《だ》蛇《だ》笏《こつ》

『山廬集』（昭七）所収。「初湯」は新年はじめて入浴する湯。在来の風習では正月二日の行事とされてきた。昭和六年の作で、蛇笏は四十七歳。前年「をりとりてはらりとおもきすゝきかな」、二年後「くろがねの秋の風鈴鳴りにけり」の名吟があり、俳人として力の充実しきった時期だった。蛇笏は端正で剛直な句の作者として知られるが、その人にこんな楽しい句もある面白さ。もちろん「溺るるばかり」という生き生きした表現が眼目である。

飯田蛇笏（一八八五―一九六二）俳人。山梨県東八代郡境川村に旧地主の長男として生まれる。早大文科に学ぶが、生家の要請で郷里に戻る。「ホトトギス」の代表的俳人の一人。「雲母（うんも）」を創刊して、姿勢正しい独自の句境を展開。『山廬集』『山響（こだま）集』など。

一月五日

雪のうちに春は来にけり鶯《うぐひす》の氷れる涙いまや解くらむ

二条《にじよう》のきさき

『古今集』巻一春歌上。うぐいすは冬の間谷間にこもり、春がくるとまっさきにそれを告げる春告鳥《はるつげどり》とされていた。雪にとざされてはいるが、もう春。そのよろこびを、うぐいすの氷っていた涙も今や解けようと言いとめた印象的な着想が非凡で、後世にも影響を与えた。作者は晩年男性関係のスキャンダルで后位を剥奪される事件をおこし、不遇をかこった。この歌にその嘆きの投影を見る見方もある。ありうることかもしれない。

二条のきさき（生没年不詳）藤原長良（ながよし）の女（むすめ）高子。清和天皇の女御となり、陽成天皇の生母となった。『伊勢物語』中に、入内前の高子と在原業平の悲劇に終った情事に取材したらしい悲恋物語がある。

一月六日

春日野はけふはな焼きそ若草のつまもこもれりわれもこもれり

よみ人《ひと》しらず

『古今集』巻一春上。早春、新草がよく育つよう枯野を焼く。春日山のふもとで野焼きする農民に、今日はやめておくれ、いとしい妻も私も野にこもっているから、とよびかけた歌で、明るい歌謡調のためであろう、広く愛誦された歌。「な……そ」は制止。「若草の」は、つま(夫・妻)の枕詞。正月最初の子《ね》の日、野に出て小松を抜き、また若菜を摘んで食べ、長寿を願う習慣があった。それに関係ある恋の歌。

よみ人しらず　歌の撰集で、作者が不明である場合に用いられた語。『古今集』以後の勅撰集に多い。作者名をあきらかにしにくい事情がある場合も用いられた。

一月七日

ねこに来る賀状や猫のくすしより

久《く》保《ぼ》より江《え》

『ホトトギス雑詠選集　冬之部』(昭一八)所収。「くすし」は医師。ふだん飼い猫がかかっている医師から、猫あてに年賀状が来たのである。大正十五年の作。七十余年前の日本人の生活情景である。今では動物医院からカレンダーが届くことはあるが、年賀状となると、さていかが。作者は松山の生まれ。彼女が少女期を過ごした伯母の上野家では、松山中学教師夏目漱石が下宿していたため、彼女は漱石やその友で松山出身の子規にかわいがられた。

久保より江(一八八四―一九四一)俳人。伊予松山生まれ。少女時代までを過ごした伯母の家が、一時、漱石、子規の下宿だった。府立第三高女卒。医博で歌人の久保猪之吉に嫁す。『より江句文集』、文集『嫁ぬすみ』。

一月八日

竹馬やいろはにほへとちり〴〵に

久保田万太郎《くぼたまんたろう》

『道芝』(昭二)所収。竹馬はかつて子供の特に冬の遊びだった。幼な友達を竹馬《ちくば》の友というのもここから出ているが、長ずれば皆散ってゆくのが人の世のさだめだ。「いろはにほへと」を一緒に習った仲間が、「色はにほへど散りぬる」さまに散ってゆく。まるで「いろは」四十八文字の散らばりのように。久保田万太郎は浅草に生まれ育った作家だが、下町少年の感傷はまた万人の感傷でもあろう。

久保田万太郎(一八八九―一九六三) 小説家、劇作家、俳人。東京、浅草生まれの浅草育ち。「三田文学」出身。下町情緒、古風な義理人情を描く。小説『春泥』『花冷え』、戯曲『大寺学校』など。自選句集『草の丈』『流寓抄』他。

一月九日

かすが野の雪まをわけておひ出《い》でくる草のはつかに見えしきみはも

壬《み》生《ぶの》忠《ただ》岑《みね》

『古今集』巻十一恋歌一。「はつかに」は、わずかに。初句から「草の」までは、「草のは」の「は」の縁で「はつかに」を引き出すための序詞。意味としては、一目見ただけであなたにこんなにも恋してしまいました、というだけだが、雪の割れ目から若草が萌え出る姿に、ういういしい相手の印象を重ねているため、ひろがりのあるいい歌になっている。作者は『古今集』の四人の選者の一人。

壬生忠岑(八六〇頃—九二〇頃)平安前期の歌人。下級官吏ではあったが、歌人としては早くから知られ、貫之らとともに『古今集』を撰した。三十六歌仙の一人。歌論書『和歌体十種』は後世の歌論に影響を与えた。

一月十日

奥白根《おくしらね》かの世の雪をかゞやかす

前田《まえだ》普羅《ふら》

『定本普羅句集』(昭四七)所収。大正期虚子門四天王の一人。友人飯田蛇笏とともに男性的な山岳詠に秀吟を多く残した。昭和十二年発表の「甲斐の山々」連作五句は特に有名で、右はその結びの一句。同時作の一つに「駒ケ嶽凍て《い》ゝ巌《いはほ》を落しけり」もある。雪におおわれた奥白根を遠望して、峻厳かつ浄らかな山の霊気をみごとに言いとめている。「かの世の雪」という表現が絶妙。

前田普羅(一八八四―一九五四)俳人。東京生まれ。新聞記者として富山に赴任、永らく住む。高浜虚子のもとで「ホトトギス」の主要俳人となる。裏日本の山嶺を詠った句にすぐれたものが多い。「辛夷(こぶし)」の選者、後主宰。『普羅句集』など。

一月十一日

心とて人に見すべき色ぞなきただ露霜の結ぶのみ見て

道《どう》　元《げん》

『傘松道詠』所収。曹洞宗開祖で『正法眼蔵』の大著がある。『傘松道詠』は和歌によって禅の根本精神を詠じた詠草集。「大空に心の月をながむるも闇にまよひて色に愛《め》でけり」という歌もあり、大空に心の月がこうこうと照っているのを見ていながら、欲望の闇に迷って色の世界に執している愚かさを歌う。掲出歌も心の世界を歌っているが、表現はさらに純化されている。心は元来無色、露霜も無色、色なき世界に色なきものが生滅するのみ。

道元（一二〇〇―五三）　鎌倉前期の思想家。曹洞宗開祖。父は内大臣久我通親。二十四歳の時入宋、如浄に謁して大悟。帰国後、建仁寺に住するが、参ずる者多く、叡山の圧迫を受ける。越前に下り、永平寺建立。主著『正法眼蔵』は、禅の教理と修行を論じたもので、仏教哲学の最高峰の一つ。

一月十二日

孤愁《こしゆう》　鶴を夢みて　春空《しゆんくう》に在り

夏《なつ》目《め》漱《そう》石《せき》

『漱石全集』所収。漱石は少年時から漢詩文を好んだ。学生時代に始まり生涯にわたって多くの漢詩を作った。とくに死去の年(大正五年)には新聞連載『明暗』の執筆と並行して、死の直前まで、七十首もの漢詩を作った。小説は午前中、詩は午後。右の詩句は九月十三日作の七言律詩より。山中に住まいする自由人の暮らしをえがく詩の最終行である。男の孤愁が、鶴を夢みつつ春の空にかかっているのである。

夏目漱石(一八六七―一九一六)作家。『吾輩は猫である』『坊っちゃん』などで絶大な人気をもつ。近代的自我の苦悩を主題に据えた『それから』『こころ』『明暗』など、終始近代日本の根本問題にふれた作家活動を続けた。俳句・漢詩の作者としても抜群だった。

一月十三日

豊年《とよとし》のしるしは　尺《しやく》に満《み》ちて降《ふ》る雪《ゆき》

中古《ちゆうこ》雑唱集《ざつしようしゆう》

平安以来の声曲の家、綾小路家の秘説中にしるされた短詩形の歌。朝廷の五節《ごせち》の儀式と宴の折にうたわれた歌詞の一つ。今の都会生活では、たとえ大雪を喜ぶ人でも、この歌のような寿ぎかたはほとんどしなくなってしまった。大雪の年必ずしも豊年とはいえないが、かつては四季の風物の実感も、農作物の豊凶への予測といった切実な関心と切り離せぬものだった。景色を見る目は昔も今も同じだなどと、軽々しく言うことはできない。

中古雑唱集　伴信友が天保六(一八三五)年に編纂した、平安時代以降室町時代にいたる雑唱の集成。『土佐日記』『枕草子』などに引かれている舟歌や田歌、神社に伝わる神事歌、その他随筆などに引かれている今様や神楽歌などを集録。鎮花祭歌についての詳しい考証など貴重な知見も含まれる。

一月十四日

あはれ。あなおもしろ。あなたのし。あなさやけ。をけ。

古語拾遺《こごしゅうい》

古代から伝承された旧説を録した平安前期の歴史書『古語拾遺』に、天照大神が身を隠していた天の岩戸から再び世に立ち現れたとき、闇に再び光が戻ったのを喜んで神々が歌い舞った曲として録される。この歌の語句はすべて、歓喜の情を盛った単純率直なはやし詞に近い。「おもしろ《しろ》」は大神の出現で明るくなり、互いの面《おも》が明白くなったことと同書は説く。面上の明るみのよみがえりを「面白い」として喜び祝った古代の心。

古語拾遺　平安前期の歴史書。大同二(八〇七)年斎部広成(いんべのひろなり)が撰した神代以来上古伝承の書。中臣氏と並んで朝廷の神事にあずかってきた斎部氏が、平安前期に至って中臣氏に圧倒され衰微したのを嘆き、口承された斎部氏の故実を正しく伝えるべく漢文に書いて朝廷に献じた。記紀に洩れた事実も含まれる貴重な古代研究の文献。

一月十五日

木に花咲き君わが妻とならむ日の四月なかなか遠くもあるかな

前《ま》田《え》夕《だ》暮《ゆう》

『収穫』(明四三)所収。今はまだ冬、木に花は咲いていないのである。四月が来れば、木に花は咲き、佳き人はわが妻になるのだ。明治四十二年、夕暮二十六歳当時の作。彼は前代を支配していた「明星」派の歌風に対抗し、自然主義に立脚した歌を生むべく、作に論に意気軒昂たるものがあったが、四月の待ち遠しさをいうこの歌には、やや訥弁の調べにさえ、愛すべきういういしさが溢れている。

前田夕暮(一八八三—一九五一) 歌人。第一歌集『収穫』により、「明星」の浪漫主義に対抗し、自然主義短歌の担い手として、「牧水夕暮時代」とよばれる活躍ぶりを示した。外光的な色彩に富む作風だが、生涯にいくつかの重要な転換があった。『生くる日に』ほか。

一月十六日

寒晴《かんばれ》やあはれ舞妓《まひこ》の背の高き

飯《いい》島《じま》晴《はる》子《こ》

『寒晴』(平二)所収。「寒晴」の語は普通の辞書には立項されていない季語である。俳人たちが、短い単語で的確に季節を表現するための言葉さがしに苦心してきたさまがよくうかがえる。「寒晴」の語は、冬の晴天を一語よく表現し得ている。右の句はこの語へ、「あはれ舞妓の背の高き」と付けているが、これは「寒晴」の語に対するみごとな注釈という感じの付けだ。

飯島晴子(一九二一―二〇〇〇)俳人。京都生まれ。京都府立第一高女卒。「馬酔木」に投句。「鷹」創刊とともに同人として参加。句集『蕨手』『寒晴』『儚々(ぼうぼう)』、評論『俳句発見』など。

一月十七日

微笑《ほほえみ》が妻の慟哭《どうこく》　雪しんしん

折《おり》笠《がさ》美《び》秋《しゅう》

『君なら蝶に』（昭六一）所収。作者は新聞記者だった。俳人高柳重信に師事、その信頼篤く、重信を中心とする「俳句評論」の編集にも携わったが、筋萎縮性側索硬化症という難病にかかり、全身の筋肉が不随になるという絶望的な不運に襲われた。人工呼吸器で命を保った。目と口は動かせるが声は出せない。そんな状態で何年も闘病し、句を作って死んだ。句は夫人が書きとった。「微笑が妻の慟哭」の一句、正に肺腑をつく。

折笠美秋（一九三四―九〇）　俳人。横須賀市生まれ。早大卒。新聞社勤務。難病の筋萎縮症を発病、闘病生活を送る。「俳句評論」創刊同人。句集『君なら蝶に』。

一月十八日

鮟鱇《あんかう》の骨まで凍《い》ててぶちきらる

加《か》藤《とう》楸《しゆう》邨《そん》

『起伏』(昭二四)所収。鮟鱇の姿は見映えのするものではない。それがぶら下ったままぶちきられている。「骨まで凍てて」は誇張だが、「ぶちきらる」という思いきりのいい言葉で受けとめたので、動かしがたい表現となり、句となった。楸邨の代表作として名高いが、戦後肋膜炎で長らく病臥していた時の吟だという。すると、これは病床の想像に見えた光景だと思われる。この鮟鱇には作者自身がいるのだろう。悲愴感があるが、また複雑な笑いもある。

加藤楸邨(一九〇五―九三) 俳人。水原秋桜子に師事。昭和十五年、「寒雷」を創刊、主宰。人間探求派とよばれ、中村草田男らとともに現代俳句に新領域を切り拓いた。『寒雷』『野哭』『吹越』他。

一月十九日

海にして太古の民のおどろきをわれふたたびす大空のもと

高村光太郎《たかむらこうたろう》

『高村光太郎全集』所収。高村光太郎は彫刻家で詩人だったが、また砕雨《さいう》と号して、与謝野鉄幹主宰の「明星」に加わったこともある歌人でもあった。この歌は美校生だった彼が、明治三十九年二月、彫刻修業のため渡米したとき、船中で作ったもの。「洋行」は当時男子一生の大事業というべきものに近かった。高村青年は緊張もしていただろう。不安と希望に胸を騒がせてもいただろう。けれど歌は悠揚のおもむきをたたえ、愛誦するにふさわしい。

高村光太郎（一八八三―一九五六）詩人、彫刻家。欧米に留学し、ヨーロッパの近代精神を吸収して帰国。第一詩集『道程』はめざめた自我が封建的遺制を多く残す日本近代社会と衝突して経験する苦闘の上に成った近代詩の大きな所産。詩集『智恵子抄』などのほか芸術論も多い。

一月二十日

石《いは》ばしる垂水《たるみ》の上のさ蕨《わらび》の萌《も》え出づる春になりにけるかも

志《し》貴《きの》皇《み》子《こ》

『万葉集』巻八の巻頭を飾る。春の名歌として愛されてきた。「石ばしる」は石の上をはげしく流れるさまをいう。「垂水」は滝。石の上をはげしく流れる滝のほとりに、さわらびも芽を出す季節になったのだ。冬は去った。さあ、野に出よう。志貴皇子は天智天皇の皇子。万葉には六首残すだけだが、おおらかな調べは天性の歌人たることを示している。右の歌は『新古今集』にも若干歌詞を変えて採られている。

志貴皇子（生年不詳—七一六）天智天皇の皇子。光仁天皇の父であるため、追尊して春日宮天皇と称された。『万葉集』に短歌六首。情感にあふれた佳作が多く、その家系から湯原王、市原王らすぐれた万葉歌人を出した。

一月二十一日

珍らしき春にいつしか打ち解けてまづ物いふは雪の下水《したみづ》

源《みなもとの》頼《より》政《まさ》

『頼政集』春。平清盛の横暴を憤って挙兵したが宇治で敗れ、平等院に自決した源三位頼政。宮中で怪鳥鵺《ぬえ》を射落した武勇談は有名である。武骨ぞろいの源氏武者中抜群の歌人だった。歌風は率直で情感に富む。一年ぶりの珍客春の訪れにおのずと「打ち解け」(氷が解けの意に、うち寛《くつろ》いでの意が重なる)話しかける雪どけの下水。氷の下を行くせせらぎに、春に語りかける最初の声を聞く心躍りは、昔も今も変らない。

源頼政(一一〇四—八〇) 源平争乱時代の武将で、歌人としても著名。保元の乱には後白河天皇方に、平治の乱には同族の義朝をすてて平清盛方に参じ功をたてた。のち以仁王(もちひとおう)を奉じて平氏追討の兵を挙げるが、敗れて自刃。家来の猪早太との鵺(ぬえ)退治の逸話は有名。家集『源三位頼政卿集』。

一月二十二日

おもしろき野をばな焼きそ古草に新草《にひくさ》交じり生《お》ひは生ふるがに

東《あずま》歌《うた》

『万葉集』巻十四雑歌。「がに」はガネの訛りで「……するように」の意。「この野原はすばらしいぞ。焼いてくれるな。冬枯れの古草の間に春の新しい草がまじって、生えるだけ生えるように」。春先、焼き畑のため野を焼いている人にむかって第三者がよびかけた形の歌である。他愛ない内容のようだが、言葉に生気と一種の愛嬌があるのがいい。妙な連想だが、教育も「おもしろき野」の一種だろう。

東歌　『万葉集』巻十四、『古今集』巻二十にある東国の歌。労働作業歌、民謡として歌われてきたものか。方言を多く含み、野趣ゆたかで純粋朴直。恋歌が多い。『万葉集』中には二三〇首。

一月二十三日

一片《ひとひら》を解き沈丁《ぢんちやう》の香となりぬ

稲《いな》畑《はた》汀《てい》子《こ》

『稲畑汀子集　春光』(昭六一)所収。沈丁花は数ある春の花の中でもぬきん出て芳香の高い花。沈香や丁香に似た香をたたえられてこの名がある。早春、淡雪も時には舞うころ、厚い葉の間でつぼみがほころび、外側は紫紅色、内側は白の花が開く。とくに宵闇の中で香を放つ沈丁花は、嗅覚を通じて春のときめきを鮮やかに伝える。花びらの表現が沈丁花にしては柔らかだが、作者の意図はむしろ芳香の洩れる最初の瞬間を映像的にとらえる点にあったろう。

稲畑汀子(一九三一―二〇二二)俳人。神奈川県生まれ。高浜年尾の次女。虚子の孫。幼時より俳句に親しんだ。父没後「ホトトギス」主宰。『汀子句集』『障子明り』『春光』など。

一月二十四日

廻《めぐ》る杖は空を飛びて初月《みかづき》かと疑ふ
奔《はし》る毬《まり》は地を転《まろ》びて流星に似る

嵯《さ》峨《が》天《てん》皇《のう》

『経国集』巻十一。「早春打毬《だきゅう》を観る」と題する七言律詩より。平安前期日本と国交の盛んだった北の国渤海《ぼっかい》の使節が、芳春の宮中の庭で、音楽に合わせ現在のポロに似た騎乗球技を披露してみせたらしい。それを詠んだ珍しい詩。球を打つ杖が三日月のようだとあるのは、形が湾曲しているのを三日月に見立てたのである。嵯峨帝は大陸文明の摂取に積極的で、弘法大師空海とも親交があった。書に秀で、空海、橘 逸勢《たちばなのはやなり》と共に三筆の一人とされる。

嵯峨天皇（七八六―八四二）平安前期の漢詩人。第五十二代天皇。桓武天皇第二皇子。「格」「式」の法典化を推進。勅撰に『新撰姓氏録』『凌雲集』『文華秀麗集』。次の淳和天皇勅撰『経国集』と上記二詩集とに合わせて百首余りの漢詩を残す。三筆の一人。

一月二十五日

眼を閉ぢて深きおもひにあるごとく寂寞《じやくまく》として独楽《こま》は澄《す》めるかも

植《うえ》松《まつ》寿《ひさ》樹《き》

『庭燎《にわび》』（大一〇）所収。窪田空穂に師事し「沃野」を創刊主宰した。初期の代表作。二十代の青年の歌とは思えないほど言葉は熟し、観察眼が澄んでいる。独楽がゆるぎない安定した回転に入った状態を、眼を閉じて深い瞑想に入っているように、と形容し、読者をいったん奥深く誘いこむ。ついで結句の「独楽は澄めるかも」で、再びさわやかな外光のもとに戻ってくる手腕がみごとである。

植松寿樹（一八九〇―一九六四）歌人。東京生まれ。実業界に職を得たが、のち芝学園の国語教師となった。窪田空穂の門に入り、「国民文学」で活躍。「沃野」創刊、主宰。『庭燎』『白玉の木』など。

一月二十六日

春寒《しゅんかん》や日闌《た》けて美女の嗽《くちすす》ぐ

尾《お》崎《ざき》紅《こう》葉《よう》

『紅葉句集』(大七)所収。明治中葉、若くして文豪と仰がれた紅葉は、俳人としても一家をなす作者だった。ただ西鶴崇拝の彼は、初期俳諧談林調の影響が尾をひき、同世代の正岡子規の革新性には欠けていた。これは彼の句の一特徴とされる艶麗な情緒の句。春は浅く風はまだ肌寒い。早起きを怠った美女が、日もたけて起き出し嗽いでいる。おそらく遊里の情景だろうが、そう限定しないで読む方が面白いように思われる。

尾崎紅葉(一八六七―一九〇三)小説家、俳人。江戸の生まれ。山田美妙らと硯友社を結成。回覧雑誌「我楽多文庫」を創刊。出世作は『二人比丘尼色懺悔』。代表作『多情多恨』『金色夜叉』で名声をほしいままにした。

一月二十七日

淡海《あふみ》の海《うみ》夕波千鳥汝《な》が鳴けば情《こころ》もしのに古《いにしへ》思ほゆ

柿本人麻呂《かきのもとのひとまろ》

『万葉集』巻三。「淡海の海」は琵琶湖。「夕波千鳥」は夕波に遊ぶ千鳥のことで、人麻呂の造語とされる。「しのに」は悲哀で心がしっとり濡れての意。近江の大津には天智帝がたてた都があったが壬申《じんしん》の乱で壊滅した。人麻呂はこの乱後に詩人として大成した人だが、近江におもむいて荒都鎮魂の歌を詠むなど、「古《いにしえ》」の都と人を悲傷する思いがひときわ深かったらしい。右の歌の調べ、そういう心情を巧みに言葉に盛っていて、心にしみる調べがある。

柿本人麻呂（生没年・伝不詳）いわゆる白鳳時代、万葉最盛期の最も多力な歌人で、長歌にも短歌にもすぐれていた。いわば専門的な歌人としての自覚をもった最初の人だろうと考えられる。宮廷歌人として慶弔いずれの分野においても国家的立場で作歌したが、個人的な愛の歌にも多くの秀作を残した。

一月二十八日

家にありし櫃《ひつ》に鏁《かぎ》刺し蔵《をさ》めてし恋の奴《やつこ》のつかみかかりて

穂《ほ》積《づみのみ》親王《こ》

『万葉集』巻十六。天武天皇第五皇子。異母兄高市《たけち》皇子の妃但馬皇女《たじまのひめみこ》との恋で評判になった。晩年にはまだ十代半ばだった大伴坂上郎女《おおとものさかのうえのいらつめ》をめとり、深く愛した。それらから推すに、なかなかの艶福家だったとみえる。この人が酒席で興に乗るたび歌ったざれ歌だと注記がある。家にあった櫃(長びつの類)に錠をしてとじこめておいたのに、恋のヤッコめ、苦もなく抜け出て俺さまにつかみかかりおって。恋の苦しみを笑いに変えて歌った。

穂積親王(生年不詳—七一五)万葉歌人。天武天皇第五皇子。母は蘇我赤兄の女。異母兄高市皇子の妃で、異母妹にあたる但馬皇女との悲恋で知られる。親王は勅命によって志賀の山寺に移され、二人の間は裂かれた。

一月二十九日

春さればしだり柳のとををにも妹《いも》は心に乗りにけるかも

柿本人麻呂歌集《かきのもとのひとまろかしゅう》

『万葉集』巻十春の相聞《そうもん》。「春されば」のサルは移るの意。春になると。「とをを」(撓)はタワワの母音が変化した形で、たわみしなうさま。「妹」は愛する女、妻。春になるとしだれ柳がたわたわとしなう、それと同様、私の心がしなうほどに、いとしい妻よ、わが心の上におまえは乗ってしまって。心という、手にとれず、目にも見えないものの上に、たしかにひとりの女が乗っている面白さ。

柿本人麻呂歌集　万葉集の十数カ所に『柿本人麻呂朝臣之歌集』より採った歌なるものがあることによって存在の知られる古歌集。人麻呂の作品を含むことは確かであるが、彼の採集した諸国の民謡や、人麻呂作と信ぜられたもの、女性の歌らしいものも含んでいる。『万葉集』にある本書からの歌は、長歌、短歌、旋頭歌約三八〇首。

一月三十日

黛《まゆずみ》を濃《こ》うせよ草は芳《かんば》しき

松《まつ》根《ね》東《とう》洋城《ようじょう》

『東洋城全句集』（昭四一）所収。漱石門下生。「ホトトギス」初期の有力者で、虚子は一時自分の後継者と考えたようだが、後年離反した。右は明治三十九年作。若草がいっせいに萌え出て芳しい春の天地の中、あなたの眉墨をも濃くおひきなさい、若草さながら芳しく。東洋城は俳句の音調を重んじた。この句のみずみずしさは、カ行音のよく響く、歯切れいい漢文調の語感を生かした句の勢いからも来ているだろう。

松根東洋城（一八七八―一九六四）俳人。東京生まれ。松山中、一高、東大および京大法卒。宮内省に入る。漱石門。「渋柿」創刊、主宰。芭蕉俳諧の理念を追求し、連句興行なども行った。句集『黛』『薪水帖』、評論集『漱石俳句研究』など。

一月三十一日

私の耳は貝のから
海の響《ひびき》をなつかしむ

堀口大學《ほりぐちだいがく》訳、コクトー

訳詩集『月下の一群』(大一四)所収。二行詩。題は「耳」。この訳詩集の出現は当時の詩界に鮮烈な感銘を与え、昭和時代に入っての新世代の詩の形成に大きな影響を与えた。明治期からすでに知られていた十九世紀の西欧詩人らと並んで、とくに二十世紀フランスの新詩を多く紹介した。コクトーもその一人で、「耳」はとりわけ愛誦された。耳と貝がらの形態上の暗合が開く大きな海への扉。翻訳であることを忘れさせる日本語の、自然で高雅な美しさ。

堀口大學(一八九二―一九八一) 詩人。短歌から出発したが、師与謝野鉄幹のすすめもあり詩に転じた。多年欧米ですごした。訳詩集『月下の一群』で昭和詩壇に大きな影響を及ぼす。詩集に『月光とピエロ』以下多数。洗練瀟洒な詩風の中で人生洞察を歌う。

二月

二月一日

こしかたゆくすゑ雪あかりする

種《たね》田《だ》山《さん》頭《とう》火《か》

『草木塔』(昭一五)所収。波乱の前半生ののち出家得度した山頭火は、大正末年から昭和十五年の死の直前にいたるまで、日本中を一笠一杖の身で漂泊しつづけた。これは十四年十二月半ば、松山市に仮寓一草庵を得てやっと安住した時の句で、「帰居」と前書きする。来し方も行く末も茫洋、しかしそこに窓の雪あかりに似たほのかな光がさしている、と。一草庵に入って十カ月後、彼は死んだ。

種田山頭火(一八八二―一九四〇)俳人。山口県生まれ。早大中退。荻原井泉水に師事。種田家破産の後、熊本市報恩寺にて出家得度(曹洞宗)。以来一鉢一笠の行乞の旅にあって句作した。句集『草木塔』ほか。

二月二日

仏は常にいませども　現《うつつ》ならぬぞあはれなる
人の音せぬ暁《あかつき》に　ほのかに夢に見え給《たま》ふ

梁《りよう》塵《じん》秘《ひ》抄《しよう》

古今を通じて最もよく知られ愛誦されている仏教歌謡の一つだろう。天台宗で重んじられた法華経の教理を歌謡でうたった。仏は常住不滅だが、凡夫にはまのあたり拝することができないので、一層しみじみと尊く思われる。しかし夜通し一心に祈ったその暁、仏はほのかに夢の中に姿をお見せになるのだ。仏が夢中に示現するというのは、平安ころの信仰者にとって少しも異常な事ではなかった。

梁塵秘抄　一一七〇年代成立。後白河法皇編になる、今様を主とする平安歌謡集。もと十巻あったが、巻一の一部、巻二全部のみが現在伝わっている。これに付随する同法皇著『梁塵秘抄口伝集』巻十には、法皇自身の今様修業の模様が克明に語られていて興味深い。『口伝集』も十巻あったとみられ、現存するのは巻一の初めの部分と巻十のみ。

二月三日

てふてふが一匹韃靼《いつぴきだつたん》海峡を渡つて行つた。

安《あん》西《ざい》冬《ふゆ》衛《え》

詩集『軍艦茉莉《まり》』（昭四）の「春」と題する有名な一行詩。作者は現代詩のすぐれた先駆者で、大正末期の新散文詩運動により、現代詩に大きな影響を与えた。韃靼海峡は間宮海峡（タタール海峡）の古称。「てふてふ」は蝶々の古いかなづかいで、萩原朔太郎も好んで用いた。蝶の飛びかたが目に見えるようだからである。生まれてまもない蝶がただ一匹で海峡を大陸目指して渡っていった。そこに「春」そのものを見たのだ。韃靼の音と字が効果的である。

安西冬衛（一八九八―一九六五）詩人。奈良市の生まれ。大連に渡り、十五年間大陸に在住。北川冬彦らと「亜」創刊。ユーラシア大陸の風土を背景にイメージ豊かな作品を書いた。『軍艦茉莉』など。

二月四日

人はうそにてくらす世に　なんぞよ燕子《えんし》が実相《じつさう》を談《だん》じ顔《がほ》なる

閑《かん》吟《ぎん》集《しゆう》

室町歌謡。軒先に燕が何羽も並んでとまっている。しきりにさえずり合う姿はほほえましいが、ながめてあれば何やら心得顔のそのおしゃべり、無常迅速の浮世の夢まぼろしを超越した、真如《しんによ》の世界、不滅の真理について談じているようではないか。人間さまの方は、うそ八百を方便に、日々をまぼろしのごとく、面白おかしく、そしてはかなく暮らしているというのに。近世歌謡の醒めたユーモア。

閑吟集　室町中期の歌謡集。編者は遁世者か僧侶などと推測されるが不詳。当時の小歌、大和節、吟詩句、放下歌、田楽などを集大成したもの。貴族、僧侶、武士などの歌謡もあるが、民衆の生活から生まれた歌謡が多い。歌数三一一首。近世歌謡の源流で「隆達小歌」の母胎でもある。

二月五日

防人《さきもり》に行くは誰《た》が背《せ》と問ふ人を見るが羨《とも》しさ物思《ものも》ひもせず

防《さき》人《もり》の妻

『万葉集』巻二十。防人は崎守で、辺境守備兵。七―八世紀、九州北辺警備のため諸国の壮丁を徴発した。二十歳から六十歳まで。三年交替。東国制圧の意味もあって坂東からの徴兵が多く、一家の支柱をとられる貧しい人民には大きな苦しみだった。右は夫を徴兵された妻の嘆きの歌。防人に行くのはどこの旦那さんなの、と気楽にたずねている人のうらやましさよ、こんな悲しい物思いもなしに。

二月六日

箱根八里は歌でも越すが　越すに越されぬおもひ川

鄙《ひな》廼《の》一《ひと》曲《ふし》

近世信濃民謡の臼唄より。「箱根八里は馬でも越すが越すに越されぬ大井川」という形でこれを覚えている人が多いだろう。今ではその形が定着している。しかしこの「鄙廼一曲」の恋歌は、その原形を暗示していると思われる。採録者菅江真澄のおかげである。「おもひ川」は恋の思いが深く流れ続けてやまぬことを川にたとえる。とげ得ぬ恋のこのつらさに較べれば、箱根八里のけわしさなど、まだまだ鼻歌まじりだったと。

鄙廼一曲　江戸時代の旅行家で民俗学者の菅江真澄が東北、越後、信濃、三河などの農山村で収集した民謡集。当時都で流行した三味線歌とはちがった素朴な歌謡の集成。胡桃沢勘内によって発見され、昭和五年、柳田国男校註で世に出た。

二月七日

河上《かはのへ》のゆつ岩群《いはむら》に草生《む》さず常にもがもな常娘子《とこをとめ》にて

吹《ふ》芡刀自《ふきのとじ》

『万葉集』巻一雑歌。ユツは神聖さを表す接頭語。古代人の岩石に対する敬虔な思いがこもる。モガモは希求または願望の助詞、ナは詠嘆。後世モガナになる。川べりの岩が草もむさずに若々しいのと同様、いつまでもありたいものだ、永遠の乙女として。『万葉集』の有名な歌の一つで、十市《とおち》皇女に随伴して伊勢神宮に参る途上の嘱目《しょくもく》詠とされる。皇女の永生への祈りをこめて詠んだもの。

吹芡刀自（生没年・伝不詳）　万葉歌人。「芡」は『日本書紀』などでは「黄」となっている。「吹黄」ならば「ふき」とよむのであろう。刀自は女性の敬称。十市皇女に近侍していたと考えられる。『万葉集』に短歌三首。

二月八日

老《お》いたるは皆《みな》かしこかりこの国に身を殺す者すべて若人《わかうど》

与《よ》謝《さ》野《の》　寛《ひろし》（鉄幹《てっかん》）

詩集『檞之葉《かしのは》』（明四三）所収。明治四十三年四月十五日、山口県新湊沖で潜航訓練中に遭難した六号潜航艇員の変死を悲しむ歌六首の一つ。艇長佐久間勉大尉は海底で死ぬまで報告を書きつづけ、その沈着と勇気をながく讃えられた。寛は殉難を哭《こく》し、戦争を否定し、若人を死地に追いやって生きのびる「老いたる」者らの「かしこさ」を告発する。彼のこの種の歌や詩には注目すべき作があり、再評価すべきであろう。

与謝野寛（鉄幹）（一八七三―一九三五）詩人、歌人。落合直文門で大町桂月らと「あさ香社」を結んで短歌革新運動の先頭に立つ。東京新詩社を創立、「明星」創刊。鳳晶子と結婚。明治三十年代浪漫主義文芸の全盛時代をもたらした。『東西南北』はじめ歌集、詩集、訳詩集など多数。

二月九日

あかあかやあかあかあかやあかあかや　あかあかあかやあかあかや月

明恵《みようえ》上人《しようにん》

『明恵上人集』所収。鎌倉前期に華厳宗中興の中心となった高僧・歌人。洛北栂尾《とがのお》高山寺に住した。日本美術史に名高い中世の絵、樹上座禅姿の明恵上人像(同寺蔵)については、知る人も多かろう。上人には睡眠時の夢の記録など、文学的・思想的にも注目すべき文業がある。「あか」は「明か」。語源は赤に同じ。月と完全一体の心。特異な表現法の歌だが、感動を赤裸に表そうとすれば、究極はこういう形にもなるという好例。

明恵上人(一一七三—一二三二)鎌倉時代の高僧。紀伊国の人。幼にして父母を失い、文覚上人に師事し、出家。苦行して密教、華厳を学ぶ。栂尾に高山寺を建立。華厳宗中興の祖と仰がれた。また栄西が宋より将来した茶樹を栽培、普及に貢献した。

二月十日

紅燈《こうとう》のちまたに往《ゆ》きてかへらざる人をまことのわれと思ふや

吉《よし》井《い》勇《いさむ》

第二歌集『昨日まで』(大二)所収。第一歌集『酒ほがひ』の「かにかくに祇園はこひし寝《ね》るときも枕の下を水のながるる」は有名だが、歓楽のちまたにおぼれる旧華族の蕩児《とうじ》と彼を見る世間に対し、「まことのわれ」はそこにはないことを知れ、という。作者は後に、当時たえがたい悲哀のためわざと身をもち崩していたと自解しているが、事情はどうあれ、彼が作った歌は昂然たる蕩児の調べで、それが魅力なのである。

吉井勇(一八八六—一九六〇) 歌人、劇作家。東京生まれ。「明星」に短歌発表。「スバル」創刊編集に参加。祇園情緒を哀艶にうたった処女歌集『酒ほがひ』で一躍知られる。歌集に『東京紅燈集』、戯曲に『午後三時』など。

二月十一日

縞馬《しまうま》の尻《しり》の穴より全方位に縞湧《わ》き出《い》づるうるはしきかな

小《こ》池《いけ》 光《ひかる》

『廃駅』(昭五七)所収。「動物たち」と題する歌の一首。「縞馬の尻の穴より全方位に」という着眼に、おかしみがあり、しかも的確。「全方位に」がいかにも高校の理科・数学教師らしい緊《し》まった表現。これがあるから、続く下の句で、「縞湧き出づる」から「うるはしきかな」へ一気にひろがってゆく快さがある。ほかにも「レオポンなるいきものをつくる情熱がアウシュビッツを生みにけらずや」。

小池光(一九四七—) 歌人。宮城県生まれ。東北大理学部大学院修了。歌集『バルサの翼』『草の庭』『静物』『思川の岸辺』、歌書『現代歌まくら』『うたの動物記』など。

二月十二日

こころよく／我《われ》にはたらく仕事あれ／それを仕遂《しと》げて死なむと思ふ

石《いし》川《かわ》啄《たく》木《ぼく》

『一握の砂』(明四三)所収。啄木は『一握の砂』刊行とほぼ同時に発表した歌論「一利己主義者と友人との対話」で「一生に二度とは帰って来ないいのちの一秒だ。おれはその一秒がいとしい。ただ逃がしてやりたくない。それを現すには、形が小さくて、手間暇のいらない歌が一番便利なのだ」と書いた。短歌の軽さ、重さ両方の秘密が、このさりげない言葉につまっているのではなかろうか。

石川啄木(一八八六―一九一二)岩手県渋民村の生まれ。詩集『あこがれ』を出し、一時天才詩人と遇されたが、実生活では貧困と病に喘ぎ、放浪波乱の生涯を送った。生前に歌集『一握の砂』、没後『悲しき玩具』。

二月十三日

くさかげの　なもなきはなに　なをいひし　はじめのひとの
こころをぞおもふ

伊《い》東《とう》静《しず》雄《お》

詩人伊東静雄が作った珍しい短歌。詩集『夏花』(昭一五)で透谷賞を与えられた時、さっそく祝いの歌を寄せた友人池田勉に対する返礼として書いたのがこの歌で、伊東の書簡集の中に見える。自分の詩集を「草かげの名もなき花」に擬し、最初に祝いのことばをかけてくれた、つまり「名」をよんでくれた人への感謝を下句でつげているわけだが、そんな事情を離れて読んだ方がかえって味わいの深い歌として読めるようである。

伊東静雄(一九〇六—五三) 詩人。「コギト」に寄稿、のち「四季」に参加。第一詩集『わがひとに与ふる哀歌』は萩原朔太郎の激賞を受けた。鋭敏な自意識の屈折が詩に独自の魅力を与えている。『夏花』など。

二月十四日

酒殿《さかどの》は　広しま広し　甕越《みかごし》に　我《わ》が手な取りそ　然告《しかつ》げなくに

神楽歌《かぐらうた》

神楽歌は古く宮中で奏舞された神事歌謡。厳粛な神おろしから始まり、心やすく砕けた民謡調にいたるまで、時間がたつのと共に唱われる歌の中身も多様に変化する。夜通しで神を慰め、人も共に楽しむという構成だった。右は神事の最後に唱われる朝の歌の一つだが、内容は恋歌。酒造りの酒殿で娘がいう、「酒殿はこんなに広いのよ、酒つぼごしに大っぴらに手を握るなんてしないでね。握ってなど言わなかったでしょ」。

神楽歌　神前の神楽に奏せられる歌謡。現存の八十四首は、古代の民謡の類を平安初頭に整備したものだが、奈良朝以前にすでに式楽的形式の基礎は成っていたらしい。楽器としては和琴、横笛、篳篥(ひちりき)が用いられた。

二月十五日

音たててキャベツをきざむ吾が母よとみにめしひし人と思はれず

鹿《か》児《ご》島《しま》寿《じゆ》蔵《ぞう》

『やまみづ』(昭四〇)所収。紙塑《しそ》人形で人間国宝になった寿蔵は、アララギ派歌人としても名高かった。学歴は高等小学校卒。刻苦の人だった。それだけに母親思いだったが、戦中から戦後にかけて母は緑内障で失明する。昭和二十三年、十年ぶりに故郷福岡県に帰郷した彼を迎えた母の姿。「失明の母の目どろりとにぶく光り涙の玉が吾が前に落つ」。それでも毅然と生きる母に、感無量の子。

鹿児島寿蔵(一八九八―一九八二)歌人、人形作家。紙塑人形の創始者で、重要無形文化財の保持者。福岡県生まれ。「アララギ」入会。島木赤彦、土屋文明に師事。「潮汐」創刊、主宰。『潮汐』『新冬』『花白波』など歌集多数。

二月十六日

かくまでも黒くかなしき色やあるわが思ふひとの春のまなざし

北《きた》原《はら》白《はく》秋《しゅう》

『桐の花』(大二)所収。明治末年、詩集『邪宗門』と『思ひ出』で詩界の若き第一人者となった白秋は、並行して作った短歌でもたちまち新風を起こした。詩も短歌も、形式の差異をこえて青春の思いを歌うことができた時代、歌集『桐の花』は多感な青年の感傷に鮮明な形を与え、官能のふるえに言葉の響きを与えた。カナシキは第一には愛《カナ》シキだろうが、それにぴたりと添うて言いがたい悲シキ思いもある。そしてすべてを吸い込んで深い、人の春のまなざし。

北原白秋(一八八五―一九四二)詩人、歌人。福岡県柳川生まれ。詩集『邪宗門』『思ひ出』で若くして明治末、大正初期詩壇の第一人者となる。異国情調と耽美趣味に彩られた作風から、詩集『水墨集』、歌集『白南風』などの東洋的枯淡に至る。童謡、民謡にも卓越。

二月十七日

春風《はるかぜ》や鼠《ねずみ》のなめる隅田川《すみだがは》

小《こ》林《ばやし》一《いっ》茶《さ》

上五を「春雨や」「長閑《のどか》さや」とする句稿もある。隅田川の川べりに並ぶ家から流れだす残飯、残菓のたぐいをあさる鼠だろうか。しかしそのことはいわず、鼠が隅田川をなめていると大きくとらえたところに、江戸の春の情感が一気に溢れた。一茶は生涯に二万句前後を詠んだという多作家で、駄句も少なくないが、この句のような「奇々妙々」(江戸における一茶の後援者で、自らもすぐれた俳人だった夏目成美の評)の作があるのはさすがだ。

小林一茶(一七六三—一八二七) 信濃柏原の農家の長男として出生。三歳で実母を亡くすなど、家庭的には終生恵まれなかった。奔放で人間味あふれる俳風のうちに、庶民生活の喜怒哀楽をうたった。『七番日記』『おらが春』。

二月十八日

怺《こら》へつつ声あげぬ子は係累《けいるい》を隔《へだ》てて病《や》めりギプスの中に

島《しま》田《だ》修《しゅう》二《じ》

第一歌集『花火の星』(昭三八)所収。作者には身体に障害のある息子をうたった秀歌が多く、これもその一つ。ギプスをはめられてベッドに横たわる子は、苦痛をこらえて泣きごともいわない。そのけなげさが親の心をいかに打ち、また嘆かせようとも、子は彼だけの孤独の中で耐えていかねばならない。「係累を隔てて病めり」という抑制した表現に、病児をもつ親の無量の思いが溢れている。

島田修二(一九二八―二〇〇四) 歌人。神奈川県生まれ。東大文学部卒。もと読売新聞記者。宮柊二に師事。「コスモス」創刊に参加。「青藍」主宰。歌集『花火の星』『渚の日日』『東国黄昏』『草木國土』など。

二月十九日

哀《かな》しきかな　放逐《はうちく》せらるる者《ひと》
蹉跎《さた》として精霊《せいれい》を喪《うしな》へり

菅《すが》原《わらの》道《みち》真《ざね》

右大臣道真が政敵藤原時平の讒言《ざんげん》で大宰府に左遷され、二年後配所で没するまでの間に作った詩集『菅家後集《かんけこうしゆう》』の一節。道真失脚は平安前期における藤原氏の権力制覇を象徴的に示す事件だった。彼が配所にあった折しも昌泰から延喜に改元されたが、道真に大赦は及ばない。「蹉跎」はよろよろつまずくこと。「精霊」は魂。宇宙万物の根元をなす霊気の意もある。無実を叫んでもだれ一人耳傾ける者とてない敗残者の悲痛な嘆きが、二行にこもっている。

菅原道真（八四五―九〇三）　詩人、文章博士。右大臣の位に上ったが、摂関家の藤原氏らに排斥され、大宰府左遷、配所で没した。左遷以前の詩文が『菅家文草』に、以後の作は『菅家後集』に収められる。『日本三代実録』などの史書を編纂。

二月二十日

春寒くこのわた塩に馴染みけり

鈴木《すずき》真砂女《まさじょ》

『居待月』（昭六一）所収。満八十歳の記念に出したのが上記句集だから、作者はもう百歳に近い。それでも銀座の小料理屋を一人で切り盛りしつづけている旺盛な生命力は驚くばかり。俳句もなりわいに直接取材する場合がほとんどだが、いずれも確かな生活感に裏打ちされている。「鮟鱇《あんかう》の肝蒸し上る雪催《ゆきもよひ》」。季語を生き生きと実感しているという点では、当節まことに数少ない俳人の一人である。

鈴木真砂女（一九〇六―二〇〇三）俳人。千葉県生まれ。東京銀座に料理店経営。「春蘭」で大場白水郎、「春燈」で久保田万太郎に師事。句集『生簀籠』『卯波』『居待月』など。

二月二十一日

五月《さつき》待つ花橘《はなたちばな》の香をかげば昔《むかし》の人の袖《そで》の香《か》ぞする

よみ人《ひと》しらず

『古今集』巻三夏。「五月」は陰暦五月。「花橘」は橘の花をほめていう。「昔の人」は昔恋人だった人、ここでは女性。橘の花の芳香が、かつての思いびとの袖にたきしめられていた香りを、突然よみがえらせたのである。平安朝の詩人たちは、嗅覚の刺戟が過去をよび戻す事実に関心をそそられていた。それは当時における新しい主題の一つだった。この歌は大層愛されたので、「花橘の香」といえば「昔の人」という連想の型ができたほどだ。

二月二十二日

畑打つや土よろこんでくだけけり

阿《あ》波《わ》野《の》青《せい》畝《ほ》

『万両』(昭六)所収。明治三十二年奈良県生まれの俳人。昭和初期の「ホトトギス」で秋桜子・誓子・素十とともに四S時代を築いた。対象のとらえ方に、この人ならではの対象との共生感が生き生き働くのが大きな魅力で、この句もその好例である。大正十一年、ずぶの初期作だが、再びめぐってきた春の喜びを、畑打ちという農作業の、とくに砕かれてゆく土の喜びという視点から詠みすえている所、新鮮で大らかな個性がある。

阿波野青畝(一八九九―一九九二)俳人。奈良県生まれ。高浜虚子に師事、昭和初期の「ホトトギス」の四Sの一人として活躍。故郷大和の風光や歴史を詠んで傑出する。句集に『万両』『国原』『春の鳶』『紅葉の賀』『不勝簪』。

二月二十三日

照りもせず曇りもはてぬ春の夜の朧月夜《おぼろづくよ》にしくものぞなき

大《おお》江《えの》千《ち》里《さと》

『新古今集』巻一春歌上。平安前期の儒者で歌人。寛平年間に活躍。当時白楽天の詩が大いに愛好されたが、これも実は白詩の「不明不暗朧朧月」なる詩句をふまえた題詠。「しく」は及ぶ。月が明るく照りもせず、さりとて曇り切ってもしまわない朧月夜、そこに春の最も春らしい情緒があるという。白詩を生かしつつ、水蒸気の多い日本の風土の特質をぴたりと言いとめる。朧月夜の美という観念はこの歌で決まった。

大江千里（生没年不詳）平安前期の歌人。在原業平の甥にあたる。延喜三（九〇三）年、兵部大丞。宇多天皇の勅命をうけて、『句題和歌集』を奉じた。白居易らの詩句を題にして和歌を詠んだもので、漢詩と和歌との融和を示す。

二月二十四日

風船にお父さんの顔は描《か》かれありゴム輪のメガネが貼り付けてある

大島《おおしま》史洋《しよう》

『モンキートレインに乗って』(昭五八)所収。昭和十九年岐阜県生まれの歌人。歌誌「未来」の活動的な中堅で、近藤芳美や岡井隆に学ぶ所大きかったようである。誕生以来の成長の歴史がそのまま日本の戦後史に重なる世代の、意外なほどかげりの多い生活感情を歌った歌に特色がある。それはこの一見無邪気な父と子の歌ににじみ出ている感覚だろう。ハハハと笑って、笑いが途中でとまったような。

大島史洋(一九四四—) 歌人。岐阜県生まれ。一九六〇年「未来」入会、近藤芳美、岡井隆に師事。歌集『藍を走るべし』『わが心の帆』『炎樹』『燠火』『封印』『ふくろう』など。

二月二十五日

眠らざりける暁《あかつき》に少年のあわれ夥《おびただ》しき仮説《かせつ》を下痢《くだ》す

岡井《おかい》隆《たかし》

作者は戦後短歌の実作、理論両面での主導的存在。右は昭和三十六年の『土地よ、痛みを負え』に収める。当時安保問題その他の緊張は短詩型文学にも強い刺戟を与え、野心的な試みの数々を生ませた。そういう時代の刻印はこの歌にもある。未消化な観念のひしめき合いが日々の現実そのものであるような若者の、試行錯誤の悩み、また喜びを、仮説を下痢するという意表をつく生理的表現でえがく。

岡井隆（一九二八—二〇二〇）歌人。名古屋市生まれ。慶大医学部卒。塚本邦雄、寺山修司らとともにいわゆる前衛短歌の先頭に立った。『斉唱』『土地よ、痛みを負え』『眼底紀行』ほか。評論『茂吉の歌私記』など。

二月二十六日

少年や六十年後《ご》の春の如《ごと》し

永《なが》田《た》耕《こう》衣《い》

『闌位』（昭四五）所収。明治三十三年生まれの現代俳人。東洋的無の立場に立つ根源探究俳句を唱えた。句集のほか評論も多い。この「少年」とはいったいだれだろう。妖精のようでもあれば、隠れんぼに余念のない現実の子どもたちのようでもある。「六十年後の春」も謎めく。それでいて、一読忘れられない面妖な魅力がある。時間と生命についての夢想に誘う句だからだろう。しいて解釈するよりはこの句とともに遊ぶべきか。

永田耕衣（一九〇〇―九七）俳人。兵庫県生まれ。山口誓子主宰「天狼」などに参加したのち、「琴座（リラざ）」を創刊、主宰。句集『驢鳴集』『悪霊』、全句集『非仏』ほか。前衛的傾向に禅味横溢する句で知られる。

二月二十七日

うらやまし思ひ切るとき猫《ねこ》の恋

越《お》智《ち》越《えつ》人《じん》

『猿蓑』所収。蕉門俳人。北越に生まれ、名古屋に住んだ。「猫の恋」は初春の季語。恋猫は夜も昼も鳴き廻り、哀切しかも喧騒を極めるが、やむ時はつき物が落ちたように静かになる。その思い切りのよさを、未練多い人間の恋にひき較べて「うらやまし」と言い切った。芭蕉に激賞された作。元来恋猫の歌や句は、恋する姿の哀切さを詠むのが普通だが、この句の着想はその点でも新鮮だった。

越智越人（一六五六―没年不詳）俳人。通称十蔵、また重蔵。加賀国生まれ。名古屋に出て染物屋を営む。蕉門の山本荷兮、岡田野水らと交わる。『更科紀行』の旅では芭蕉に同行したが、のち荷兮らとともに蕉門から離れた。

二月二十八日

あはれなりわが身のはてやあさ緑つひには野べの霞と思へば

小《お》野《のの》小《こ》町《まち》

『新古今集』巻八哀傷歌。万葉集有数の女性歌人の大伴坂上郎女の歌にも花の命に託した生への愛惜があったが、歌は晴れやかだった。平安初期の小町の歌になると、生の無常へ注ぐまなざしに憂愁の色が深まる。野べの霞というのは、死んで火葬されるとき、その煙がたなびくさまを言ったと解されているが、この歌の生みだす広がりをもった影像と、それが与える感銘は、そんな解釈に限定されないところがある。春愁と、生の無常迅速と。

小野小町(生没年・伝不詳) 平安初期の人。六歌仙中ただ一人の女流歌人。勅撰集入集歌は六十二首に及ぶが、全部が小町の作とはいえないようである。薄倖の美女として伝説化され、おびただしい小町伝説がある。

三月

三月一日

鶯の次の声待つ吉祥天

加藤知世子《かとうちよこ》

『頰杖』(昭六一)所収。キチジョウテン、キッショウテン。作者はどちらの読み方をしたのだろう。一句全体の流れからは後者の方が口調はよさそうだが。吉祥天は容姿端麗、衆生に福徳をもたらすとされる天女だから、仏像や画像でも広く親しまれている。この句はその天女のふくよかであでやかな感じをうまく伝えている。一声鳴いた後次の声に手間どる春先の鶯、天女と共に人も待っている。

加藤知世子(一九〇九―八六) 俳人。新潟県生まれ。中学校教員であった加藤健雄(楸邨)と結婚。水原秋桜子に師事。夫楸邨主宰の「寒雷」同人。「新女性俳句」創刊、編集を担当。句集『冬萌』『太麻由良』『頰杖』など。

三月二日

大和《やまと》は　国《くに》の真秀《まほ》ろば　畳《たた》なづく　青垣《あをかき》　山籠《やまこも》れる　大和《やまと》しうるはし

古事記歌謡《こじきかよう》

古代伝説の悲劇の皇子倭建命《やまとたけるのみこと》が伊勢の能煩野《のぼの》で絶命する時、故郷をしのんで歌ったものという。「真秀ろば」はマホラ、マホラマと同じで、すぐれた所の意。一首、大和は陸の秀でた所、重なりあう青い垣根のような山々に抱かれた大和こそ、げに美わしい所、という意味だが、実際は皇子の事蹟とは無関係に、国見の儀式の時歌われた国ぼめの歌だろうという。しかし、悲運の皇子のいまわのきわの懐郷の歌として読むとき、この歌はまことにあわれ深い。

古事記歌謡　『古事記』は七一二年成立。現存するわが国最古の典籍。上巻は神代、中巻は建国時代、下巻は仁徳天皇から推古天皇に至るまでが、歌謡をまじえて記されている。『日本書紀』にも同種の歌謡が含まれ、両者をまとめて「記紀歌謡」と呼ぶ。『古事記』一一〇首前後、『日本書紀』一三〇首前後、重複五十首前後で実数は一九〇首前後。

三月三日

君ならで誰《たれ》にか見せむ梅の花色をも香をもしる人ぞしる

紀《きの》　友《とも》　則《のり》

『古今集』春上。「梅の花を折りて人におくりける」とある。あなた以外のだれに見せようか、この梅の花を。色も香も深く味わえる人にしか味わうことはできないものを。親しく敬愛している人に梅を贈ろうとして、梅の花をたたえつつ、実はそれ以上に相手をたたえることに心を尽くした歌。たかが梅の枝程度でと思うのは、現代人の心の浅さだろう。「しる人ぞしる」という表現は、たぶんこの古歌によって、日本語に根づいた。

紀友則（生没年不詳）平安前期の歌人。三十六歌仙の一人。醍醐天皇の勅命で、紀貫之、凡河内躬恒、壬生忠岑とともに『古今和歌集』撰進にあたったが、完成をみずに没した。官人としては、土佐掾、大内記にとどまった。家集『友則集』。

三月四日

春雨《はるさめ》や降るともしらず牛の目に

小《こ》西《にし》来《らい》山《ざん》

芭蕉より十歳ほど年下の大坂生まれの俳人。十代でもう一家を成すほどの才だったらしい。右の句を見ても、感覚の鋭敏さ新しさには驚かされる。牛のみひらいた目に、細い細い春雨が降りこんで吸われてゆく。「降るともしらず」の表現に春雨がみごとにとらえられている。別に「白魚やさながら動く水の色」という春の句もある。すきとおった白魚の動きを、まるで水そのものが動くようだというのである。

小西来山(一六五四―一七一六)江戸中期の俳諧師。大坂生まれ。西山宗因の門、前川由平に学ぶ。軽妙洒脱、着想奇抜な滑稽をねらった談林派の一人だが、のち俳風は蕉風に近づいた。句文集『今宮草』『津の玉柏』など。

三月五日

隣室《りんしつ》に書《ふみ》よむ子らの声きけば心に沁《し》みて生きたかりけり

島《しま》木《き》赤《あか》彦《ひこ》

大正十五年三月末、五十一歳で没する直前の作の一つ。赤彦は信州下諏訪の自宅で胃癌のため臥せっていた。隣室で十代の男女の子らが本を読み合っている。死の足音に迫られながら、この父親にはもはや「心に沁みて生きたかりけり」という言葉しかない。死は生物の宿命とはいえ常に不意うちだ。「我が家の犬はいづこにゆきぬらむ今宵も思ひいでて眠れる」という歌もある。三月二十一日作の絶詠である。二十七日死去。

島木赤彦（一八七六―一九二六）歌人、歌論家。長野県生まれ。小学校長や郡視学を歴任。「アララギ」の指導的地位に立ち、大正期同派の隆盛をもたらした。全心の内的集中を根本とする「鍛練道」を唱え、写生を強調。『馬鈴薯の花』（共著）『氷魚』『太虚集』ほか。

三月六日

年々歳々《ねんねんせいせい》花あひ似《に》たり
歳々年々《せいせいねんねん》人同じからず

宋之問《そうしもん》

『和漢朗詠集』巻下「無常」。漢詩の秀句で古来これほど日本人に親しまれた句も少ない。年ごとに花は同じように咲くが人は違う。去年いた人が今年はもういなくなっていると。この詩の原作者を劉希夷とする説もあり、それにからんで真偽不明の妙な逸話がある。つまり、宋之問は娘の夫劉希夷の詩の中にあるこの対句《ついく》にほれこみ、発表前に譲ってくれとせがんだ。一度は承知した劉が後で拒絶したため、宋は彼を暗殺したというのである。

宋之問（六五六頃—七一二）初唐の詩人。字は延清。汾州の人。則天武后に召されて詩名を馳せたが、権力者への媚び、売節の行為が重なり、人間としては疎んじられ、玄宗の時自殺を命じられた。律体の完成に力を尽し、沈佺期とともに「沈宋」と並称された。

三月七日

春の夜のともしび消してねむるときひとりの名をば母に告げたり

土岐《とき》善麿《ぜんまろ》

『遠隣集』(昭二六)所収。明治十八年東京生まれ、昭和五十五年没の歌人。浅草の寺の住職の子だが、多年新聞記者をつとめ、長寿を完うした最晩年まで知的関心は旺盛、容姿動作も若々しかった。これは還暦をすぎたころ作った「世代回顧」の一首。「黒髪のしろくなるまで相寄ればいにしへびともさきはひ(幸)とせり」という幸福な感慨を背景に、妻を歌う回想の甘美さは、ほとんど青年の歌に近い。

土岐善麿(一八八五―一九八〇) 土岐哀果。歌人、国文学者。早大卒。読売、ついで朝日新聞記者。ローマ字三行書きの歌集『NAKIWARAI』を刊行。石川啄木と親交があった。ローマ字運動、新作能、杜詩の研究など、幅広く活躍した。『黄昏に』『六月』『遠隣集』他の歌集がある。

三月八日

琴詩酒《きんししゆ》の友皆我《ともみなわれ》を抛《なげう》つ
雪月花《せつげつくわ》の時《とき》に最《もつと》も君を憶《おも》ふ

白《はく》居《きよ》易《い》

『和漢朗詠集』巻下「交友」。白楽天が旧友殷協律に寄せた詩の一節。昔江南で楽しく交遊した友が四散し、その後は音信も絶えてしまった悲哀を歌う。琴や詩や酒の友はみな私を見捨てて去った。歳月は流れてやまぬが、雪の時、名月の時、花の盛りの時ごとに、とりわけ君のことを思い出すよ。日本的伝統なるものを語る時たえず引き合いに出される「雪月花」の語、実はこの朗詠の影響で日本語に根づいたものである。

白居易（七七二―八四六）白楽天。中国唐代の詩人。玄宗皇帝と楊貴妃の情愛をうたった『長恨歌』の作者。その思想感情は日本人の嗜好にかなうところが多く、在世中から日本に伝えられ、漢詩文の規範ともなった。

三月九日

片隅で椿が梅を感じてゐる

林《はやし》原《ばら》耒《らい》井《せい》

『蘭鋳《らんちゅう》』(昭四三)所収。明治二十年福井県生まれ、昭和五十年没の俳人。旧姓岡田。号の耒井は本名耕三の耕の字を分解したもの。旧制一高時代から夏目漱石門に入る。漱石作品の校正を任されるなど愛弟子の一人だった。俳句は臼田亜浪門。論客として知られ、特に『俳句形式論』は重要。初期の句は浪漫的傾向が強いが、晩年はこのような、静かな諧謔に深い味わいある作が多い。

林原耒井(一八八七—一九七五)俳人。福井県生まれ。東大英文卒。明治大学教授。夏目漱石最後の門人の一人。臼田亜浪の「石楠」に参加。句集『蜩』『蘭鋳』『一朶の藤』など。『俳句形式論』『漱石山房の人々』。

三月十日

吾がために死なむと言ひし男らのみなながらへぬおもしろきかな

原《はら》　阿《あ》佐《さ》緒《お》

『涙痕』(大二)所収。昭和四十四年八十歳で没した宮城県出身の歌人。画家を志したが歌に熱中、「スバル」から「アララギ」に転じて女流の花形の一人となる。しかしのちに破門された。名ある歌人たちとの悲恋、自殺未遂、結婚、離婚など、激しい人生を生きた。自らの意欲で生きようとする時、障害が群がり寄せた時代の女の悲しみ。それが皮肉にも彼女の歌を生かした。右のような偽悪的な歌にも女の涙がひそむ。

原阿佐緒(一八八八—一九六九)歌人。宮城県生まれ。県立高女を、肋膜を病み中退。「女子文壇」誌上で与謝野晶子に認められ、「新詩社」入社。のち「アララギ」に属する。歌集『涙痕』『白木槿』など。

三月十一日

さまざまに品《しな》かはりたる恋をして
浮世《うきよ》の果《はて》は皆小町《こまち》なり

凡《ぼん》　兆《ちょう》
芭《ば》　蕉《しょう》

『芭蕉七部集』中『猿蓑』「夏の月の巻」より。三十六句の運びも終段に入った所で出る付合《つけあい》。凡兆の句が、平安朝随一の恋の歌人在原業平などを面影にもって、さまざまに風変りな恋を尽してきた風流人の老境をえがけば、芭蕉はそれを受けて、絶世の美女とされながら老衰零落の伝説にとりまかれている小野小町を取り合わせ、浮世の果てはみな小町のさだめではないかと、ずばり断を下す。

野沢凡兆（生年不詳—一七一四）　江戸前期の俳人。金沢の生まれ。京都に出て医を業とした。松尾芭蕉に師事、俳境を深め、向井去来とともに『猿蓑』の編纂に従事。六十歳前後で没した。

松尾芭蕉（一六四四—九五）　伊賀上野に出生。滑稽を追求することで民衆化をとげた貞門、談林の初期俳諧を、純粋な文芸へ高めることに生涯を捧げた。のちに『芭蕉七部集』ほかを形作る蕉門の作品群を指導して作る。紀行文集『奥の細道』など。

三月十二日

梅の花誰《た》が袖《そで》ふれし匂《にほ》ひぞと春や昔の月に問はばや

源《みなもとのみち》通具《とも》

『新古今集』春上。よみ人しらずの古今集の作「色よりも香こそあはれと思ほゆれ誰が袖触れし宿の梅ぞも」の歌と、在原業平の有名な「月やあらぬ春や昔の春ならぬわが身ひとつはもとの身にして」とを踏まえる。この梅の花のゆかしい香りは、いったいどんな女人の袖の薫香が移ったものなのか、それをあの業平の恋の嘆きをも知っているはずの春月に問いたいものだ、というのである。「誰が袖」という語の優艶ぶりは当時から深く愛された。

源通具（一一七一―一二二七）鎌倉時代の歌人。土御門内大臣通親の次男。母は平教盛の女（むすめ）。俊成卿女を妻としている。堀河大納言と呼ばれた。後鳥羽院主催の歌合に多く参加。『新古今集』撰者の一人。

三月十三日

花鳥《はなとり》もおもへば夢の一字かな

夏目《なつめ》成美《せいび》

『成美家集』所収。文化・文政時代に江戸三大家と呼ばれた俳人の一人。浅草蔵前有数の富裕な札差《ふださし》を業とし、諸国の俳人に人望があった。この句、前書きによれば、ある人から『源氏物語』を借りたが、相手は死んでしまった、故人の家へ本を返そうとして、とある。花をめで鳥に耳傾け、物語を愛する風雅も、つきつめて思えば夢の一字にすぎないという。亡き人への哀悼の意をこめるが、一句独立で味わっても思いは深い。

夏目成美（一七四九―一八一六）江戸後期の俳人。富裕な札差業の家に生まれ、家督を継いだ。白雄や暁台とも交わったが、特定の流派に属さず。一茶の庇護者の立場にあった。温和な人柄で雅味のある句を詠んだ。

三月十四日

をみなにてまたも来む世ぞ生《うま》れまし花もなつかし月もなつかし

山《やま》川《かわ》登《と》美《み》子《こ》

『現代短歌全集』第十七巻の内「山川登美子集」(昭四)所収。師与謝野鉄幹への愛を鳳《ほう》晶子に譲り、よそに嫁したが夫に死別、「明星」に復帰して才筆をうたわれたのもつかの間、死病を得て三十歳で夭折した。後半生はとても幸福とはいえなかったのに、間近に迫る死の予感の中で、来世もまた女に生まれたいもの、と歌う。なぜと問う隙も与えないほど切実な、「花もなつかし月もなつかし」の調べ。

山川登美子(一八七九—一九〇九) 歌人。「明星」同人。歌友鳳晶子とともに師与謝野鉄幹を慕ったが、晶子に恋を譲る。親の意に従った結婚をしたが夭折。増田(茅野)雅子を加えての三人合著の『恋衣』が生前唯一の歌集。

三月十五日

目を入るるとき痛からん雛の顔

長谷《はせ》川《がわ》 櫂《かい》

『天球』(平四)所収。雛人形を知っている人なら誰でも、この句を読んだ瞬間、なるほどと感じるだろう。飯田蛇笏の名作に「いき〳〵とほそ目かゞやく雛《ひひな》かな」があるが、実際雛の目は切れこんだように鋭い。それでいて優しい。日本の雛人形の大きな特徴である。しかしそれを、目を「いれる」動作においてとらえた句は、たいへん珍しい。作者が心の動きに素直に従ったためのお手柄である。

長谷川櫂(一九五四—) 俳人。熊本県生まれ。朝日俳壇選者。「古志」前主宰。「きごさい」代表。『長谷川櫂 自選五〇〇句』『俳句と人間』『和の思想』。

三月十六日

枕よりあとより恋の責《せ》めくればせむ方《かた》なみぞ床《とこ》なかにをる

よみ人《ひと》しらず

『古今集』巻十九誹諧《はいかい》歌、すなわち滑稽な笑いを帯びた歌の章に収める。「あと」は脚《あと》の意。「床なか」は寝床の真ん中。枕の方からも脚の方からも恋の悩みが責めつけるので、どう仕様もなくて寝床の真ん中に坐っているのだ、私は。表現がとっぴなので何ともいえずおかしいが、本人の気持ちはせっぱつまって真剣である。真剣だからこそ、そこに巧まざるおかしみが生じる。単なる駄じゃれの歌ととるべきではない。

三月十七日

筑波峰《つくはね》に　廬《いほ》りて　妻なしに　我が寝《ね》む夜《よ》ろは　早《はや》も明けぬかも

風土記歌謡《ふどきかよう》(常陸風土記《ひたちふどき》)

古代、農作業が本格化する前の春先、山に登って男女が歌いかわし、それぞれ相手を得て一夜を共にすごす行事があった。カガイ(嬥歌・歌垣)という。筑波山の嬥歌は特に有名で、これもその一首だが、ふられ男の、「早く朝になれ」というぼやき歌であるのが面白い。一見自由な山遊びだが、この機に求婚しようとする男は、女に財物を提供する必要があったらしい。してみるとこの男、貧しいためにふられたのか。そう思ってみると、歌は別の姿を見せてくる。

風土記歌謡　古事記編纂の翌和銅六(七一三)年、元明天皇により、諸国の地勢、物産、古老の旧聞などを集録したものが風土記である。完全な写本の残るのは出雲国一カ国で、不完全なものが四カ国。後は後世の書籍に引用されて残った断片で、「逸文風土記」の名で呼ばれている。後世の文学に影響を与えた多くの伝説のほか、各地の民謡も収める。音数も句数も自由な歌詞は、歌謡の発生的な形式を窺わせる。

三月十八日

群鶏《むらどり》の数を離れて風中《かざなか》に一羽立つ鶏の眼《まなこ》ぞ澄める

宮《みや》 柊二《しゅうじ》

『群鶏《ぐんけい》』（昭二一）所収。「私は鶏の孤独で貪婪《どんらん》な姿が好きだった」とこの歌集後記に書いているが、実際作者は若いころよく鶏を詠み、またそれらの歌はすぐれてもいた。歌集題名もそれにちなんでいる。群れの中に一羽だけ、風に吹かれて離れ立つ鶏。その眼が澄んでいると見るのは、作者の心がこの鶏におのずと深く寄り添い、いわば別種の自画像のようなものをここでえがき出したからだろう。

宮柊二（一九一二―八六）歌人。新潟県生まれ。北原白秋の門に入り、「多磨」同人に加わる。のち「コスモス」創刊、主宰。孤独な人間存在を見据えるところに発想の根を置く。『群鶏』『小紺珠』『多く夜の歌』『忘瓦亭の歌』ほか。

三月十九日

女身仏《によしんぶつ》に春剝落《はくらく》のつづきをり

細《ほそ》見《み》綾《あや》子《こ》

『伎藝天』(昭四八)所収。奈良の秋篠寺を早春訪れたときの句である。折からの春雪に冷えしまっている空気の中、薄暗い堂内に寺宝の伎芸天が立っている。仏像の表面の黒うるしが剝落し、やや赤みがかった地肌があらわになっているところがある。その一瞬の印象を、長い長い時間の流れに浮かべて透かし視たとき、この句の想が成った。剝落が今この春にも続いているのだ、と見る眼に詩の機微がある。

細見綾子(一九〇七―九七)俳人。兵庫県生まれ。松瀬青々に私淑。自然肯定の精神から、素朴でみずみずしい作風を育てた。「風」主宰の沢木欣一夫人。句集『桃は八重』『雉子』『伎藝天』『存問』『牡丹』。

三月二十日

かたまつて薄き光の菫《すみれ》かな

渡《わた》辺《なべ》水《すい》巴《は》

『白日』(昭一一)所収。明治十五年花鳥画の大家渡辺省亭を父に東京に生まれた。内藤鳴雪に師事し、大正黄金期の「ホトトギス」の中心的存在となった。句は千葉県鹿野山での作。菫の句では芭蕉の「山路来て何やらゆかしすみれ草」があまりにも有名だが、水巴の「かたまつて薄き光の」という細やかな観察は、菫のあわあわしさを外から描きつつ、内からもほんのりと照らし出し得た感があり、近代写生句の本領を示すものといえる。

渡辺水巴(一八八二—一九四六)俳人。東京浅草生まれ。日本画家渡辺省亭の長男。内藤鳴雪門、のち虚子に師事。情調本位の俳句を唱え、「曲水吟社」を設立。「曲水」創刊、主宰。洒脱な江戸趣味。句集『水巴句帖』『白日』『新月』など。

三月二十一日

蒲公英《たんぽぽ》の絮《わた》吹いてすぐ仲好しに

堀《ほり》口《ぐち》星《せい》眠《みん》

『営巣期』(昭五一)所収。こういう情景にふさわしい年齢は幾つ位だろうか。幼童とも、小・中学生ともいえるが、大人になっても思い出の中にこんな情景を暖めていられる人は幸いだ。現今の社会では、幼童でさえこんな風に睦み合う機会はひどく乏しくなった。この句で仲好しになったのは、男の子と女の子か。たぶんそうだろう。古人与謝蕪村もたんぽぽの情緒を愛し、「春風馬堤曲」などで柔らかい情趣をこめて詠じた。

堀口星眠(一九二三—二〇一五)俳人。群馬県安中市生まれ。東大医学部卒。郷里で開業。水原秋桜子に師事、「馬酔木」入会。「橡」主宰。句集『火山灰の道』『営巣期』など。

三月二十二日

永き日のにはとり柵を越えにけり

芝《しば》 不《ふ》器《き》男《お》

『不器男句集』（昭九）所収。春になると、急に日が長くなった感じがする。実際には夏至のころが一番長いのに「日《ひ》永《なが》」の感じは春のものだ。季節感の微妙さがそこにある。右の句、何の変哲もない写生句といえばその通りだが、鶏が柵を越える動作のうちに「永き日」の明るさ、のどかさをとらえた目は非凡である。不器男は昭和五年、二十六歳で死んだ俳人だが、遺句集には青春の抒情がきらきらと輝いている。

芝不器男（一九〇三―三〇）俳人。愛媛県生まれ。東大林学科に入学、のち東北大機械科に転じ、同校卒業。病を得て二十六歳の若さで没した。万葉語を導入するなどして豊かな抒情味を句に賦与した。『不器男句集』。

三月二十三日

丈夫《ますらを》やしたには人を恋ふれどもますらをさびてあらはさずけり

楫《か》取《とり》魚《な》彦《ひこ》

江戸中期の歌人・国学者。祖先は武士。伊能姓だが生地下総《しもうさ》（千葉県）香取《かとり》郡にちなんで楫取《かとり》を名乗る。江戸で賀茂真淵に入門、『古言梯』などを著わした。江戸期指折りの万葉調歌人。「した」は心の奥。「さび」は然び、いかにもそれにふさわしい態度での意。心の奥に熱い思いをいだいていても、たやすく表に出したりはしない、ほんとの男の恋は、という。世は移ってもこの気っ風にはうなずく人も多かろう。

楫取魚彦（一七二三―八二）江戸中期の歌人。下総香取の人。生地にちなんで楫取を名乗る。江戸に出て賀茂真淵の門に入り、万葉の古言を研究、『古言梯』を著わす。真淵没後、魚彦を師と慕うもの多く、門弟二百余人に達した。家集『楫取魚彦集』。

三月二十四日

はるかぜにおさるゝ美女のいかり哉《かな》

加《か》藤《とう》暁《きよう》台《たい》

『暁台句集』所収。春風は温和なだけではない。疾風も吹くし、立春後間もなく春一番、二番と荒れて吹く。天明俳壇で蕪村をもしのぐほど名声高かった暁台の句。題材はさすがに、たとえば尊敬した芭蕉などが詠まなかった、いわば浮世絵風な「美女」をとらえる。同時代の三宅嘯山にも「抱下ろす君が軽みや月見船」があるが、女性の軽やかさを美人の一条件としたのは、江戸時代の新風俗だったのか。

加藤暁台（一七三二―九二）　江戸中期の俳人。名古屋の人。諸国を遊歴して俳名を高め、東の蓼太と並び称された。『風羅念仏』編纂、『去来抄』の翻刻など、蕉風復興運動を推進。蕪村とも交友があった。

三月二十五日

核弾頭五万個秘めて藍色の天空に浮くわれらが地球

加《か》藤《とう》克《かつ》巳《み》

『加藤克巳全歌集』(昭六〇)所収。大正四年京都府生まれの作者は、昭和十二年大学在学中に第一歌集『螺旋階段』を出した。当時の「まつ白い腕が空からのびてくる抜かれゆく脳髄のけさの快感」のような歌は、大正末以来の新感覚派文学に近い。斬新な感覚を追う態度は、近年の作まで一貫する。科学雑誌のイラスト画面を見るようだ。一種の哀感が漂う所が、短歌的といえばいえようか。

加藤克巳(一九一五—二〇一〇) 歌人。京都府生まれ。国学院大学卒業。中学校教諭を経て、会社経営。「近代」(のち「個性」に改組)創刊、主宰。歌集『螺旋階段』『球体』『万象ゆれて』、歌論集『邂逅の美学』他。

三月二十六日

母の名は茜《あかね》、子の名は雲なりき丘をしづかに下《くだ》る野生馬

伊《い》藤《とう》一《かず》彦《ひこ》

『海号《うみ》の歌』(平七)所収。母と子の名を結べば茜雲。作者の創作かとも思われるが、夢想的で含蓄豊かな名をもつ二頭の野生馬の親子が、丘陵を「しづかに」下ってゆく。一読すっと心のなごむような歌で、現代短歌の健在ぶりを示すもの。作者は早大で哲学科を卒業後、故郷宮崎に居をすえ、多年高校のカウンセラーをしながら着実に歌境を拡げてきた。宮崎からは以前若山牧水も出て、短歌を革新した輝かしい歴史がある。

伊藤一彦(一九四三―)歌人。宮崎県生まれ。早大哲学卒。卒業後は帰郷し、教員のかたわら作歌活動を続ける。「心の花」に入会。歌集『瞑鳥記』『海号の歌』『微笑の空』『土と人と星』など、評論集『若き牧水』など。

三月二十七日

春の岬《みさき》旅のをはりの鷗《かもめ》どり
浮きつつ遠くなりにけるかも

三《み》好《よし》達《たつ》治《じ》

第一詩集『測量船』(昭五)巻頭を飾った短歌形式の二行詩。昭和二年四月、伊豆湯ヶ島に転地療養中だった親友の作家梶井基次郎を見舞ったあと、下田から駿河湾を横切って清水まで渡ったときの船中の作らしい。岬の波間に浮くかもめが、視野をしだいに遠ざかってゆく。それは言いかえれば自分が後ろ向きに陸地から遠ざかってゆくことだ。ひとつの「旅のをはり」は次の旅の始まりなのである。

三好達治(一九〇〇—六四) 詩人。第一詩集『測量船』は、現代抒情詩の展開に大きな役割をはたした。『春の岬』『閒花集』『艸千里』などの詩集において、洗練された近代日本の詩語の世界を生み出す。晩年の『百たびののち』で詩風を完成した。

三月二十八日

郭公《ほととぎす》なくや五月《さつき》のあやめ草あやめもしらぬ恋もするかな

よみ人《ひと》しらず

『古今集』巻十一恋。集の恋歌全五巻を代表する位置にある巻頭歌で、古来広く愛誦された歌。上三句は同音を重ねて「あやめ」を引き出すための序詞。「あやめ」は文目《あやめ》で織物・木目などの模様。それさえ見分けがつかぬほど恋に夢中で、というのが「あやめもしらぬ」。上三句は下二句とは意味上関係のないことをいっているが、初夏を代表するほととぎすと菖蒲《あやめ》がさわやかに歌われ、そのため下二句の恋の悩みも、はつなつの光と風に洗われている。

三月二十九日

目には青葉　山時鳥《やまほととぎす》　初鰹《はつがつを》

山《やま》口《ぐち》素《そ》堂《どう》

作者名は関係なしに多くの人に愛誦されている句の代表格だろう。素堂は芭蕉と親交のあった江戸の俳人。諸芸に通じていた人という。句は「鎌倉にて」の前書がある。目のためには青葉、耳のためにはほととぎす、初夏の最もさわやかな景物が鎌倉にはある。それさえあるに、舌のためには鎌倉名物の初鰹までも加わって、何と気持ちのいい土地か、という。初物好きの江戸人は、初鰹を大いに好んだ。

山口素堂（一六四二―一七一六）甲斐国の生まれ。北村季吟について俳諧に入ったが、のち西山宗因の談林風の影響を受ける。芭蕉との往来繁く、親交があった。博覧賢才の人、俳名も高く、著に『とくとくの句合』がある。

三月三十日

春の夜《よ》の夢の浮橋《うきはし》とだえして嶺《みね》にわかるる横雲《よこぐも》の空

藤《ふじ》原《わらの》定《てい》家《か》

『新古今集』春上。定家は中世和歌の第一人者。歌論も抜群だった。春夜の夢のはかなさを浮橋といったのだが、ヒントは『源氏物語』の終巻「夢の浮橋」から来ている。春夜の夢がふととぎれた。その時、山の峰では、横雲がつと峰に別れて漂い出そうとしている。文字づらの意味はそれだけだが、夢の浮橋とか峰に別れてゆく横雲とかは、物語の男女の世界を連想させずにはおかない。作者の意図もそこにあろう。歌に物語の富を奪還せんとしたのである。

藤原定家(一一六二―一二四一)俊成の子。『新古今集』撰者の一人。「有心体」を提唱、父俊成の「幽玄体」にさらに深化をはかり、象徴性の強い歌風をなした。磨きぬいた技巧は同時代に冠絶する。家集に『拾遺愚草』、歌論に『毎月抄』、日記『明月記』など。

三月三十一日

桜ばないのち一ぱい咲くからに生命《いのち》をかけてわが眺《なが》めたり

岡本《おかもと》かの子

『浴身』(大一四)所収。『老妓抄』『生々流転』の作家は、与謝野晶子に師事した歌人でもあった。みずからを評して、短歌・仏教・小説の三つのこぶをもつラクダだといった。昭和十四年四十九歳の盛りの命で没する。これは百三十八首の連作「桜」の冒頭一首。満開の桜はまさに「いのち一ぱい」咲いている。かの子も文字通り命いっぱい生きた。花に見入る人は、花に魅入られているのだ。その合体のときめき。

岡本かの子(一八八九—一九三九)小説家、歌人。漫画家岡本一平と結婚、長男岡本太郎。歌集に『かろきねたみ』『愛のなやみ』、小説に『鶴は病みき』『生々流転』『老妓抄』など。耽美主義的、浪漫主義的作風で独往。

四月

四月一日

またや見ん交野《かたの》の御野《みの》の桜狩《さくらが》り花の雪散る春の曙《あけぼの》

藤《ふじ》原《わらの》俊《しゅん》成《ぜい》

『新古今集』春下。歌友西行と共に平安末期を代表する大歌人。交野は淀川左岸、今の枚方《ひらかた》市一帯の野で、当時皇室領の遊猟地。桜の名所として知られた。そこでの観桜の行事の、またとない晴れやかさをたたえる歌だが、「またや見ん」（再び見る日があろうか）と単刀直入に問う形で、花が雪と散る春の曙、その艶《えん》の極みを浮かびあがらせる。初句、三句で二度休止する間に影像を折りかさね、陶酔感をかもしだす技法の洗練。作者の年齢は、この時八十二。

藤原俊成（一一一四―一二〇四）歌合せの作者、判者として、平安末期歌壇最高の指導的存在だった。「幽玄体」を追究、家集に『長秋詠藻』、歌論書に『古来風体抄』がある。『千載集』の撰者。藤原定家の父。

四月二日

桜咲く遠山鳥《とほやまどり》のしだり尾のながながし日もあかぬ色かな

後鳥羽上皇《ごとばじょうこう》

『新古今集』春下。歌壇の巨匠藤原俊成の九十歳の賀宴が宮中で催された折、主催者である院の、山に桜を描いた屛風絵を見ての作。「遠山鳥」は「遠山」と「山鳥」の掛け詞。遠山の山鳥のしだれて長い尾、そのように長いこの春の日の、咲きにおう桜の色の、何という飽かぬ麗しさよと。遠山桜を、一世の巨匠俊成の面影としてたたえる。柿本人麻呂作とされていた有名なしだり尾の歌をも踏むことによって、俊成を歌聖人麻呂と並べる。晴れやかな賀歌。

後鳥羽上皇(一一八〇―一二三九) 第八十二代天皇。譲位後、北条氏と武力で戦い、たちまち敗れて隠岐に配流(承久の変)。そこで崩御。鎌倉時代前期の代表的歌人で『新古今集』成立の中心だった。在島十九年間に『隠岐本新古今和歌集』『後鳥羽院御口伝(ごくでん)』などを残した。

四月三日

山里の春の夕ぐれ来て見ればいりあひのかねに花ぞ散りける

能《のう》因《いん》法《ほう》師《し》

『新古今集』春下。「都をば霞とともにたちしかど秋風ぞふく白河の関」の歌で有名な平安中期の歌人。当時の歌人の中では、いい意味で押しの強い印象鮮明な歌を作った人である。入相の鐘(日暮れに寺でつく鐘)の音が山里の夕暮れの空を渡るとき、それに響き合うように、はらりはらり桜が散っている情景。言葉の、少しねばるようなゆったりした運びのうちに、春のそこはかとない憂愁が漂う。

能因法師(九八八―一〇五八?)平安中期の歌人。橘諸兄の後裔にあたる。三十歳ころ出家。自然、人事を純粋に歌いあげ、旅の歌人として知られるが、歌学者としての業績も大きい。著書に『玄々集』『能因歌枕』。

四月四日

やみがくれ岩間《いはま》を分《わけ》て行水《ゆくみづ》の声さへ花の香《か》にぞしみける

凡河内躬恒《おおしこうちのみつね》

躬恒は紀貫之らと『古今集』を編んだ四撰者の一人。感覚の鋭い清新な歌を作った。右は二十代半ばごろの作と思われる。貫之の家で某年三月三日、当時の代表歌人八人が集まり競詠した折、「花春水《しゆんすい》に浮かぶ」の題を出されて作ったのがこの歌。ふつう香りをたたえられる花は梅だが、ここでの花は、他の作者の歌を見ると梅とも桜とも決めがたい。咲きにおう花をたたえるのに、夜の岩間をゆく水音さえ花の芳香に染まっているとした感覚のさわやかさ。

凡河内躬恒（生没年不詳）平安前期の歌人。三十六歌仙の一人。宇多・醍醐両帝に仕え、官位は低かったが、貫之・友則・忠岑らとともに『古今集』撰者となった。貫之と並んで古今時代の代表歌人。『躬恒集』。

四月五日

空をゆく一とかたまりの花吹雪

高《たか》野《の》素《す》十《じゆう》

『野花集』(昭二八)所収。素十は大正末期以来の虚子門の逸材で、虚子は素十第一句集『初鴉』の序文で「文字の無駄がなく、筆を使ふことが少なく、それでゐて筆意は確かである。句に光がある。これは人としての光であらう」と絶讃した。右の句は第三句集のものだが、虚子評の好個の見本ともいえる句である。明確で大らか、よきものを見た時の静かな興奮を誘う。花吹雪を詠もうとする人にとっては、試金石ともいえる句だろう。

高野素十(一八九三―一九七六)俳人。茨城県生まれ。東大医卒。奈良医大教授。虚子の唱えた客観写生、花鳥諷詠の精神に徹して作句、「ホトトギス」四S時代を担った。「芹」創刊、主宰。『初鴉』『雪片』『野花(やか)集』『高取』など。

四月六日

花衣《はなごろも》ぬぐやまつはる紐《ひも》いろ〳〵

杉《すぎ》田《た》久《ひさ》女《じょ》

『杉田久女句集』(昭二七)所収。大正時代は虚子門に女流俳人が輩出したが、久女の情熱的で大胆な作風はひときわ目立った。美貌をうたわれたが実生活では悲劇の人で、句集も没後七周忌に初刊行。花衣は花見衣装。花見帰りの軽い疲れに体をほてらせた女が、一本一本着物の紐をほどき捨てていきながら、あらためて紐の多さにわれと驚いている風だが、そこにこそ女の知る愉悦も快感もあったし、またみずから桜となって花びらを散らす思いもあった。

杉田久女(一八九〇―一九四六)俳人。画家杉田宇内と結婚。「ホトトギス」に投句し、高浜虚子に認められる。は異色の浪漫的情熱的句風。「花衣」創刊(五号で廃刊)。晩年は精神的な悩みから病を得、不遇であった。

四月七日

花は根に鳥は古巣に帰るなり春のとまりを知る人ぞなき

崇《す》徳《とく》院《いん》

『千載集』巻二春下。歴代天皇の中でも崇徳院ほどに悲運だった帝王も少なかろう。出生自体にすでに暗い影があり、そのため父鳥羽天皇にうとんじられたという。保元の乱の主役となり、最後は讃岐に配流、そこで崩じた。しかし崇徳院は歴代天皇の中でも抜きんでた歌人の一人で、心情のよく流露する歌を作った人。この歌は晩春を詠む。花は散って根に帰り、鳥は古巣に戻るが、ひとり春だけはどこに宿るのか、帰りゆく先を知る者もない。

崇徳院（一一一九—六四）第七十五代崇徳天皇は鳥羽天皇第一皇子。皇位継承問題から一一五六年保元の乱をおこし、敗れて讃岐に遷幸。同国で崩御。勅撰集に七十七首。

四月八日

暮れて行く春のみなとは知らねども霞《かすみ》に落つる宇治のしば舟

寂《じやく》蓮《れん》法《ほう》師《し》

『新古今集』春下。『古今集』紀貫之の歌「年ごとにもみぢば流す竜田川みなとや秋のとまりなるらむ」を踏む。「みなと」は川が行きつく河口。逝く春がどこのみなとに行きついて停泊するのかは知らない。だが、柴を積んだ宇治川の小舟は、急流を霞の中へ落ちてゆく。貫之の歌にある秋の名物、すなわち竜田川の紅葉に対し、こちらは宇治川のひなびた柴舟を晩春秀逸の景として対抗させた。霞に「落つる」は急流の感じを捉えてみごとである。

寂蓮法師（一一三九？―一二〇二）俊成の甥で、幼時俊成の養子となったが、後に出家。諸国を巡り歩いたが、中央歌壇でも活躍。艶と寂寥をあわせもつ巧緻な作風。『寂蓮法師集』がある。『新古今集』撰者の一人。

四月九日

はかなくて過ぎにしかたを数ふれば花に物思ふ春ぞ経《へ》にける

式《しき》子《し》内《ない》親《しん》王《のう》

『新古今集』巻二春歌下。新古今時代女流歌人の第一人者。十代の青春期を賀茂の斎院として神に仕え、戦乱の中で肉親の非業の死にも出会ったためか、歌は情熱を底ごもらせて内攻する。そこに独特の魅力がある。夢のようにすぎた年月を顧みれば、桜を前に思いにふけった幾つもの春のことばかり思い出されると。嘆きの歌だが、それも花あってのこと、思いの深い花ぼめの歌である。そこにさらに、はかない恋の思い出もまつわっているように感じられる。

式子内親王(生年不詳—一二〇一)新古今時代の代表歌人の一人。後白河院の皇女。戦乱のうちに、肉親のあいつぐ非業の死に遭った。内向する情熱を清澄高雅また哀艶な詠風でうたった。定家との恋愛伝説もある。

四月十日

さくら花《ばな》ちりぬる風のなごりには水なきそらに波ぞ立ちける

紀《きの》貫《つら》之《ゆき》

『古今集』春下。平安前期歌人中最大の存在で、『土佐日記』作者としても有名。ナゴリは本来「余波」の意で、波がすぎた後になお残る余波のこと。桜が風に吹かれて散る。その風が尾を引く余波となって漂う波打ちぎわに、思いがけずも白波が立ったではないか、空には水などないのに。ひらひらと上下しながら散る白い花びらを波に見立てているのだが、そのような技法をやわらかに包んで、何よりもまず音と影像の優美華麗に王朝の歌の特色を示す。

紀貫之（八七二?—九四五）平安朝和歌ルネサンスの代表歌人。歌合や屏風歌など晴の舞台で活躍したが、官位は従四位下木工権頭（もくごんのかみ）にとどまった。『古今集』仮名序は、日本文学における実質的には最初の作家論、歌論として大きな影響力をもった。『土佐日記』など。

四月十一日

東大寺《とうだいじ》湯屋《ゆや》の空ゆく落花かな

宇《う》佐《さ》美《み》魚《ぎょ》目《もく》

作者は『秋収冬蔵』(昭五〇)などの句集のある現代俳人。右は昭和五十一年作。奈良の誇る東大寺、その伽藍建築のひとつに湯屋、つまり浴室がある。美しい線の屋根をもった建物である。その大湯屋の上に春の空がひろがっている。それを見あげていて、ふと風に運ばれてひらひら湯屋の上方を渡ってゆく桜の花びらを見つけたのだ。大景をとらえた格調のある句である。俳諧では、『古今集』以来の伝統で、単に「花」や「落花」といえば桜を指すのが普通。

宇佐美魚目(一九二六—二〇一八)俳人。愛知県生まれ。愛知一中卒。「ホトトギス」に投句。橋本鶏二に師事。「晨」代表同人。句集『崖』『秋収冬蔵』など。書家でもある。

四月十二日

さゞなみや志賀《しが》の都はあれにしをむかしながらの山ざくらかな

薩摩守平忠度《さつまのかみたいらのただのり》

『千載集』巻一春上に読人しらずとして出る。『平家物語』「忠度都落」の段に、敗走する平家一門の公達《きんだち》忠度がいったん都に引返し、旧友の大歌人藤原俊成に歌稿を託して去った話がある。俊成は後に『千載集』を勅命で編む際、朝敵となった忠度のこの歌を、反対を押しきり読人しらずとして入集させた。天智帝当時の近江の都は今は荒れはてたが、そこの長等《ながら》山の山桜は、ああ昔ながらに無心に咲いている。平家の悲運に対する挽歌のようにもひびく歌である。

薩摩守平忠度（一一四四―八四）平安末期の武将。平忠盛の子。清盛の弟。正四位下薩摩守。一谷の戦に敗死。『平家物語』、謡曲「忠度」などに、歌人としての逸話を残す。

四月十三日

ねがはくは花のもとにて春死なむその如月《きさらぎ》の望月《もちづき》のころ

西《さい》行《ぎよう》法《ほう》師《し》

『新古今集』雑下。西行の作中特に有名な歌だが、『新古今集』完成の中途で切り出し(削除)措置を受け、異本にのみ残された。「如月の望月のころ」は二月十五日(満月)をいう。太陽暦では三月末に当たる。西行の熱愛した桜の花盛りの時期に当たるが、また釈尊入滅の日でもある。出家の身として、とりわけその日に死にたいという願いをこめた歌だが、驚いたことに、彼は願った通り、河内の弘川寺で、建久元年二月十六日に没した。

西行法師(一一一八―九〇) 俗名佐藤義清(のりきよ)。鳥羽院の北面の武士であったが、二十三歳の時、突然妻子を捨てて出家。以後没年まで旅に明け、旅に暮れる生涯を送った。『千載集』以下の勅撰集に二百五十余首。家集に『山家集』。

四月十四日

うつし世のはかなしごとにほれぼれと遊びしことも過ぎにけらしも

古《こ》泉《いずみ》千《ち》樫《かし》

『川のほとり』(大一四)所収。「はかなしごと」は「はかなごと」、はかない事ども。「ほれ」は心気もうろうの放心状態を指し、そこから人に惚れるという用法も出た。大正十三年、千樫晩年の心境をうたっている。当時彼は喀血して病床にあり、死を思う折も多かった。秘めごとの恋をはじめ、多くのはかなごとに夢中だった日々への、万感こめた愛惜の思いが一首にしみとおっている。調べに哀れと艶《えん》があって、いい歌である。

古泉千樫(一八八六―一九二七)歌人。千葉県生まれ。小学校教員となる。伊藤左千夫に師事、「アララギ」同人。茂吉と親交があった。写生を基調とする澄明な作風。歌集『川のほとり』『屋上の土』『青牛集』などがある。

四月十五日

にはとこの新芽《しんめ》を嗅《か》げば青くさし実《じつ》にしみじみにはとこ臭《くさ》し

木《きの》下《した》利《り》玄《げん》

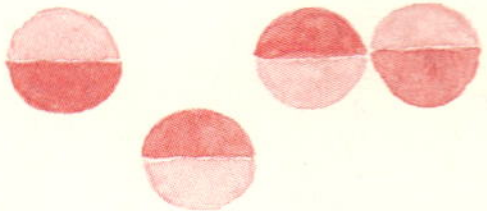

『紅玉』(大八)所収。大正十四年三十九歳で没した歌人。岡山の旧足守藩主の甥に生まれ、本家を嗣いで子爵となる。学習院の交友から「白樺」に参加、同派唯一の歌人となる。鋭い自然観照は独特で、右はニワトコの新芽の朝から夕方までを観察した連作の一首。「にはとこの新芽ほどけぬその中にその中の芽のたたまりてゐる」という歌もある。一見無造作な表現のうちに、観察と感動を一挙にしぼりあげているのが、この歌人の歌の魅力である。

木下利玄(一八八六―一九二五)歌人。岡山県生まれ。佐佐木信綱門。学習院で同級の志賀直哉、武者小路実篤らと「白樺」を創刊。感覚的な作風を経て写実的な傾向へと移った。口語の用法に独特なものがある。歌集『銀』『紅玉』『一路』など。

四月十六日

ぜんまいののの字ばかりの寂光土《じやくくわうど》

川《かわ》端《ばた》茅《ぼう》舎《しや》

句集『華《け》厳《ごん》』(昭一六)所収。人っ子ひとりいない、やや湿りけをおびた森閑たる原野に、「の」の字に巻いた首をちょこんと立てたぜんまいが立ち並ぶ。その光景が、作者の心眼に、光明の遍照する寂光浄土を瞬時に開いてみせたのである。茅舎は岸田劉生に学んで画家を志したこともあったが、劉生没後絵を離れた。脊椎カリエスを病む。病苦の中で仏典に親しみ、句の中に清浄境を確立した。

川端茅舎(一八九七―一九四一) 俳人。東京日本橋の生まれ。画家川端龍子の実弟。はじめ岸田劉生に洋画を学んだが、のち俳句に志し高浜虚子に師事。第二句集『華厳』の虚子の序文に「花鳥諷詠真骨頂漢」という。脊椎カリエスをはじめ病患多く、後半生は臥床闘病の日を送った。

四月十七日

ゆく春や蓬《よもぎ》が中の人の骨

榎《えの》本《もと》星《せい》布《ふ》

『星布尼《せいふに》句集』所収。天明前後の俳諧中興期に男まさりの格調高い句を作った女流。加舎白雄に師事した。同時代の医師文人橘南谿《たちばななんけい》の『東遊記』に、天明初期奥羽大飢饉のすさまじい惨状の記録がある。この句もあるいは当時の見聞か。暮春の原野に旺盛な生命力をみせて蓬が生い茂る。そのあたり、冬の極寒の中で餓死した人々の骨が散っている。俳句では、まして女流では、詠み得た人のまれな主題。

榎本星布（一七二二―一八一四）江戸中期の女流俳人。武蔵の人。はじめ鳥酔門、のち白雄門。芭蕉の句碑を建立し、記念集『蝶の日かげ』を上梓。同書の刊行を前にして子の喚之を失い、以来消沈の日を送った。喚之は『星布尼句集』の編者。

四月十八日

唐衣《からころも》　きつつなれにし　つましあれば　はるばるきぬる　たびをしぞ思ふ

在《あり》原《わらの》業《なり》平《ひら》

平安前期六歌仙の一人。高貴の家柄出身だが、藤原一門の官僚社会でははみ出し者だった。歌才の豊かさに加えて、許されぬ恋を敢えてした色好みの理想家としての逸話でも有名。右は東国流浪の旅の作。三河の八橋《やつはし》で、川べりに咲くカキツバタを見て旅愁たえがたく、その五文字を各句の頭にすえて詠んだ。この技法を折句《おりく》という。唐衣は舶来の美しい衣。それを着てむつみ合った妻を都に残して放浪する嘆きを歌う。

在原業平（八二五―八八〇）　平安初期の代表的歌人、六歌仙の一人。『三代実録』に「業平体貌閑麗、放縦不拘、略無才学、善作倭歌」とある。漢詩文の教養はないが、歌才抜群という評価である。伝説的な美男貴公子。

四月十九日

シルレア紀《き》の地層は杳《とほ》きそのかみを海の蠍《さそり》の我も棲《す》みけむ

明《あか》石《し》海《かい》人《じん》

『白描』（昭一四）所収。明治三十四年生まれ、昭和十四年没の歌人。ハンセン病に冒され長島愛生園で没した。療養末期数年だけの歌歴だが、歌は非凡。「シルレア紀」は古生代中、四・三億年前から四億年前までの時代。そのころ海底に生きていた自分を想像しているのである。作者は日々死と隣り合わせの苦悩の中にあった。その苦悩の中での転生の願い、刹那にして一挙に永遠をつかみたいと願う熱望が、ふと作者に見せた茫々たる過去の異形のふるさと。

明石海人（一九〇一—三九）歌人。ハンセン病のため、昭和七年長島愛生園に入園。十四年歌集『白描』を刊行、悲痛な境涯をよく抑制してうたい、感動をよんだ。『海人遺稿』がある。本名、出生地は公表されない。

四月二十日

長持《ながもち》へ春ぞくれ行く更衣《ころもがへ》

井《い》原《はら》西《さい》鶴《かく》

『落花集』所収。「更衣」は陰暦四月一日綿入れから袷《あわせ》に着替えた行事(秋は十月一日)。今も五月一日に更衣をする人があるが、要は夏の装いにかえること。日は厳密にはいわない。長持を開けて春に着た衣装を一枚一枚納めてゆく。お花見の楽しい思い出も花見衣装と一緒に箱に納まってゆく。春という季節が、こうして長持の中へと暮れてゆくのだ。機智の詩だが、おのずと優美を保っている。

井原西鶴(一六四二―九三) 浮世草子作者。大坂の町人。貞門俳諧から談林派に転じ、矢数俳諧の速吟を得意とした。二万翁とも号す。四十一歳の時『好色一代男』を著わし、浮世草子の創始者、第一人者となる。『好色五人女』『日本永代蔵』『西鶴置土産』など。

四月二十一日

はつなつ の かぜ と なりぬ と みほとけ は
をゆび の うれ に ほの しらす らし

会《あい》津《づ》八《や》一《いち》

南都すなわち奈良の寺や仏をあこがれ詠じた歌集『南京《なんきよう》新唱』（大一三）所収。「南京」は北の京都に対して奈良をいったもの。「をゆび」は小指、「うれ」は末端。み仏は胸元にかかげた小指の先で、吹く風もさわやかな初夏の風になったことをほのかに覚知なさっているだろう。意味はそれだけだが、口ずさめば一音一音の魅力にうたれる。八一は言葉の音の中にひそむ力をひき出し、示すため、総平がなの表記法をとった。

会津八一（一八八一―一九五六）歌人、美術史家、書家。号秋艸道人。歌壇と交渉はなかったが、『万葉集』や良寛の歌を愛し、独自の歌風を展開。『南京新唱』『鹿鳴集』など。大和や故郷新潟に歌碑も多い。

四月二十二日

湧《わ》きいづる泉の水の盛りあがりくづるとすれやなほ盛りあがる

窪《くぼ》田《た》空《うつ》穂《ぼ》

『泉のほとり』(大七)所収。信州の松本在に生まれた空穂は、高等小学時代、二里ほど離れた松本市の、早い時期に建てられた洋風建築で名高い開智学校に通った。通学の途中に広い柳原があり、奥に泉が湧いていた。少年は夏の日、泉のほとりの青草に寝そべり、ごぼごぼ湧きやまぬ泉が語る言葉なき言葉に魅せられて、時のたつのも忘れることが多かった。その思い出を歌ったもの。泉はこの歌の中で、作者が世を去った今も、湧きつづけている。

窪田空穂(一八七七—一九六七)歌人、国文学者。長野県生まれ。草創期の「明星」で重きをなしたが、浪漫的歌風から自然主義を経て独自のいわゆる空穂調を生む。詩歌集『まひる野』、歌集『鏡葉』など主要歌集十九集。現代の最もすぐれた長歌作者でもあった。

四月二十三日

風かよふ寝覚《ねざめ》の袖《そで》の花の香《か》にかをる枕の春の夜の夢

藤原俊成女《ふじわらのしゅんぜいのむすめ》

『新古今集』巻二春歌下。鎌倉前期の女流歌人。俊成の実の娘ではなく孫にあたり、彼の養女となった。新古今独特の優艶な歌風の体現者である。花に吹く風のため、春夜の夢からふと覚めたが、袖にも枕にも花の香が漂い、今までその中にひたっていた夢さえほのかにかおるようだ。「の」で次々に結ばれてゆく物象や事象は、寄せては返す波のように、たがいに重なり合い溶け合って、春の夜の夢そのものと化す。

藤原俊成女（生没年不詳） 鎌倉前期の歌人。藤原俊成の養女だが、血筋からは孫になる。源通具に嫁して侍従具定らを生む。後鳥羽院に出仕。四十二歳ころ出家。家集『俊成卿女集』その他に約七五〇首の歌が残る。

四月二十四日

あやめかる安積《あさか》の沼に風ふけばをちの旅人袖薫《そでかを》るなり

源《みなもとの》俊《とし》頼《より》

『散木奇歌集』所収。現在の福島県郡山市の安積山、そのふもとに昔あったという沼は、菖蒲《しょうぶ》の名所として有名な歌枕だった。「あやめか(刈)る」という形容は、安積沼の歌枕としての見どころを端的に表現している。平安中期の大歌人俊頼の歌は、この名所にちなむ机上の題詠だが、いかにも初夏の薫風を感じさせる歌である。「をち」は遠方。ショウブの香があまりに高いので、遠い旅人の袖まで薫るというのである。

源俊頼(一〇五五頃—一一二九頃) 平安後期の歌人、歌学者。大納言経信の三男。堀河・鳥羽の二朝に仕え、従四位に叙せられた。晩年出家。和歌革新に努め、『堀河百首』を成立させた。また『金葉和歌集』を撰進。その詩想は俊成に流れて幽玄体へと深められた。家集『散木奇歌集』、歌論書『俊頼髄脳』。

四月二十五日

みづからを思ひいださむ朝涼しかたつむり暗き緑に泳ぐ

山中智恵子《やまなかちえこ》

『紡錘』（昭三八）所収。大正十四年名古屋市生まれの現代歌人。前川佐美雄に師事。「みづからを思ひいださむ朝涼し」とは、思えばいったいどんな朝の、どんな涼しさだろう。肉体は現に生きてあるにしても、魂には魂の生活があり、おのれ自身を思い出のひとこまと化して回想する心の異次元さえある。その心の時空にあざやかに浮かび、何かしら現世の彼方からの告知を囁きかけるにも似た、かたつむりの遊泳。

山中智恵子（一九二五―二〇〇六）歌人。名古屋市生まれ。京都女子専門学校卒。「日本歌人」に入会、前川佐美雄に師事。歌集『空間格子』『みずかありなむ』『虚空日月』、評論『三輪山伝承』『斎宮女御徽子女王』など。

四月二十六日

生ける魚《うを》生きしがままに呑《の》みたれば白鳥のうつくしき咽喉《のど》うごきたり

真鍋美恵子《まなべみえこ》

『羊歯《しだ》は萌えゐん』(昭三九)所収。岐阜県生まれの現代歌人。佐佐木信綱門の「心の花」で活躍。生きものにとって逃れえない宿命に、殺生《せっしょう》ということがある。生きるために別の命を殺して食う点では人も動物も変わらない。歌はその修羅場を歌っているが、歌い方が特異で鮮やかである。魚の苦しみも作者自身の感慨もいわず、ただ真新しい死を呑みこんでぐびりと動く白鳥の美しい咽喉だけを歌った。

真鍋美恵子(一九〇六―一九九四)歌人。岐阜県生まれ。「竹柏会」に入会。「心の花」で佐佐木信綱に師事、「女人短歌」発足に参加。歌集『径』『朱夏』『羊歯は萌えゐん』など。

四月二十七日

何《いづ》れの郷里ぞ　何《いづれ》の姓名ぞ
潭裏《たんり》閑《しづか》に歌ひて太平を送る

有《う》智《ち》子《こ》内親王《ないしんのう》

『経国集』巻十四。平安初期の代表的漢詩人・書家だった嵯峨天皇の皇女。内親王自身も、十七歳当時作った「春日《しゅんじつ》山荘」という漢詩で天皇を驚嘆させ、その作の詩句は後世も「尋常の墨客の及ぶ所に非ず」と賞讃された。初代の賀茂の斎院でもあり、王朝随一の閨秀詩人とうたわれたが、現存する漢詩作品は十首。右は洋々たる春水に釣り糸を垂れる漁翁を詠んだ七言絶句より。「潭」は深い淵。そして主題は脱俗の仙客への憧れ。

有智子内親王（八〇六―八四七）平安初期の漢詩人。嵯峨天皇皇女。母は交野女王。初代賀茂斎院に卜定された。『経国集』などに十首。

四月二十八日

目を病《や》みてひどく儚《はかな》き日の暮《くれ》を君はましろき花のごとしよ

福《ふく》島《しま》泰《やす》樹《き》

『転調哀傷歌』（昭五一）所収。昭和十八年東京生まれの現代歌人。早大生時代、学生運動史に残る早大学園闘争に加わり、その体験を物語詩風に構成した『バリケード・一九六六年二月』で、一九六〇年代の新鋭歌人として短歌界に武者震いしつつ登場した。ぱりぱりの現代風俗と生活を歌うが、詠風は歌謡の調べをたっぷり持ち、現代短歌には珍しい愛誦性がある。近作に「なにも莫《な》いなにも無ければ秋を売る男と成りて我は候」。

福島泰樹（一九四三―　）歌人。東京生まれ。早大短歌会時代から新鋭として注目された。「心の花」に参加。「月光の会」主宰。早大闘争を歌った『バリケード・一九六六年二月』や『転調哀傷歌』など。

うちしめりあやめぞかをるほととぎす鳴くや五月《さつき》の雨の夕暮

藤《ふじ》原《わらの》良《よし》経《つね》

『新古今集』巻三夏。藤原家の権門に生まれ、摂政太政大臣にまでなった鎌倉前期歌人。『古今集』巻十一、よみ人しらずの恋の名歌、「ほととぎす鳴くや五月《さつき》のあやめ草あやめもしらぬ恋もするかな」を本歌とし、その上句をそっくり取って、内容は恋の歌から夏の季節の歌へと転じた。二首並べてみて詞句踏襲に無理を感じさせない手腕はみごとである。地上にはしめったあやめが薫っている。折しも空にはほととぎすが鳴いて過ぎる。

藤原良経（一一六九―一二〇六）鎌倉前期の歌人。摂政、兼実の子。名門に生まれ、太政大臣にまで上った。藤原俊成、定家父子らの後援者的立場にあった。『新古今集』には、西行、慈円に次いで多数の歌が入集し、将来を嘱望されたが、三十八歳で頓死。家集『秋篠月清集』。

四月三十日

しづかにきしれ四輪馬車《しりんばしや》、／ほのかに海はあかるみて、／麦は遠きにながれたり、／しづかにきしれ四輪馬車。

萩原《はぎわら》朔太郎《さくたろう》

『月に吠える』（大六）所収の詩「天景」全七行の冒頭四行。続いて「光る魚鳥の天景を、／また窓青き建築を、／しづかにきしれ四輪馬車。」大正初年代の萩原の小品詩は、語感の鋭さ、歌われている内容の縹渺《ひようびよう》たる無限感、心耳にしみこんでくる愁いの調べで際立っている。この天の風景には、静かな息づかいに一種の浄福感がある。当時の朔太郎の詩を彩る湧き出てやまぬ祈りのごとき衝動が生んだものだろう。

萩原朔太郎（一八八六—一九四二）詩人。近代人の孤独と憂愁を病的なまでの感性でえがき、口語自由詩最高の内在律を達成して、詩壇に衝撃を与えた。『月に吠える』『青猫』『氷島』など。他に『郷愁の詩人与謝蕪村』『恋愛名歌集』など。

五月

五月一日

照準つけしままの姿勢に息絶えし少年もありき敵陣の中に

渡《わた》辺《なべ》直《なお》己《き》

『渡辺直己歌集』(昭一五)所収。昭和十四年八月中国で戦死した広島高師出身の将校。「アララギ」に発表した戦地詠は、当時はもちろん、現代短歌史全体において、透徹した対象把握とその表現で格別の重みを持つ。「涙拭ひて逆襲し来る敵兵は髪長き広西学生軍なりき」「壕の中に坐せしめて撃ちし朱占匪《しゆせんぴ》は哀願もせず眼をあきしまま」。「朱占匪」とは八路軍兵士を日本軍がこう呼んでいたもの。戦争の実態を個に即して捉えれば、すべて残虐である。

渡辺直己(一九〇八―三九) 歌人。広島高師卒。女学校教諭。「アララギ」に入会。土屋文明に師事。昭和十二年応召、中国に渡り、十四年天津で戦死。

五月二日

淀河《よどがは》の底の深きに鮎《あゆ》の子の　鵜《う》といふ鳥に背中《せなか》食はれてきり〳〵めく
可憐《いとを》しや

梁塵秘抄《りようじんひしよう》

平安歌謡。鵜飼の情景だろう。鮎が身もだえして逃げようとはねる様を、「きりきりめく」と形容しているところなど、表現に大いに生彩がある。淀川などの川べりに群れて春をひさいでいた遊女らの愛誦した歌かもしれない。そうだとするなら、鵜につかまってきりきりめいている鮎の子に、なにがしか彼女ら自身の運命をもも感じとっていたか。後世の芭蕉の句、「おもしろうてやがてかなしき鵜舟哉」と並べてみるのも一興だろう。

梁塵秘抄　一一七〇年代成立。後白河法皇編になる、今様を主とする平安歌謡集。もと十巻あったが、巻一の一部、巻二全部のみが現在伝わっている。これに付随する同法皇著『梁塵秘抄口伝集』巻十には、法皇自身の今様修業の模様が克明に語られていて興味深い。『口伝集』も十巻あったとみられ、現存するのは巻一の初めの部分と巻十のみ。

五月三日

老残《らうざん》のこと伝はらず業平忌《なりひらき》

能《の》村《むら》登《と》四《し》郎《ろう》

『咀嚼音《そしやくおん》』（昭二九）所収。明治四十四年生まれの現代俳人。業平忌は元慶四（八八〇）年没の在原業平の忌で旧暦五月二十八日。『伊勢物語』の主人公と目され、劇的な艶聞で知られる情熱の歌人業平は、五十五歳で没した。この美男の老残の日々について、さだかなことが何ひとつ伝わらない点に、作者は業平という詩人の真骨頂を感じたのだ。ふしぎにも美女小野小町には衰亡伝説が多いのだが。

能村登四郎（一九一一―二〇〇一）俳人。東京生まれ。多年高校教員をつとめた。秋桜子の「馬酔木」に投句、同人となる。評論にも活躍。「沖」創刊、主宰。句集に『咀嚼音』『合掌部落』『民話』など。

五月四日

せつせつと眼まで濡《ぬ》らして髪洗ふ

野《の》沢《ざわ》節《せつ》子《こ》

『鳳蝶』(昭四五)所収。少女期に脊椎カリエスを病み、二十四年間闘病生活を送った。病床で俳句の魅力にうたれ、俳人への道を一筋に歩んだという。「冬の日や臥して見あぐる琴の丈」という句もある。掲出句は病癒えたのちの作だが、眼まで濡らして一心に髪を洗う動作のなかで、作者は自分の内部の女人をも「せつせつと」洗っている。官能のうずきの中に、女の夏のひそかな愉楽もある。

野沢節子(一九二〇―九五) 俳人。横浜市生まれ。カリエスを病み、二十数年に及ぶ闘病生活を送る。臼田亜浪門下、大野林火の俳誌「浜」同人。句集『未明音』『鳳蝶』ほか。「蘭」創刊、主宰。

五月五日

（覆《くつがへ》された宝石）のやうな朝／何人《なんぴと》か戸口にて誰《たれ》かとさゝやく／それは神の生誕《せいたん》の日

西脇順三郎《にしわきじゅんざぶろう》

『Ambarvalia《アムバルワリア》』（昭八）所収。明治二十七年新潟県生まれ、昭和五十七年没の現代詩人。題名のラテン語は実りの女神を祭る五月の「穀物祭」の意。この三行詩の題は「天気」という。ある晴れた日の、永遠を思わせる一瞬を写しとるには、表現の意外性が不可欠だった。カッコ内の澄み渡った朝を形容する句は、英詩人キーツの長詩から取り、本歌取りに似たやり方で自作の別の文脈に生かしている。

西脇順三郎（一八九四―一九八二）詩人。新潟県生まれ。慶大教授。英国留学、オックスフォード大に学び、在英中詩集『Spectrum』を刊行。超現実主義的なイメージに東洋的「軽み」の加わるユニークな詩的世界を構築。詩集『Ambarvalia』『近代の寓話』ほか。

五月六日

蟇《ひき》歩く到りつく辺《へ》のある如く

中《なか》村《むら》汀《てい》女《じょ》

『汀女句集』(昭一九)所収。ヒキガエルは春先冬眠から覚め、生殖・産卵の後また地中にもぐる。そして初夏のころはい出して蚊などを捕って食う。図体大きく、暗褐色の背中には大きないぼがあっていかにも醜い感じだが、生殖期の鳴き声の美声ぶりには驚かされる。夏の夕ぐれ時のっそりのっそり歩く大きな塊りも見ものだが、この句はそんなガマ君の歩行を詠んで、おかしくもあわれな詩とした。

中村汀女(一九〇〇―八八) 俳人。熊本市生まれ。「ホトトギス」に投句、同人となる。「風花」創刊、主宰。新聞、テレビその他で特に女性の俳句啓蒙につとめる。句集『春雪』『紅白梅』ほか。随筆集も多い。

五月七日

黄泉《よみ》に来てまだ髪梳《かみす》くは寂《さび》しけれ

中村《なかむら》苑子《そのこ》

第一句集『水妖詞館』(昭五〇)所収。現代に女流俳人は多いが、この作者の句は中での異風といえよう。季や写生の有無にこだわらない。現実世界のみならず黄泉の国、すなわち死後の冥界の消息をも句にする。しかし、いわゆる幻想的な作のおちいりやすい独善性や甘ったれた自己満足はない。人生の哀しみから妖艶《ようえん》な美をしぼりとることとの、愉楽とそして寂しさを知っていた人とみえる。

中村苑子(一九一三―二〇〇一)俳人。静岡県生まれ。「春燈」に参加、のち高柳重信の「俳句評論」創刊に参画、同人。「新女性俳句」同人。句集『水妖詞館』『花狩』ほか。

五月八日

篁《たかむら》の竹のなみたち奥ふかくほのかなる世はありにけるかも

中《なか》村《むら》三《さぶ》郎《ろう》

長崎生まれの歌人。若山牧水に師事し、その歌誌「創作」の花形的存在だったが、大正十一年三十二歳で若死にした。近年全歌集が編まれた。作者は京極為兼の「枝にもるあさひのかげのすくなきにすずしさふかき竹の奥かな」という竹林の歌を目にしていたかどうかわからないが、彼の歌も竹林の閑寂な幽静境をうたった忘れがたい秀歌だと感じられる。大正七年二十八歳の時の作。「なみたち」は並み立ち。下句の「ほのかなる世」がまことに麗しい。

中村三郎(一八九一—一九二二)歌人。長崎市に生まれ、旅役者などをして放浪生活を送った。若山牧水の門に入ったが、肺患を病んだため帰郷、病没。遺歌集『中村三郎集』など。

五月九日

篠懸樹《ぷらたぬす》かげ行く女《こ》らが眼蓋《まなぶた》に血しほいろさし夏さりにけり

中《なか》村《むら》憲《けん》吉《きち》

『林泉集』(大五)所収。昭和九年四十六歳で没した「アララギ」の歌人。三十代初めのころから早くも沈潜かつ澄明の詠風を確立したが、都会の景情を官能的に歌ったみずみずしい歌を初期に持つ。これもそのひとつで、二十五の時の作。「夏さりにけり」のサリ(去り)は、古くは近づく意にも使った語で、ここもその用法。ほのかにまぶたを紅潮させて、すずかけの街路樹下をゆく乙女らの初夏。青春感傷の歌の逸品だろう。

中村憲吉(一八八九—一九三四)歌人。広島県生まれ。東大経済卒。大阪毎日新聞記者。「アララギ」同人。写実的歌風から東洋的諦観の歌境へ。歌集『林泉集』『松の芽』『軽雷集』など。

五月十日

樹脂の香に　朝は悩まし
うしなひし　さまざまのゆめ、
森竝《もりなみ》は　風に鳴るかな

中《なか》原《はら》中《ちゆう》也《や》

『山羊の歌』(昭九)所収。「朝の歌」と題する文語十四行詩第三連。作者自らが認めた詩的出発の作だった。当時作者は十九歳。一編全体は、寝床で目覚めたばかりの少年の視覚・聴覚・嗅覚にとらえられた外界の印象をえがきつつ、早くも少年詩人を染め上げている生の憂愁を歌っている。それでも「樹脂の香に　朝は悩まし」。若い生命力の自己主張がそこにはあった。

中原中也(一九〇七―三七)　詩人。山口県生まれ。ダダイストとして出発。小林秀雄、河上徹太郎、大岡昇平らと交友。生の倦怠をうたって昭和抒情詩の一頂点をなす。詩集『山羊の歌』『在りし日の歌』で多くの愛読者をもつ。

五月十一日

鉛筆をこころゆくまで尖《とが》らせて小学童子《どうじ》老人となる

坪《つぼ》野《の》哲《てつ》久《きゅう》

『人間旦暮』(昭六三)所収。昭和六十三年十一月に逝去した坪野哲久の歌人としての生涯は、文字通り昭和時代と重ね合わせだった。初心時代に参加したアララギに始まり、プロレタリア短歌から「新風十人」時代を経て、戦後の旺盛な批判精神に基づく独自の歌境まで、この歌人の印象は一貫して強面《こわもて》の人だった。その人の最晩年の一首である。すがすがしい自画像だ。こういう「小学童子」が一人でも多いほど、空気は澄む。

坪野哲久(一九〇六—八八) 歌人。石川県生まれ。東洋大卒。赤彦に師事。「プロレタリア歌人同盟」などの運動を推進。「鍛冶」創刊。「新風十人」参加。歌集『九月一日』『北の人』『碧巌』など。評論『昭和秀歌』など。

五月十二日

歌よみが幇間《はうかん》の如《ごと》く成《な》る場合場合を思ひみながらしばらく休む

土《つち》屋《や》文《ぶん》明《めい》

『少安集』(昭一八)所収。土屋文明は伊藤左千夫門下だが、同門の島木赤彦、斎藤茂吉、古泉千樫、中村憲吉らより後輩。アララギ派の新風の代表者となり、昭和期に入って青年歌人に大きな影響を与えた。批判的な知性が群馬県高地の農村出身者の一徹な野性と結ばれ、強い個性的魅力を放つ。昭和十五年、戦時態勢強化の時代に便乗する歌人たちを見すえつつ、自らをも鋭く省みている歌。

土屋文明(一八九〇—一九九〇)群馬県生まれ。中学卒業とともに伊藤左千夫をたよって上京、「アララギ」最年少の同人となる。東大哲学科卒。法大、明大教授。アララギの写実主義と批判的知性の最もいきいきした一致を実現した。『ふゆくさ』『山谷集』他。『万葉集私注』の大著がある。

五月十三日

二滴一滴そして一滴新茶かな

鷹《たか》羽《は》狩《しゅ》行《ぎょう》

『十一面』(平七)所収。この俳人はあいまいさを残さない明確な表現に特色がある。すっきり割り切れるものが本能的に好きなのだろう。今の場合、新茶の特徴をどこでとらえるかという問題。作者は香りや味にはふれず、最後の一滴をことにも珍重する新茶のいれ方だけをいう。なるほどこれこそ新茶、と納得させる把握。いわば形から入ってゆく手法である。それでいて香りや味まで想像させる。

鷹羽狩行(一九三〇—二〇二四)俳人。山形県生まれ。中央大学卒。山口誓子、秋元不死男に師事。「狩」創刊、主宰。句集『誕生』『平遠』『七草』、評論集『古典と現代』など。

五月十四日

繭《まゆ》ひとつ／自力でしあげたさみしい牢屋《ろうや》／生まれかわるために

ジーン・クウィンテロ

『地球歳時記'90』所収。フィリピンの小学五年生十一歳。原文は英語で A single cocoon／a lonely self-made prison／for renewing life で、カイコの繭を、虫が生まれかわるためにみずから牢屋を作ってとじこもったものと見ている。子供にしては力強い内省的観察力である。短い詩を作るという条件がこの思索的観察を引き出したのだろう。上掲書で私が最初に注目したのはこの作だった。この句の訳は、私の試訳である。

ジーン・クウィンテロ（Gene Quintero）　フィリピン。

五月十五日

庭の壁のひび割れの中／小さな苔が育っている／あたしそっくり、誰にも知られず

J・J・ディヴィナグラシア

『地球歳時記'90』所収。フィリピン、六年生十一歳。Tiny growing moss／in cracks in the garden wall／like me, unnoticed 本には作者が描いた煉瓦壁の絵が挿絵でついている。焦げ茶の煉瓦の隙間には小さな緑の苔がちょぼちょぼと。詩も絵の上部に書きこまれている。どんな子なんだろう。控えめで寂しい女の子かもしれぬ。ひっそりと忘れられているような子。だが、最終行にはしっかりした技術がある。この詩で彼女は人に知られる喜びを得た。

J・J・ディヴィナグラシア (Jaymie J. Divinagracia) フィリピン。

五月十六日

放課後の暗き階段を上りゐし一人の学生はいづこに行かむ

柴《しぼ》生《う》田《た》稔《みのる》

『入野』(昭四〇)所収。斎藤茂吉に師事したアララギ派歌人。多年大学教授をつとめた。ふとつぶやくように生まれた作と思われるが、不思議な味わいがある。作者は夕暮れの階段をおりる途中、一人の学生とすれちがった。放課後なのに、この学生はどこへ上がってゆくのか。結句には、「どの教室へ」と問うだけでなく、もっと広い意味で「どこへ」と問う心が響いていて、そこに愁いあるひろがりが生じた。

柴生田稔(一九〇四―九一) 歌人、国文学者。東大国文卒。明大名誉教授。「アララギ」に入会、斎藤茂吉に師事。歌集『春山』『入野』他。『万葉集』や、『斎藤茂吉伝』など茂吉の研究家としても著名。

五月十七日

しんしんと肺碧《あを》きまで海の旅

篠《しの》原《はら》鳳《ほう》作《さく》

昭和十一年三十歳で急逝した新興俳句運動の俊才。鹿児島に生まれ、沖縄や鹿児島の中学で教えるかたわら、いくつかの俳誌に関係したが、晩年は新興俳句運動の、とりわけ無季俳句の有力な推進者だった。右の句、無季俳句の傑作として知られる。「しんしんと」の沁《し》み入る感覚と「肺碧きまで」の鮮やかな色感のみごとな融合によって、忘れがたい印象を生む。まこと南国人の句というべきであろう。

篠原鳳作（一九〇六―三六）　俳人。鹿児島市生まれ。沖縄の宮古中学や、鹿児島の中学で教鞭をとる。「傘火」を創刊して、新興俳句運動に参じ、とくに無季俳句の熱心な推進者となった。

五月十八日

おそるべき君等の乳房夏来《きた》る

西《さい》東《とう》三《さん》鬼《き》

『夜の桃』(昭二三)所収。明治三十三年岡山県生まれ、昭和三十七年没の俳人。新興俳句運動の中心的存在だった。長らく歯科医だったが、風狂な生活ぶりは自伝「神戸」ほかに活写されている。昭和二十一年、戦争が終わってから最初の夏の作。長い間制服やモンペに押さえつけられていた若い女性の胸が、誇らかに豊かな張りを示してはばからぬ時代が来た、その夏の解放感。初句は親密率直な讃辞。

西東三鬼(一九〇〇—六二)　俳人。岡山県生まれ。日本歯科医専卒。「京大俳句」に加入。新興俳句の花形となるが、京大俳句事件で検挙、一時俳句を廃した。句集『街』『夜の桃』『変身』など。随筆にも軽妙な筆をふるった。

五月十九日

障《さは》りなく水の如くに咽喉《のど》を越す酒にも似たるわが歌もがな

坂《さか》口《ぐち》謹《きん》一《いち》郎《ろう》

『愛酒楽酔』(昭六三)所収。作者は醱酵学・醸造学の世界的権威で、酒博士として有名な学者だが、好んで作る歌にも酒に関わるものが多かった。歌の師はなく、結社にも属さず、「われながら幼稚で不馴れなところが多い」と謙遜して書いている。しかし、自作の歌によせる願望を詠んだ右の歌など、なまじの専門歌人では、仮に心で思っていてもすんなりと言葉にはならない種類の歌ではなかろうか。好きこそ物の上手なれという。

坂口謹一郎(一八九七—一九九四)農芸化学者。新潟県生まれ。東大農学部卒。東大名誉教授。醱酵菌類、醸造など応用微生物学の権威。一般書に『世界の酒』『日本の酒』他がある。

五月二十日

新月や蛸壺《たこつぼ》に目が生える頃《ころ》

佐《さ》藤《とう》鬼《おに》房《ふさ》

『何処へ』(昭五九)所収。蛸壺を詠んだ句では芭蕉の「蛸壺やはかなき夢を夏の月」が文句のない傑作である。どんな俳人もあの句を無視して蛸壺は詠めまい。現代俳人鬼房のこの句は、あえて芭蕉と同じく月を取り合わせにして蛸壺を描き、現代の新感覚を盛るのに成功している。壺に「目が生える」のはもちろん蛸が中に入ったからだが、この表現を得て句に生気と飄逸味が生じ、さらに幻想絵画的なおもむきも生じた。

佐藤鬼房(一九一九—二〇〇二) 俳人。岩手県釜石生まれ。小学校卒業後、町の製氷組合に入る。兵役を経て、戦後は冷凍機械関係の職につく。西東三鬼に師事、「天狼」同人となる。句集に『名もなき日夜』ほか。

五月二十一日

藤の花今をさかりと咲きつれど船いそがれて見返りもせず

坂《さか》本《もと》龍《りよう》馬《ま》

『坂本龍馬全集』(昭五三)所収。三十そこそこで暗殺された龍馬には、もちろん詩文の作は多くはない。だが今わずかに残る二十首前後の和歌には、『古今集』を愛誦した形跡を示す優美な作がいくつもある。祖母・父母・兄姉みな歌をたしなむ家の伝統が、この風雲児の中に深く生きていたのである。「淀川を遡りて」という歌、いつの作とも分からないが、彼の悲運を知って読めば、夭折した革命家の自画像のようにも見える。

坂本龍馬(一八三五—六七) 幕末の志士。土佐藩の郷士の子。江戸に遊学、勝海舟に私淑して、航海術を修業。薩長和解を策し、同連合を成功させる。大政奉還の実現に尽力したが、暗殺された。

五月二十二日

力《ちから》なき蝦《かへる》　力《ちから》なき蝦《かへる》　骨《ほね》なき蚯蚓《みみず》　骨《ほね》なき蚯蚓《みみず》

催《さい》馬《ば》楽《ら》

催馬楽は八世紀ごろ歌曲として唱われた民謡。外来音楽である雅楽の曲調によって在来の民謡を編曲し、貴紳が愛誦した。ひなびたものや好色的なものも含まれて興味深い。童謡と思われるものも二、三あり、右もその一つ。子どもがカエルとミミズに向かって「やあいやあい、弱虫ガエル、骨なしミミズ」とはやしているようでもあるし、そうではなくカエルとミミズが、互いに口げんかしているようでもある。

催馬楽　平安時代初期に、地方民謡が朝廷や貴族階級に入ったもの。神楽の余興として始まり、雅楽の楽器を使用。句形は短歌形式を基本として、七句又は八句。題材は具体的で、表現は風刺的、即興的要素に富む。

五月二十三日

鎹《かすがひ》も　錠《とざし》もあらばこそ　その殿戸《とのど》　我鎖《われさ》さめ
おし開いて来ませ　我《われ》や人妻

催《さい》馬《ば》楽《ら》

原作は問答体の歌謡で、これはその後半。前半は「東屋《あづまや》の真屋《まや》のあまりの　その雨《あま》そそぎ　我立ち濡れぬ　殿戸開かせ」。男が思う女の門前で、あいにくの雨に軒下でうたれながら「軒下の雨だれにびしょ濡れになっています。お家の戸を開けて下さい」。女答えていわく、「戸はあいてますよ、押し開いておいでなさいませ、私は人妻などではありませんのに」。いやな雨も時にとっての幸便となる。古代歌謡や王朝和歌も好んで歌った状況設定。

催馬楽　平安時代初期に、地方民謡が朝廷や貴族階級に入ったもの。神楽の余興として始まり、雅楽の楽器を使用。句形は短歌形式を基本として、七句又は八句。題材は具体的で、表現は風刺的、即興的要素に富む。

五月二十四日

わが息と共に呼吸《いき》する子と知らず亡《な》きを悼《いた》みて人の言ふかも

五島美代子《ごとうみよこ》

『新輯母の歌集』(昭三二)所収。豊麗な歌才の人だったが、子や孫を歌う時の愛は情痴に近く、母性の歌の一極致ともいえる秀歌を残した。掌中の珠と育ててきた長女が東大在学中急逝した時の慟哭《どうこく》の歌の一つ。人は娘を亡くしたことを悼んでくれる。娘はこんなにもありありと私の中で一体になって息しているのに。よし人は迷妄と見よ、親はこの真実の中でしか生きられないのだ。

五島美代子(一八九八―一九七八)歌人。東京生まれ。佐佐木信綱に師事、「心の花」に参加。五島茂と結婚。茂とともに「立春」創刊。「女人短歌」創刊に参画。歌集『暖流』『炎と雪』『いのちありけり』『新輯母の歌集』など。

五月二十五日

ともし火に我《われ》もむかはず燈《ともしび》もわれにむかはず己《おの》がまにまに

光《こう》厳《ごん》院《いん》

光厳上皇は十四世紀南北朝時代の北朝初代天皇。戦乱に転々とし晩年は禅僧生活を送った。花園院の指導で『風雅集』を撰し、和歌史に名をとどめる。生涯の歌一六五首が残る。右は『光厳院御集』雑の部の、夜ふけに灯火とひとり向かい合っている深沈たる心境を歌った六首連作の一つ。灯火と自分自身と一室にあってたがいに静まりかえっている。近代の秀歌にも通じる内面に目を向けた作。

光厳院（一三一三―六四）北朝の天皇。『風雅集』は従来花園天皇を撰者としてきたが、甥の光厳天皇(当時上皇)の親撰であることが、近年の研究で明らかとなった。集成立後、南北朝争乱のため各地を転々とした。

五月二十六日

なべて世のはかなきことを悲しとはかかる夢見ぬ人やいひけむ

建礼門院右京大夫《けんれいもんいんうきようのだいぶ》

右京大夫の官名で高倉天皇の中宮建礼門院に仕えた教養豊かな女性。平重盛の次男資盛《すけもり》の愛人だったが、資盛は壇ノ浦で海の藻屑と消えた。知らせを受けて悲嘆にくれた日々の歌が彼女をかくも有名にした。「なべて」はおしなべて。人生おしなべてはかなく無常だ、それが悲しい、など言ってる人は、私が今見ているような悪夢をまだ見たことがないから、「悲し」など気安く言えるのだ、と。

建礼門院右京大夫(一一五七頃―没年不詳) 書の名家世尊寺家の藤原伊行(これゆき)の娘。高倉天皇の中宮、平徳子(のちの建礼門院)に仕えた。源平の争乱で壇ノ浦合戦に戦死した平資盛の愛人。資盛との交渉の追憶を歌と文でつづった『建礼門院右京大夫集』で有名。

五月二十七日

犬も／馬も／夢をみるらしい／／動物たちの／恐しい夢のなかに／
人間がいませんように

川《かわ》崎《さき》洋《ひろし》

『祝婚歌』(昭四六)所収。昭和五年東京生まれの詩人。「言葉好き」という形容があるとすれば、この詩人などまさにそれにふさわしい人だろう。泳ぐ魚を素手でつかむように日本語をつかみとり、その実感をいきいきと詩に盛るのが巧みである。これは「動物たちの恐しい夢のなかに」という題の詩の全文。ありふれた日常用語で書かれた詩だが、中にこめられた祈りは優しく、そして鋭く読む者の心をうつ。

川崎洋(一九三〇―二〇〇四) 詩人。東京生まれ。戦時中九州に疎開。西南学院中退。茨木のり子と「櫂」創刊。詩集『はくちょう』『象』『海を思わないとき』などのほか、方言採集、童話、放送作家としての活動も旺盛。

五月二十八日

大魚《おほな》釣る相模の海の夕なぎに乱れて出《い》づる海士小舟《あまをぶね》かも

賀《か》茂《もの》真《ま》淵《ぶち》

門弟村田春海が編み、寛政三年に成立した『賀茂翁家集』巻二に、「釣舟」と題して収める。「大魚」はマグロ、カツオの類だろう。それを釣るため、夕なぎの相模の海に小舟が入り乱れて出ている情景。国学者真淵には自然界の大景を詠んだ気分のいい歌が少なからずあり、これもその秀作の一つと言ってよかろう。「大魚釣る」という初句の勇壮さに「乱れて出づる」の勢いのよさが呼応して、漁船の群れに目をみはる心躍りをよく表現している。

賀茂真淵（一六九七―一七六九）江戸中期の国学者、歌人。『万葉考』などの古代研究書、『爾比末奈妣(にひまなび)』などの歌論書がある。『万葉集』を重んじ、その声調を学んだが、万葉の研究受容は古道認識のための階梯であった。本居宣長は晩年の弟子。

五月二十九日

天《あめ》の海に雲の波立ち月の船星の林に漕《こ》ぎ隠《かく》る見ゆ

柿本人麻呂歌集《かきのもとのひとまろかしゅう》

『万葉集』巻七雑歌冒頭。広大な天の海。そこに浮かぶ雲は、立つ白波だ。月の船がそこを渡って、星の林に隠れてゆく。『万葉集』にはすぐれた叙景歌が多いが、中での異色作。「星の林」という見立てかたが面白い。原文の万葉仮名は「天海丹　雲之波立　月船　星之林丹　榜隠所見」。天海を漕ぎ渡る月船を見ながら、他の星からくるＵＦＯのごとき物体を夢みた古代人もいたかもしれない。

柿本人麻呂歌集　万葉集の十数カ所に『柿本人麻呂朝臣之歌集』より採った歌なるものがあることによって存在の知られる古歌集。人麻呂の作品を含むことは確かであるが、彼の採集した諸国の民謡や、人麻呂作と信ぜられたもの、女性の歌らしいものも含んでいる。『万葉集』にある本書からの歌は、長歌、短歌、旋頭歌約三八〇首。

五月三十日

天に鳴響《とよ》む大主《おほぬし》　明《あ》けもどろの花の　咲《さ》い渡《わた》り　あれよ　見れよ　清《きよ》らやよ
地天《ぢてん》とよむ大ぬし

おもろさうし

『おもろさうし』全二十二巻は、十二世紀ごろから十七世紀初頭に及ぶ沖縄・奄美諸島の古歌謡集。オモロは村落共同体の繁栄や豊穣を神に祈る神歌である。時代の移りゆきとともに内容にも変化があり、形式も一定ではない。沖縄最古の叙事歌謡で、日本文学史上に重要な位置を占める。この歌は夜明けの太陽讃歌。「もどろ」は光り輝いて輪郭も定かでないさまという。雄大な日の出(大主)を大輪の花とみる壮麗な歌。

おもろさうし　沖縄最古の歌謡集。一五三一—一六二三年に集録。「おもろ」とは「思い」と同源で、神に申し上げるの意。祝女(のろ)や神職によって、王、英傑、神話、風物などについて歌われたものが本体をなす。二十二冊、重出を除いて一二四五首の歌が含まれている。琉球古語を多く用い、まだ解明されない箇所もある。楽器を用いず、手拍子で歌われた。

五月三十一日

松浦《まつら》川《がは》川の瀬《せ》光り鮎《あゆ》釣《つ》ると立たせる妹《いも》が裳《も》の裾《すそ》濡《ぬ》れぬ

大伴《おおとも》旅人《たびと》

『万葉集』巻五。山上憶良の作とする説もある。奈良朝初期、九州大宰府の長官だった旅人は、下僚の憶良とともに、中国思想の影響が明らかに感じられる、当時における新風の作品を同地で作った。神仙思想に関心があり、この歌をふくむ「松浦川に遊ぶ」連作にもそれが出ている。川で鮎を釣る仙女のような乙女らと旅の男との歌の贈答という設定の歌物語だが、きらきらと明るい歌いぶりに、和歌の青春期が感じられる。

大伴旅人（六六五—七三一）　奈良朝前期の歌人。大伴安麻呂の子、家持の父。武人政治家で、歌は晩年九州での大宰帥在任中のものが多く、筑前守であった山上憶良との出会いの意味が大きい。『万葉集』に七十余首。

六月

六月一日

恋ひ恋ひて逢《あ》へる時だに愛《うつく》しき言尽《ことつく》してよ長くと思《も》はば

大伴坂上郎女《おおとものさかのうえのいらつめ》

『万葉集』巻四相聞。大伴家持の叔母にあたる歌人。特に相聞歌にすぐれ、恋歌だけでなく、家族・親族・知友あてに、豊かな心ばえの、余裕と貫禄ある相聞歌を多く残した。これは大伴駿河麻呂あての恋歌だが、実は郎女が次女二嬢《おといらつめ》に代わって、娘の夫駿河麻呂に贈った歌らしい。長く二人の間柄を保とうと思うなら、恋いこがれてたまに逢った時だけでも、やさしい言葉をたっぷり下さるものよ。

大伴坂上郎女（生没年不詳）大伴旅人の異母妹。叔母として家持らの養育にあたり、大伴氏に重きをなした。穂積皇子、藤原麻呂（麿）、宿奈麻呂と、三婚。『万葉集』に長歌六、短歌七十七。女流歌人としては最多の歌を残した。

六月二日

越後屋《えちごや》に衣《きぬ》さく音や更衣《ころもがへ》

榎《えの》本《もと》其《き》角《かく》

蕉門の俊才其角は、元禄時代の江戸っ子気質を奔放華麗に詠んだ俳人で、師芭蕉の閑寂志向とは対照的な都会趣味、伊達《だて》好みだった。「越後屋」は日本橋駿河町にあった呉服店で、三越の前身だという。現金掛値なし、切売りという薄利多売商法で人気を博した。「衣」はここでは裂く時の音がピッと鳴って快い絹だろう。衣がえの季節、呉服屋の店頭のにぎわいに、江戸の初夏の感興があふれた。

榎本(宝井)其角(一六六一―一七〇七) 江戸前期の俳諧師。榎本氏、のち宝井氏。蕉門十哲の筆頭。芭蕉追悼集『枯尾花』に門人総代として、名高い『芭蕉翁終焉記』を草するが、次第に師風から離れ、江戸俳壇に君臨、独自の華麗な俳風を展開した。

六月三日

ほととぎす空に声して卯《う》の花の垣根もしろく月ぞ出でぬる

永《えい》福《ふく》門《もん》院《いん》

『玉葉集』夏。鎌倉末期の代表的女流歌人。伏見天皇中宮だった。王朝和歌で「ほととぎす」を詠むときは、明け方のほととぎすをいうのが一般だが、これは夕暮れ、月の出のほととぎすを詠む。この歌を読むとおのずと思い出されるのは、佐佐木信綱作詞の小学唱歌である。「うの花のにほふ垣根にほととぎす早も来なきて忍び音もらす夏は来ぬ」(明二九)。この詩はもちろん門院の歌を踏まえているだろう。伝統が思いがけない所で近代に生かされた一例である。

永福門院(一二七一—一三四二) 鎌倉時代末期の歌人。太政大臣西園寺実兼の長女。伏見天皇中宮。『玉葉集』に四十三首、『風雅集』に七十一首。伏見院、京極為兼とともに両統迭立時代を代表する。旧態依然たる二条派風から脱し、新鮮な門院歌風を樹立。

六月四日

たすからぬ病と知りしひと夜経てわれよりも妻の十年《とせ》老いたり

上田三四二《うえだみよじ》

『湧井』(昭五〇)所収。作者は医学を専攻し医師として多年病院に勤めたが、同時に歌人・文芸批評家であった。昭和四十一年結腸癌で手術を受け、人生の一大転機となった。「五月二十一日以後」という三十首連作に始まる多くの病中・病後詠は、壮年で癌と知らされた人の驚愕と苦悩、妻子への思いを歌って胸うつ作が多い。病名を告げられた日の翌日の歌。下句に万感の思いがこもっている。

上田三四二(一九二三―八九) 歌人、文芸評論家。兵庫県生まれ。京大卒。医師。歌集『黙契』『雉』『湧井』など。評論集『西行・実朝・良寛』『眩暈を鎮めるもの』など、古典評論、歌論から文芸評論まで、幅広く活躍。

六月五日

言葉ってものは／傷つけもするし幸せにもする／単純な文法です

ヴィニシウス・T・リベイロ

『地球歳時記'90』所収。ブラジル、十一歳。原文ポルトガル語。英訳では The words／hurt or make happy／simple grammar　十一歳の少年がなんと切れ味のいい警句を吐くことか。小癪といいたいほどである。言葉は実際ひとを「傷つけもするし幸せにもする」。言葉は究極そういうものである。それを「単純な文法です」と一気にまとめて吐き出したのはみごと。日ごろは無邪気な少年だろうに。

ヴィニシウス・T・リベイロ
(Vinicius Teixeira Ribeiro)
ブラジル。

六月六日

音楽漂《ただよ》う岸侵《おか》しゆく蛇《へび》の飢《うえ》

赤《あか》尾《お》兜《とう》子《し》

『蛇』（昭三四）所収。大正十四年生まれの戦中派。晩年は作風にも変化が生じたが、昭和三十年代いわゆる前衛俳句の先頭に位置した一人。句は初五で切れる。写生句でないから読者も想像を働かす必要がある。蛇の飢えが岸をじわじわ侵してゆくというのは超現実的な空想だが、背景には作者の精神の緊迫した不安、渇きがある。その時同時に音楽が「漂う」。音楽もまた暗い不安の象徴となるのである。

赤尾兜子（一九二五—八一）俳人。姫路市生まれ。京大文学部卒。毎日新聞学芸部記者だった。一九五〇年代の俳壇における前衛俳句台頭の一翼をになった。「渦」創刊、主宰。句集『蛇』『虚像』『歳華集』など。

六月七日

思ひは陸奥《みちのく》に　恋は駿河《するが》に通ふなり　見初《みそ》めざりせば
なかなかに　空《そら》に忘れて止《や》みなまし

梁《りよう》塵《じん》秘《ひ》抄《しよう》

『梁塵秘抄』は平安後期、主に関西一円で歌われていた歌謡を集めている。「陸奥」「駿河」とあれば言うまでもなく都から遠い東国ということになる。私の恋心はそんな遠国にさえ届くであろうほど強い、というのだが、同時にここには、同音の関係で「思ひは満ち」「恋はする」という言葉の遊びも隠されている。あなたを見そめさえしなかったら、いっそこんな苦しい思いもせずに、中途で忘れてしまえたのに、今となってはもう手遅れです。

梁塵秘抄　一一七〇年代成立。後白河法皇編になる、今様を主とする平安歌謡集。もと十巻あったが、巻一の一部、巻二全部のみが現在伝わっている。これに付随する同法皇著『梁塵秘抄口伝集』巻十には、法皇自身の今様修業の模様が克明に語られていて興味深い。『口伝集』も十巻あったとみられ、現存するのは巻一の初めの部分と巻十のみ。

六月八日

美女《びんでう》打ち見れば　一本葛《ひともとかづら》にもなりなばやとぞ思ふ　本より末まで縒《よ》られぱや
切るとも刻むとも　離れ難きはわが宿世《すくせ》

梁《りよう》塵《じん》秘《ひ》抄《しよう》

平安歌謡。ビンジョウというのは「美《び》」に撥音のンが加わったもので、いかにも歌謡らしい明るい調子がある。女に心奪われた男の溜息の歌。ああいっそ一本のつたかずらになってしまいたい、根本から蔓の先まで、あの人のからだにより合わされてしまいたい、もうどうなってもいい、切られようと刻まれようと、離れられないのがわが宿命、というのである。幹にからみつく蔓の肉感性と、それを表現する言葉の洗練と。

梁塵秘抄　一一七〇年代成立。後白河法皇編になる、今様を主とする平安歌謡集。もと十巻あったが、巻一の一部、巻二全部のみが現在伝わっている。これに付随する同法皇著『梁塵秘抄口伝集』巻十には、法皇自身の今様修業の模様が克明に語られていて興味深い。『口伝集』も十巻あったとみられ、現存するのは巻一の初めの部分と巻十のみ。

六月九日

杜子美《としみ》　山谷《さんこく》　李太白《りたいはく》にも　酒を飲むなと詩《し》の候《さふらふ》か

隆《りゆう》達《たつ》小《こ》歌《うた》

十六世紀末から十七世紀にかけて流行した隆達節の一つ。杜子美、李太白は唐代の詩人杜甫と李白。山谷は宋代の詩人・名筆家黄山谷（黄庭堅）。室町時代愛読され敬慕された中国の大詩人たち。あのえらい詩人さんたちの詩に、酒を飲むなという詩があったっけかね、ありゃしませんよね、という。酒をたたえる歌にもいろいろあるが、これは乙にすまして大きく出たおかしみがミソである。

隆達小歌　関ヶ原役前後の慶長年間に、堺の僧高三隆達が小歌に節をつけて歌いはじめ、時流に投じたもので、隆達節ともいう。歌詞は自作もあるが、室町小歌を受けついだものも多い。中に七七七五の形式をとる近世調の作が見られ、近世小歌の祖とされている。

六月十日

蘭陵《らんりょう》の美酒　鬱金《うこん》の香《こう》
玉《ぎょく》椀《わん》盛《も》り来《きた》る　琥珀《こはく》の光

李《り》白《はく》

『唐詩選』所収。李白が酒を詠じた数々の詩で見ると、この大詩人、よほど丈夫な肝臓の持ち主だったらしい。しかしもちろん、詩人にとって大切なのはただ酒に強いことではない。酒をいかに天与の甘露のごとく表現するか、その手腕が肝心だった。「蘭陵」は山東省の名酒の産地。「鬱金」は草の名で香料となる。ほのかに鬱金の香りのする美酒が、玉《ぎょく》の杯に盛られて琥珀色に輝く。李白の美辞麗句もひときわ光る。

李白（七〇一―七六二）中国、盛唐の詩人。字は太白、号は青蓮居士。諸国を漫遊、のちに出仕したが、唐朝を破綻へと導いた安史の乱が起こり、不遇だった。杜甫とともに「李杜」と並称される。「李白」は大酒家の代名詞ともなったほどで、酔余のはて水中の月を捉えようとして溺死したと伝えられる。詩文集『李太白集』。

六月十一日

世の中は夢か現《うつつ》か現《うつつ》とも夢とも知らずありてなければ

よみ人《ひと》しらず

『古今集』巻十八雑歌。西行は弟子に、『古今集』を読め、特に雑歌の部は熟読せよと教えたという。雑歌には実人生の嘆きや仏教的無常観を歌って心にしみる歌が多いからだ。第五句で、この世は存在していて同時に存在していないのだもの、「ありてなければ」と言っているのが目をひく。夢だからはかなく、現実だから確かだ、というような単純な物の見方を否定した所で成り立っている歌。

六月十二日

朝《あした》に紅顔《こうがん》あつて世路《せろ》に誇《ほこ》れども
暮《ゆふべ》に白骨《はくこつ》となつて郊原《かうげん》に朽《く》ちぬ

義孝少将《よしたかのしょうしょう》

『和漢朗詠集』巻下「無常」。作者藤原義孝は平安中期の人。日本第二の美人と称えられた麗景殿女御(冷泉院の后)の夭折を嘆じた漢詩の一節という。朝には若々しい紅顔に浮世の快楽を満喫していても、夕には白骨となって郊外の原野にくちはてるのが、死すべき人間のさだめなのだと、人生無常をうたう。浄土真宗中興の祖蓮如の有名な「白骨の御文《おふみ》」は、この句に基づいて書かれた。

義孝少将(九五四―九七四)　藤原義孝。兄挙賢(たかかた)の前少将に対し、後少将と呼ばれたが、天然痘で兄は朝、義孝は夕に夭死。二十一歳。熱心な仏教信者であった。家集に『義孝集』。三十六歌仙の一人。能書家の行成は子息。

六月十三日

ひとをいかる日／われも／屍《しかばね》のごとく寝入るなり

八《や》木《ぎ》重《じゅう》吉《きち》

『定本八木重吉詩集』(昭三三)所収。昭和二年二十九歳で結核のため死んだ。生前には詩集『秋の瞳』一冊を出しただけだが、とみ子夫人に残された大量の遺稿が、後年彼女と再婚した歌人吉野秀雄らの尽力で公刊され、今では多くの愛読者を持っている。英語教師で熱烈な無教会主義のキリスト者だった。詩は短詩が多い。単刀直入に真実を言う。詩の原質たる心の燃焼だけで成り立っている詩だ。

八木重吉(一八九八—一九二七)詩人。東京府下南多摩郡生まれ。中学校教諭。肺結核療養中、余病を併発、二十九歳で熱烈にして敬虔なクリスチャンの生涯を終えた。詩集に『秋の瞳』『貧しき信徒』『神を呼ぼう』など。

六月十四日

金粉《きんぷん》をこぼして火蛾《かが》やすさまじき

松本《まつもと》たかし

『松本たかし句集』(昭一〇)所収。宝生流能役者の家に生まれたが病身でその道を断念し、虚子門に俳人となった。火に慕い寄り、焼かれつつ舞いつづける蛾。「金粉」をこぼして乱舞するその「すさまじき」姿に、命の不可解な力と美がある。画家速水御舟の名作「炎舞」や、ゲーテ晩年の詩「浄福的な憧れ」が、死して無限の生命を得ようとする火蛾を一方は描き、他方は歌っていたのも思い合わされる。

松本たかし(一九〇六—五六) 俳人。東京生まれ。父は宝生流能役者だが、病弱で後継せず、俳句にこころざして高浜虚子に師事。俳句表現の完璧な美を追求。「笛」創刊。『鷹』『野守』『石魂(せきこん)』。

六月十五日

かなしみは明るさゆゑにきたりけり一本の樹《き》の翳《かげ》らひにけり

前《まえ》 登《と》志《し》夫《お》

『子午線の繭』(昭三九)所収。大正十五年奈良県生まれの現代歌人。故郷吉野に住んで、その山河にこもる民俗伝承の深い声に耳傾ける。短歌を作りはじめる以前には、現代詩を書いていた。右の歌は短歌に没頭し始めた時期の作で、歌集巻頭に置かれている。「一本の樹の翳らひにけり」には、風景描写をすると見せて実際は心象をえがく方法がとられている。そのあたり、現代詩の方法を巧みに短歌に生かして得た叙情小曲。

前登志夫(一九二六―二〇〇八)歌人。奈良県生まれ。同志社大中退。吉野の山中で林業を営む。安騎野志郎の筆名で詩集『宇宙駅』がある。前川佐美雄に師事した。歌集『子午線の繭』『霊異記』『縄文紀』など。

六月十六日

万緑《ばんりょく》の中《なか》や吾子《あこ》の歯《は》生《は》えそむる

中《なか》村《むら》草《くさ》田《た》男《お》

『火の島』（昭一四）所収。子の乳歯が生えそめる、満目の青葉の中にほんの小さな、だが鮮やかな白を点じて。宋の宰相詩人王安石のザクロの花を詠じた詩句「万緑叢中紅一点」から得た「万緑」の語は、この一句で現代俳句の季語の仲間入りをした。安石の花の鮮紅色が、草田男の赤ん坊の歯の白となって別天地を生むや、季語「万緑」は以後大流行し、ついには安易な決まり文句のような使われ方までされるにいたる。一語の力、時にかくのごとし。

中村草田男（一九〇一―八三）俳人。愛媛県人。父の任地の中国福建省生まれ。虚子門で「ホトトギス」同人となるが、作風は主観の燃焼的表現に特色がある。「ホトトギス」の花鳥諷詠的低徊趣味に合わず離脱、「万緑」創刊、主宰。『長子』『火の島』『母郷行』など。

六月十七日

酒債は尋常　行く処に有り
人生七十　古来稀《まれ》なり

杜《と》　甫《ほ》

『杜甫詩選』所収。七十歳を「古稀」というが、それは杜甫の七言律詩「曲江」のこの一節によって生まれた言葉。李白に較べれば杜甫の酒はにがい。この詩でも、酒の借金は当たり前で到る所にある、どうせ人生七十まで生きる人は古来稀だと歌う。折しも盛唐の栄華は尽き、動乱・災害に明け暮れる時代だった。杜甫はその時代にめぐり合わせ、生涯貧乏につきまとわれたが、そのためかえって自然と人生をえぐるように深く見た。

杜甫（七一二—七七〇）　中国、盛唐の詩人。字は子美、号は少陵。検校工部員外郎。安禄山の乱に遇って幽閉された。端正な詩格をもち、当時の暗い世相を反映した沈鬱な作風。日本でも西行や芭蕉に影響を与えている。李白を「詩仙」と呼ぶのに対し、「詩聖」と称される。また「李杜」と並称される。詩文集『杜工部集』。

六月十八日

馬を洗はば馬のたましひ冱《さ》ゆるまで人戀はば人あやむるこころ

塚《つか》本《もと》邦《くに》雄《お》

『感幻楽』(昭四四)所収。現代歌人中随一の才華の人で、歌集はじめ、評論、小説その他の多産さでも並ぶ者がない。右は「隆達節によせる初七調組唄風カンタータ」と副題する「花曜」連作の一首。初句が五音でなく七音で起こされ、『梁塵秘抄』『閑吟集』『隆達小歌』『田植草紙』などの中世・近世歌謡から、詞華の富を奪いとるべく敢行した試み。「あやむ」は殺す。歌謡調の歌いぶりを現代の鋭い神経が貫通する。

塚本邦雄(一九二〇—二〇〇五) 歌人、小説家。滋賀県生まれ。一九五〇年代以降いわゆる前衛短歌の最先端を切りひらいた。幻視の世界をとらえようとする反写実の歌風。歌集に『水葬物語』『緑色研究』『青き菊の主題』他。

六月十九日

書《しよ》も読までぞあそびわたるは網《あみ》の中にあつまる魚《うを》の楽しむがごと

田《た》安《やす》宗《むね》武《たけ》

『天降言《あもりごと》』所収。国学者賀茂真淵の弟子だが、吉宗の子であるお殿様というだけの人ではなかった。生涯の詠草を、没後家臣が集成したのが上記歌集だが、これが江戸時代を通じての秀逸の歌集だった上に、学者としても、師の真淵をして顔色なからしめるほどの歌学の大家となった。他にも多方面の学問的著述がある。その勤勉な殿様が、のらくら者たちを冷やかしたのがこの歌。皮肉は痛烈。

田安宗武（一七一五―七一）江戸中期の国学者、歌人。徳川吉宗の次男。十七歳の時、田安家を立てる。荷田在満、賀茂真淵を迎え、歌学論の研究につとめる。また国語仮名づかいの研究にも打ち込んだ。歌集『天降言』。著書『国歌八論余言』他。高雅な和歌を詠んだ。

六月二十日

何処《いづく》にか船泊《ふなは》てすらむ安礼《あれ》の崎《さき》漕《こ》ぎ廻《た》みゆきし棚無《たなな》し小舟《をぶね》

高市連黒人《たけちのむらじくろひと》

『万葉集』巻一雑歌。黒人は柿本人麻呂より少し後の宮廷詩人。『万葉集』に十数首の旅の歌を残すのみだが、そのわずかな歌により「羇《き》旅《りょ》」の歌人としての名声をもつ。横板もない粗末な小舟が安礼の崎を漕ぎめぐっていったが、今ごろどこで一夜の泊りをしているのかしら。昼間海上ですれちがったか、あるいは海辺から見かけたのか、その危うげな小舟と舟人を、ゆくりなく夜の闇に思い出している旅人の孤《ひと》り心。

高市連黒人（生没年・伝不詳）奈良前期の歌人。自然詠にすぐれ、旅の歌、特に海旅の歌が多い。持統天皇の代に近江の旧都を悼む歌や、持統太上天皇の吉野行幸に従駕した歌などがある。『万葉集』に短歌十八首。

六月二十一日

死の側より照明《てら》せばことにかがやきてひたくれなゐの生ならずやも

斎《さい》藤《とう》史《ふみ》

『ひたくれなゐ』（昭五二）所収。明治四十二年東京生まれの現代歌人。父瀏《りゅう》は歌人だが、二・二六事件の関係者として下獄した将軍でもあった。作者の歌は感覚美で知られるが、右のような出来事による境遇の大きな試練を経て、人生をみつめる眼には独特のきびしさ、にがさがある。この歌は、日常の生を反転させ、死の側からこれを照明した時の、生の異様な真紅の輝きを歌う。死の味が生の味をひとしお濃くするという思想が、歌にふしぎな華やぎを与える。

斎藤史（一九〇九―二〇〇二）歌人。東京生まれ。父の陸軍少将・歌人斎藤瀏の所属する「心の花」に歌を発表。「原型」主宰。歌集『魚歌』『密閉部落』『ひたくれなゐ』など。

六月二十二日

人言《ひとごと》を繁《しげ》み言痛《こちた》み己《おの》が世にいまだ渡らぬ朝川《あさかは》渡る

但《たじ》馬《まの》皇《ひめ》女《みこ》

『万葉集』巻二相聞。天武皇女。異母兄弟の高市《たけち》皇子の妃だったが、同じく異母兄弟の穂積《ほづみ》皇子に熱烈な恋をした。たちまち醜聞がひろがったらしいが、皇女は穂積皇子にひたすら心を寄せた。三首の恋歌が残され、右はその一首。人の噂が繁くうるさいので(「言痛み」)、生まれて以来一度も渡ったことのない夜明けの川をこうして渡って、あなたのもとへ急ぐのです。

但馬皇女(生没年不詳) 天武天皇皇女。母は藤原鎌足の娘、氷上娘。『万葉集』中、穂積皇子を想う歌三首、秋雑歌一首がある。皇女没後、穂積皇子の詠んだ挽歌一首がある。

六月二十三日

瀧の上に水現れて落ちにけり

後《ご》藤《とう》夜《や》半《はん》

『翠黛《すいたい》』（昭一五）所収。滝を仰ぎ見る時、滝水はたしかにこの句のような落ち方をする。ただ落ちるのではなく、限りなく「現れて」、限りなく落ちる。大阪の箕面《みのお》自然公園の滝を詠んだという。虚子選の新日本名勝俳句の一つに選ばれ、客観写生句の代表的なものとされた。「上」は「エ」でなく「ウエ」と読まねばならないという。「現れて」で平凡な事象が一回限り成仏した。

後藤夜半（一八九五—一九七六）俳人。大阪曾根崎新地生まれ。証券会社に勤務。高浜虚子に師事、「ホトトギス」同人。「花鳥集」創刊、のち「諷詠」と改題して主宰。句集に『翠黛』『青き獅子』『彩色』などがある。

六月二十四日

難波人《なにはひと》葦火《あしひ》焚《た》く屋のすしてあれど己《おの》が妻こそ常《とこ》めづらしき

よみ人《ひと》しらず

『万葉集』巻十一。難波(大阪)の入り江は葦で有名だった。その葦はよく燃えるが、煙ばかりで火力は弱い。これを利用して作った面白い歌。「すして」は煤《すす》けて。「めづらし」は目新しく、愛らしい。「難波人が葦火を焚く家のようにすすけてはいるが、わが妻こそ、いつまでも目新しくかわいいものだ」。「屋」に寄せての「寄物陳思」の恋歌。妻を愛でる歌は『万葉集』にかなり多いが、これは中でも異色。

六月二十五日

信濃道《しなのぢ》は今の墾道《はりみち》刈株《かりばね》に足踏ましなむ履《くつ》着《は》けわが背《せ》

東《あずま》歌《うた》

『万葉集』巻十四。和銅六年、長い十二年間の難工事の末、ついに美濃と信濃の国境に新道が開通した。これはその当時信濃あたりで歌われていた歌。一夜を共に過ごして早朝立ち去る男に、あの新道は鋭い切株が方々にあるから、はだしで行かないで下さいね、と心遣いする女。この女性を、長期の大規模な工事に伴って付近に住みついた遊女だろうと見、この歌をその工事現場で愛誦されていた労働歌だっただろうと見る窪田空穂の見方があるが、興味深い。

東歌　『万葉集』巻十四、『古今集』巻二十にある東国の歌。労働作業歌、民謡として歌われてきたものか。方言を多く含み、野趣ゆたかで純粋朴直。恋歌が多い。『万葉集』中には二三〇首。

六月二十六日

理《ことわり》の通れる愚痴《ぐち》とこころ寄り果《は》てはうとまし愚痴といふもの

窪《く》田《ぼ》章《た》一《しょういち》郎《ろう》

『六月の海』(昭三〇)所収。窪田空穂は作者の父。人が愚痴を言ってくる。なるほど、もっともだと同情しながら聞いているが、しだいにうっとうしくなり、果てはうんざりする。だれにも経験のある心理だ。「こころ寄り果てはうとまし」がいい。一見ささいな日常生活の心理の揺れも、こうして詠みこまれると、興味深い人間性の断面図となる。空穂はこの種の歌の第一人者だったが、作者にそれがしっかり受け継がれた。

窪田章一郎(一九〇八―二〇〇一)歌人、国文学者。空穂の長男。早大文学部教授だった。「まひる野」創刊、主宰。歌集『初夏の風』『ちまたの響』『薔薇の苗』『硝子戸の外』他。奇をてらわず、篤実な歌風を深める。

六月二十七日

岸竹條低《がんちくえだた》れり　鳥《とり》の宿《い》ぬるなるべし
潭荷葉動《たんかはうご》く　これ魚《うを》の遊《あそ》ぶならむ

紀《き》　在《ざい》昌《しょう》

『和漢朗詠集』巻上「蓮」。平安中期の学者。祖父は菅原道真とも親交のあった学者詩人紀長谷雄《きのはせお》で、紀貫之も同族の先輩。右は池のほとりの日暮れ時を詠じた漢詩の一節が朗詠集にとられたもの。「潭」は淵また岸の意。「荷」はハス。岸辺の竹の枝がしなっているのは葉かげに鳥のねぐらがあるからだろう。蓮の葉が動くのは魚が遊んでいるのだろう。かくべつ特異な発見はない。しかし安らぎを与えてくれる叙景詩である。

紀在昌（生没年不詳）　平安中期の漢学者。当時有数の漢詩人、紀長谷雄の孫にあたる。父は淑信。

六月二十八日

何《なに》ともなやなう　何ともなやなう　人生七十古《こ》来《らい》稀《まれ》なり

閑《かん》吟《ぎん》集《しゅう》

「何ともなやなう」は室町時代のはやり言葉の慣用句だった。「何ともないさ」ととれば、「大丈夫」の意味になるが、どうも感じが違う。自嘲、失望、落胆などを表す嘆声として使われることが多いが、そればかりでもない。「何とも致し方ないことよ」などと訳される。むしろ居直って「何てえこたあないさ」とでも訳すことにするか。「人生七十」云々は、杜甫の有名な詩「曲江」の一行。

閑吟集　室町中期の歌謡集。編者は遁世者か僧侶などと推測されるが不詳。当時の小歌、大和節、吟詩句、放下歌、田楽などを集大成したもの。貴族、僧侶、武士などの歌謡もあるが、民衆の生活から生まれた歌謡が多い。歌数三一一首。近世歌謡の源流で「隆達小歌」の母胎でもある。

六月二十九日

谷に鯉《こい》もみ合う夜の歓喜かな

金《かね》子《こ》兜《とう》太《た》

『暗緑地誌』(昭四八)所収。昭和三十年代、いわゆる前衛俳句が俳句界を席捲したが、その旗手だった作者のその後の作で、いわゆる無季の定型句。夜、せまい谷合いで鯉がもみ合っている。この情景には性的なほのめかしをもった生命のさわだちがある。それを「歓喜かな」で受けた。歓喜しているのは鯉だとも作者だともいえない。むしろ夜そのものの肉体が歓喜しているというべきか。

金子兜太(一九一九―二〇一八) 俳人。埼玉県生まれ。東大経済卒業後、日本銀行に勤務。加藤楸邨に師事、出征中「寒雷」同人となる。戦後俳句における前衛派を代表して活躍。『少年』『蜿蜿』など。

六月三十日

雨季来《きた》りなむ斧一振《おのひとふ》りの再会

加《か》藤《とう》郁《いく》乎《や》

『球体感覚』（昭三四）所収。昭和四年東京生まれの俳人・詩人。俳句の「俳」をその根本義たる滑稽に即してとらえ、江戸俳諧を友として、奔放な想念に遊ぶ超絶技巧的な句を作る。これは初期の代表作。通常の俳句とは違い、眼前の景からの発想ではない。雨季の予感の中にひらめく斧の一振り。それが、何者かとの「再会」だという。相手は旧友か、古人か、また形なき精霊か。気迫を内に秘めた青春の句。

加藤郁乎（一九二九―二〇一二）俳人、詩人。東京生まれ。父加藤紫舟は俳人。早大卒。一時テレビ会社に勤務した。句集『球体感覚』『出イクヤ記』、詩集『荒れるや』、随筆集『イクヤーノフの遊雅な私生活』他著書多数。

七月

七月一日

もの思へば沢の螢《ほたる》もわが身よりあくがれ出《い》づる魂《たま》かとぞ見る

和泉式部《いずみしきぶ》

『後拾遺集』雑六。愛人に見捨てられていたころ、鞍馬の貴船神社に参籠して、御手洗川《みたらし》に飛ぶ螢を見て詠んだと前書きする。体と魂は本来別物で、深い嘆きに沈んだりすると魂が遊離すると信じられていた。それが「あくがれ」。嘆きに沈んでいると、夕闇に明滅する螢火も、体からさまよい出たわが魂かと見えると。怖れをもって歌っているが調べの張りと艶はみごとである。明神は「奥山にたぎりて落つる滝つ瀬の玉ちるばかりものな思ひそ」と答えたという。

和泉式部（生没年不詳）　大江雅致（まさむね）の娘。小式部の母。家集『和泉式部集』、『和泉式部日記』がある。平安女性歌人の第一人者だろう。道長から「うかれ女」と揶揄されるほどの恋多き生涯であった。

七月二日

こしかたより　今の世までも　絶《たえ》せぬ物は　恋といへる曲物《くせもの》
げにこひは曲物　くせ物かな

閑《かん》吟《ぎん》集《しゅう》

室町歌謡の恋歌。この歌詞にはさらに一節の続きがある。すなわち、一呼吸おいて唱いつぐ心で、「身はさら〳〵さらさら　さら〳〵　更に恋こそ寝られね」。この後半部は平安女流歌人和泉式部の、恋人を待ちつつ竹の葉に降るあられの音を聞いている次の歌を踏まえている。「竹の葉に霰《あられ》降るなりさらさらにひとりは寝《ぬ》べき心地こそせね」。日本のこの種の恋歌の重要な主題は、独り寝の寂しさ、人恋しさである。

閑吟集　室町中期の歌謡集。編者は遁世者か僧侶などと推測されるが不詳。当時の小歌、大和節、吟詩句、放下歌、田楽などを集大成したもの。貴族、僧侶、武士などの歌謡もあるが、民衆の生活から生まれた歌謡が多い。歌数三一一首。近世歌謡の源流で「隆達小歌」の母胎でもある。

七月三日

ゆるやかに着てひとと逢《あ》ふ螢《ほたる》の夜《よ》

桂《かつら》 信《のぶ》子《こ》

『月光抄』(昭二四)所収。日野草城に師事した新興俳句出身の女流。女性の官能のみずみずしい揺らぎを敏感にとらえ、言葉のうちにやわらかく抱きとる作風。結婚後わずか二年で夫に死別した。若くして寡婦となった体験がその後の作句歴に深い影響を及ぼしたようだ。螢が水辺に舞う宵、薄い着物をゆるやかに着て逢う相手は、男性か女性か。成熟した女のういういしさとおちつきと。

桂信子(一九一四―二〇〇四) 俳人。大阪市生まれ。府立大手前高女卒。結婚二年で夫に死別、実家に戻り自活。日野草城に師事、「旗艦」その他を経て「青玄」創刊に参加。師の没後「草苑」創刊、主宰。句集に『月光抄』『女身』『新緑』など。

七月四日

あの夏の数かぎりなきそしてまたたつた一つの表情をせよ

小野《おの》茂樹《しげき》

『羊雲離散』(昭四三)所収。昭和十一年東京生まれ、同四十五年自動車事故で急死した現代歌人。香川進に師事。心理の陰影濃い相聞歌に特色を示す。過ぎ去った二人の輝かしい夏、あの時きみの表情は一瞬一瞬変化そのものだった。しかもその数限りない表情のすべてが、ひしめきあってきみの唯一の表情を形づくっていたのだ、というのである。命令形をとった歌だが、想念に青年の憧れと孤愁を織りたたんでいて、余韻が深い。

小野茂樹(一九三六—七〇) 歌人。東京生まれ。早稲田大学国文中退。角川書店、のち河出書房勤務。早稲田短歌会出身。「地中海」に参加。乗車したタクシーの過失による事故で急逝。『羊雲離散』『黄金記憶』。

七月五日

ねこの子のくびのすゞがねかすかにもおとのみしたる夏草のうち

大隈《おおくま》言道《ことみち》

『草径集』（文久三）所収。慶応四年七十一歳で没した福岡の幕末歌人。中央歌壇とはあまり交渉なく、古典歌集の教養の上にたって、個性を無理なく生かした歌をよんだ。近代の明治以降になって評判の高まった人。「すゞがね」は「鈴が音」ととるのが普通の読み方だが、下に「おと」があるので、ここは鈴金の意だろう。夏草が繁って子猫は見えず、ただ鈴の音がかすかに響くだけ。詠風がいかにも清新である。

大隈言道（一七九八―一八六八）江戸末期、桂園派の代表歌人。筑前の生まれ。『万葉集』『古今集』を独力で究め、また広瀬淡窓の咸宜園に漢学を学ぶ。家集に『草径集』、歌論に『ひとりごち』。明治三十一年、佐佐木信綱が紹介するまで、殆んど世に知られなかった。

七月六日

郭公《くわつこう》や何処《どこ》までゆかば人に逢《あ》はむ

臼《うす》田《だ》亜《あ》浪《ろう》

『亜浪句鈔』(大一四)所収。「ひとり志賀高原を歩みつつ」と前書。寂寥《せきりよう》感を漂わせるが、人なつかしさに堪えて孤独な旅路をゆく者の自愛の思いも感じられる。大正三年夏、病後の静養のため渋温泉に滞在していた時の体験を、十年後に回想して作った句。亜浪は当時三十代半ば、前途の方針について悩みがあったが、後に振返ってみると、それが生涯の転機の夏なのだった。

臼田亜浪(一八七九—一九五一)俳人。長野県生まれ。「やまと新聞」などの記者を勤めた。歌を与謝野鉄幹に、句を高浜虚子に師事。「石楠」創刊。内省的な作風に魅力を蔵する。『亜浪句鈔』『旅人』『白道』など。

七月七日

金門《かなと》にし人の来立てば夜《よ》中《なか》にも身はたな知らず出《い》でてぞあひける

高《たか》橋《はし》虫《むし》麻《ま》呂《ろ》

『万葉集』巻九。上総《かずさ》の末《すゑ》という土地に珠名《たまな》という名の美女がいた。豊胸細腰のスガル(じが蜂)乙女で、彼女の花のほほ笑みに、男はみな有頂天。珠名は艶然としなをつくって男らと戯れたという。その伝説の美女を長歌に詠み、さらに反歌をつけた作の、その反歌である。「金門」は門。「たな知らず」はうち忘れて。男が訪れれば夜中でも我を忘れて出て行き、逢ったと長歌ではうたわれている。古代性風俗詩の逸品である。

高橋虫麻呂(生没年・伝不詳)万葉歌人。常陸国守藤原宇合(うまかい)の属官か、親近していた者と見られる。『万葉集』中に長歌十五首、短歌二十首、旋頭歌一首。

七月八日

虹《にじ》自身時間はありと思ひけり

阿《あ》部《べ》青《せい》鞋《あい》

『火門集』(昭四三)所収。現代の俳人・詩人。虹を詠んだ句は多いが、この句のようなものはおそらく例がなかろう。虹がある時間、空にとどまっているといった現象の事実を詠んでいるのではない。虹という「虚」の現象が、それ自身で時を思考するのである。いわばノンセンス。しかしこう言われたとたん、読む側の脳裏で一瞬「虚」が「実」とかくれんぼをし、あっても不思議ではない世界がひらける。

阿部青鞋(一九一四―八九) 俳人、詩人。東京生まれ。「花実」「俳句評論」同人を経て「八幡船」「羊歯」同人。「瓶」主宰。編著『現代名俳句集』一、二巻、句集『火門集』『樹皮』『続火門集』。

七月九日

蚤《のみ》も亦《また》世に容《い》れられず減りゆけり

藤《ふじ》田《た》湘《しょう》子《し》

『一個』(昭五九)所収。一読笑いを誘われるが、背後にあるものが現代文明の進歩に対する自嘲的な批評でもあるため、笑いの中に苦い味がまじる。たしかに、ノミもシラミも、チョウチョもトンボもどんどん減ってしまった。地球上で確実に数のふえている生物は人間だけか。作者は上記句集の時期、一日必ず十句の制作を志し、丸三年の多作修練をやりとげた。この句は、その一年目の夏の作。

藤田湘子(一九二六―二〇〇五)俳人。神奈川県生まれ。工学院工専中退。水原秋桜子に師事。若くして「馬酔木」同人、のち編集長をつとめた。「鷹」創刊、主宰。句集『途上』『白面』『狩人』など。

七月十日

涼しさや鐘をはなるるかねの声

与《よ》謝《さ》蕪《ぶ》村《そん》

『蕪村句集』所収。門人百池が蕪村句稿を編んだ『落日庵句集』では、この句の上句は「短夜や」となっている。それだと時刻は早朝になる。たぶんそちらが初案だろう。「涼しさや」としたことによって、句は具体的な時間の限定を離れ、より大きな時空に解き放たれた。「涼しさ」は夏の季語だが、この句では「鐘をはなるるかねの声」自体の涼しさがむしろ心に沁みてくる。それはほとんど現世の彼方へ響きつつ去る音ではないか。

与謝蕪村（一七一六―八三）　江戸中期の俳諧師、画家。画家としては池大雅と並び称される。漢詩文に多くを学ぶ。印象あざやかな唯美的、浪漫的俳風は、芭蕉の「さび」の詩精神とは対照的で、近世の新鮮なポエジーがある。俳諧句文集『新花摘』、長詩「春風馬堤曲」など。

七月十一日

戦争が廊下の奥に立つてゐた

渡《わた》辺《なべ》白《はく》泉《せん》

『白泉句集』(昭五〇)所収。昭和四十四年五十五歳で死去。社会的現実を俳句形式によって内面化し、端的にその本質を表現しようと努めた昭和十年代前半の新興無季俳句運動の代表俳人。戦火が拡大しつつあった昭和十四年の作である。わが家の薄暗い廊下の奥に、戦争がとつぜん立っていたという。ささやかな日常への凶悪な現実の侵入、その不安をブラック・ユーモア風にとらえ、言いとめた。

渡辺白泉(一九一三―六九) 俳人。東京生まれ。慶大経済卒。「馬酔木」を経て「京大俳句」などで新興俳句運動を推進。一九四〇年、京大俳句事件に連座、以後古俳句研究に従事し、俳壇に復帰しなかった。

七月十二日

よしあしは後《うしろ》の岸の人にとへ　われは颶風《ぐふう》にのりて遊べり

与謝野晶子《よさのあきこ》

『青海波』(明四五)所収。『みだれ髪』で一世を驚倒させた晶子は、以後十年ほどの間に堂々たる大家となった。まだ三十代半ばだが、歌にも評論にも実生活を果敢に切り開いてきた自信が溢れている。多くの子を育ててきた母親としての自覚もあった。そんな晶子の自画像。上句はいかにも挑戦的、下句はさっそうとして大らかである。吹きすさぶ強烈な風である颶風に乗って遊ぶなどとは、常凡の作者にはなかなか言えないせりふだろう。

与謝野晶子(一八七八―一九四二)歌人。与謝野鉄幹の新詩社に入り、「明星」に短歌を発表、のち鉄幹と結婚。『みだれ髪』で女性としての自らの人間性を肯定し、高らかに詠いあげた。厖大な歌を詠み、歌論、社会評論、古典評釈、『源氏物語』の訳、小説等にも著作多数。

七月十三日

夏の河赤き鉄鎖《てつさ》のはし浸《ひた》る

山《やま》口《ぐち》誓《せい》子《し》

『炎昼』(昭一三)所収。誓子の数ある秀作中特に有名なものの一つがこれ。折から興隆した新興俳句運動の、都会的かつ社会的な主題を詠もうとする行き方にも多大の示唆を与えた記念的な句である。映画の一カットを思わせる即物的な河べりの風景だが、春でも秋でも冬でもなく、「夏の河」なので、「赤き鉄鎖」がなまなましく生きている。俳句の季感は新しい趣向の中にも鋭く働いていたのである。

山口誓子(一九〇一—一九四) 俳人。京都生まれ。「ホトトギス」同人、のち秋桜子の「馬酔木」に加盟。第一句集『凍港』は新しい感覚を盛った俳句実践の書として昭和俳壇に新風を開いた。「天狼」創刊、主宰。『黄旗』『七曜』『和服』など。

七月十四日

昭和衰《おとろ》へ馬の音する夕かな

三《み》橋《つ》敏《は》雄《し》

『真《ま》神《かみ》』(昭四八)所収。大正九年生まれ、昭和十年代に新興俳句の新人として出発した。句は昭和四十年作の無季句。「昭和衰へ」と断じてその理由は説かないのが、直観と実感をもって語を吐きだす俳句の行き方だが、一歩誤ればたわいない空語となる。この句の場合、中七以下に「馬の音する夕かな」のけだるい暗がりがあって、初五の「昭和傾けり」の実感が生かされている。この馬、ダービーの馬場にはいなかろう。

三橋敏雄(一九二〇—二〇〇一)俳人。八王子市生まれ。実践商業高卒。西東三鬼に師事し、若年のころから新興俳句運動に参加。「天狼」「面」同人。句集に『まぼろしの鱶』『真神』『しだらでん』など。

七月十五日

垢《あか》なりや塵《ちり》なりや　是《こ》れ何物なりや
元来見来《きた》れば　更《さら》に無骨なり

一《いっ》休《きゅう》宗《そう》純《じゅん》

『江戸漢詩集』所収。室町時代の傑僧一休は、また卓越した漢詩・狂詩の作者だった。これは『一休諸国物語』中の狂詩で、「蚤《のみ》に題す」とある七言絶句の起・承二句。おいこれは垢か、塵か、一体何だ。見れば骨もない不細工なやつめ。この二句に続く転・結二句は「人を喰《くら》ひて十分に肥えたりといへども　痩《そう》僧の一ひねりにも生涯を没せん」。ノミに寄せて、世の不徳義漢どもの空しい権勢富貴を一喝したか。

一休宗純（一三九四―一四八一）　室町中期の禅僧、漢詩人。後小松天皇の御落胤とも伝えられる。母は藤原氏の出。俗臭を厭い、数々の奇行で知られた。八十一歳の時、勅により大徳寺住持。漢詩集『狂雲集』には艶詩も見られる。後世おとぎ話では頓智頓才の僧として親しまれる。

七月十六日

祭笛吹くとき男佳《よ》かりける

橋《は》本《し》多《もと》佳《た》子《か》

『紅絲《こうし》』(昭二六)所収。「戦後はじめて京都祇園祭を観る」と題して十句並べてある「祭笛」中の一句。ただし十句の後半四句は直接祭りに関係のない「生き堪へて身に沁むばかり藍浴衣」「堪ゆることばかり朝顔日々に紺」といった句で、それがかえって作者自身および戦後生活の一面をのぞかせている。男も時と場の生かし方では、花のある「佳かりける」者にもなる。別の一句に次のものがある。「祭笛うしろ姿のひた吹ける」。

橋本多佳子(一八九九—一九六三) 俳人。東京生まれ。杉田久女、山口誓子に師事。夫と死別後、奈良で西東三鬼らと奈良俳句会を結成。句集『海燕』『紅絲(こうし)』『命終(みょうじゅう)』など。

七月十七日

まてどくらせどこぬひとを／宵待草《よひまちぐさ》のやるせなさ／こよひは月もでぬさうな。

竹《たけ》久《ひさ》夢《ゆめ》二《じ》

詩集『どんたく』(大二)所収の「日本のむすめ」十六編の第一。宵待草は夏の夕方黄色い花を開き、朝にはしぼむオオマツヨイグサの異名で、俗には月見草ともいう。宵に恋人を待ちくたびれる女心を宵待草の名にかけて、夢二好みの清怨のためいきを歌う。はじめ「……宵待草の心もとなき／「おもふまいとは思へども」／われとしもなきため涙」云々の八行の詩だったものを、三行に改作して成功した。曲となり大いに愛唱されているのは周知の通りである。

竹久夢二(一八八四―一九三四)画家、詩人。岡山県生まれ。「平民新聞」「女子文壇」などに挿絵を描き、哀愁漂う抒情画で一世を風靡。多数の画集の他、詩画集『どんたく』『歌時計』『青い小径』、歌集『山へよする』など。

七月十八日

枝にもるあさひのかげのすくなきにすずしさふかき竹の奥かな

京《きょう》極《ごく》為《ため》兼《かね》

『玉葉集』夏。為兼は藤原定家の曾孫で鎌倉時代末期の代表歌人。万葉尊重を説き、世に玉葉・風雅時代とよばれる和歌の新風を興し、主導した。政争にかかわり、二度にわたって配流の身となった。『玉葉集』は伏見上皇の命で彼が編んだ勅撰集で、彼や伏見院の他に永福門院の作も有名。こまやかで清新な自然描写が、続く『風雅集』にも共通の特徴で、右の歌にそれはよく現れている。「かげ」は光。下句は竹林の幽静境を見事にとらえている。

京極為兼（一二五四―一三三二）鎌倉後期の歌人。藤原定家の曾孫。伏見院の院宣により『玉葉集』の撰者となる。万葉への回帰を唱えて歌壇に新風をよんだが、政治上の原因で佐渡、土佐に遠流される。歌論書『為兼卿和歌抄』。

七月十九日

満巷《まんかう》の蟬声《せんせい》　槐影《くわいえい》の午《ひる》
山童戸《さんどうこ》に沿《そ》うて　香魚《かうぎよ》を売《う》る

菅《かん》茶《さ》山《ざん》

『黄葉夕陽村舎詩《こうようせきようそんしゃし》』所収七言絶句のうち転結の二句。備後国(広島東部)生まれの江戸後期の儒者・漢詩人。日常の諸情景を、実感に即し印象鮮明に歌って詩界に新風を開いた。茶山の叙景詩は昭和初年代に愛読された「四季派」の先駆の観がある。うだるような暑さの夏の午後、村中に蟬声が落ち、槐《えんじゆ》の影もくっきり落ちているあたり、村の子が一人家から家へアユを売って軒下を伝ってゆく。

菅茶山(一七四八―一八二七)　江戸後期の儒者、漢詩人。備後(広島県)生まれ。京都に出て那波魯堂に朱子学を学び、帰郷して私塾黄葉夕陽村舎をひらいた。頼山陽が塾を督したこともある。江戸後期朱子学の関西の重鎮。詩集『黄葉夕陽村舎詩』十巻がある。

七月二十日

空《くう》をはさむ蟹《かに》死にをるや雲の峰《みね》

河東碧梧桐《かわひがしへきごとう》

『続春夏秋冬』(明三九)所収。虚子と共に子規門の双璧。子規没後、新傾向俳句の王者として君臨したが、運動はやがて四分五裂、碧梧桐自身の句も、多様な試みを重ねつつ孤立していった。ほめて言えば純粋、けなして言えば独善というような行き方をした、悲劇的な、ただし強い魅力をもった先駆者だった。右は新傾向初期の代表作。雄大な雲の峰の下にちっぽけなカニがはさみをかかげて死んでいる。ただ空をつかんで。

河東碧梧桐(一八七三—一九三七)俳人。松山生まれ。虚子とともに同郷の子規に兄事、俊才として早くから注目された。全国行脚を通じて新傾向俳句運動を推進、紀行文集『三千里』、自句集『新傾向句集』などがある。評論、小説を書き、能や書もよくする多能多才の人だった。

七月二十一日

夕顔や女子《をなご》の肌《はだ》の見ゆる時

千《ち》代《よ》女《じよ》

江戸中期の女流俳人。加賀(石川県)の人なので加賀の千代女と通称される。若い時から俳名が高かった。「朝顔に釣瓶《つるべ》とられてもらひ水」は特に有名だが、それは理屈で有名になっただけのもの。しかしここにあげたような作は、さすがに優艶、市井の夏の夕べをよくとらえている。庭の夕顔の棚に花が咲いている、そんな小家の中に、暑さのため着物を肌ぬぎにしている女の姿がほのかに見える情景だろうか。それとも行水姿がちらちら見える情景か。

加賀千代女(一七〇三—七五) 江戸中期の俳人。加賀の表具屋に生まれる。一説に、十八歳のころ、金沢藩の足軽に嫁し、一子をあげたが、間もなく夫と子に死別。不婚説もある。蕉門十哲の一人の各務支考に学ぶ。五十一歳の冬頃に剃髪か。江戸女流俳人では最も広く知られた人。

七月二十二日

独《ひと》りして堪《た》へてはをれどつはものの親は悲しといはざらめやも

半《はん》田《だ》良《りょう》平《へい》

『幸木《こうぼく》』(昭二三)所収。昭和二十年五十八歳で没した栃木県生まれの歌人。窪田空穂に師事。古典和歌、俳諧の研究にもすぐれた業績を残した。昭和十九年夏サイパン島日本軍玉砕の報をきいての作。三男がその日本軍の中にいた。「みんなみの空にむかひて吾子の名を幾たび喚ばば心足りなむ」他の作がこの時つくられた。次男、長男が相ついで病死したばかりだったから、父良平はむざんにうち砕かれた。翌年五月、悲痛な秀歌を数々残して死んだ。

半田良平(一八八七—一九四五)歌人。栃木県生まれ。東大英文卒。東京中学校英語教師。窪田空穂に師事。「国民文学」創刊とともに同人となる。歌集『野づかさ』『幸木』、評論『短歌新考』『芭蕉俳句新釈』。

七月二十三日

大臣《おほおみ》が事に携《たづさ》はり茲《ここ》に至る四月《よつき》がほどに国荒《あ》らびたり

尾山篤二郎《おやまとくじろう》

『とふのすがごも』(昭二二)所収。西行や大伴家持研究で知られた大正・昭和期の歌人。敗戦時の歌だが、ポツダム宣言受諾の詔勅に、茫然としてなす所を知らずに涙するのみだった歌人たちとは違っていた。「曲事《まがごと》の大横しまとかねて知る軍《いくさ》は遂に国を破りつ」。詔勅の内容についても、「吾大君いかがやおぼせ大御身に創《きず》なき事を宣《の》らせまししか」と率直な疑問を歌にしている。

尾山篤二郎(一八八九―一九六三) 歌人、国文学者。金沢の生まれ。十五歳の時右足切断、松葉杖の身となった。歌集に『さすらひ』『とふのすがごも』などがある。『万葉集』、西行法師についての研究者としても知られる。

七月二十四日

いつはりの人ほど歌は巧《たく》みなりうち頷《うなづ》くな姫百合《ひめゆり》の花

落《おち》合《あい》直《なお》文《ぶみ》

『萩之家歌集』(明三九)所収。戦前に小学教育を受けた人なら、明治以来長く愛唱された直文の長詩「孝女白菊の歌」を知る人も多かろう。明治中葉「あさ香社」を結成、与謝野鉄幹、金子薫園、尾上柴舟らを育て、同三十年代の和歌革新運動をよび起こした。うら若く純真な乙女に言葉たくみに近づこうとする令色漢を諷した歌とも読めるが、辞句の巧みだけの歌に対するいましめであることは言うまでもない。歌はやや古風だが、上三句の率直さがこの歌人の身上。

落合直文(一八六一―一九〇三) 歌人、国文学者。短歌革新をはかる私塾、あさ香社を結成、社友に大町桂月、与謝野鉄幹らを擁し、明治中期和歌革新運動の源流をなした。『萩之家歌集』。「孝女白菊の歌」は七五調長篇叙事詩で、広く愛唱された。

七月二十五日

辛《から》くして我が生き得しは彼等より狡猾《こうかつ》なりし故にあらじか

岡《おか》野《の》弘《ひろ》彦《ひこ》

『冬の家族』(昭四二)所収。釈迢空(折口信夫)の愛弟子だった歌人。右は昭和二十八年の作だが、内容は敗戦直後の内省。学徒兵として軍務に服したが、自分は運よく生還した。だが友人の中には死者も出た。自分自身もかろうじて生き得たにはちがいなかったが、思えばそれは彼らよりもずる賢かったためではないのか。「神のごと彼等死にきとたはやすく言ふ人にむきて怒り湧きくる」とも歌う。

岡野弘彦(一九二四—) 歌人。三重県生まれ。国学院大卒。折口信夫に師事。国学院大学名誉教授。「人」創刊、主宰。個人雑誌「うたげの座」発行。歌集『冬の家族』『滄浪歌』『海のまほろば』他。評論『折口信夫の晩年』など。

七月二十六日

蟬時雨《せみしぐれ》子は担送車に追ひつけず

石《いし》橋《ばし》秀《ひで》野《の》

句文集『桜濃く』(昭二四)所収。昭和二十二年三十九歳で没した奈良県生まれの俳人。評論家山本健吉氏前夫人。昭和二十二年の作で、「七月二十一日入院」と前書がある。当時京都に住んでいたが肺結核が悪化、宇多野療養所に入院し、約二カ月後に逝去した。「子」とは当時数え年六歳の愛嬢。担送車で運ばれて去る母と、取り残されて後から追う童女。病む母の悲痛な思いを詠んで一絶唱といえよう。

石橋秀野(一九〇九―四七)俳人。奈良県生まれ。文化学院で高浜虚子に学ぶ。評論家山本健吉(本名石橋貞吉)と結婚。波郷主宰「鶴」に参加。死後、第一回茅舎賞を受ける。句文集『桜濃く』。

七月二十七日

冷《ひや》されて牛の貫禄しづかなり

秋《あき》元《もと》不《ふ》死《じ》男《お》

『万座』(昭四二)所収。昭和五十二年七十五歳で没した横浜生まれの俳人。旧号は東京三《ひがし》。新興俳句運動の中心作家の一人で、論作両面に活躍したが、昭和十六年、いわゆる俳句事件で検挙、投獄された。戦後、数種の歳時記の編集など、啓蒙の面にも功績があった。「牛洗う・牛冷す」は夏の季題。労働を終えた牛を夕方水につからせて疲労を回復させる。静かに、堂々と冷やされている牛。「貫禄」の一語の重み。

秋元不死男(一九〇一―七七) 俳人。横浜市生まれ。新興俳句運動に参加、西東三鬼と知る。俳句事件により検挙拘禁される。「天狼」同人。「氷海」創刊、主宰。句集『街』『瘤』『万座』など。戯曲家秋元松代は実妹。

七月二十八日

馬追《うまお》虫《ひ》の髭《ひげ》のそよろに来る秋はまなこを閉ぢて想ひ見るべし

長《なが》塚《つか》節《たかし》

『長塚節歌集』(大六)所収。大正四年三十六歳で没した茨城県生まれのアララギ派歌人。写生による客観描写の冴えは他の追随を許さない。「馬追虫の髭の」は「そよろに」をいうための序詞で、それ自体は副次的な表現だが、いかにも秋の気配を漂わせてみごと。スイッチョのあの長いひげがそよろと動く、そのかそけさをもってやってくる「秋」を想い見るには、何よりもまず眼を閉じてこそ、という。繊細にして澄明。

長塚節(一八七九―一九一五) 歌人、小説家。茨城県の旧家に地主の長男として生まれた。正岡子規に入門。写生の歌に独自の境をひらく。「鍼の如く」と題する大作二三一首は有名。農民の世界を描いた長篇小説『土』がある。喉頭結核のため三十六歳で没。

七月二十九日

秋来《き》ぬと目にはさやかに見えねども風のおとにぞおどろかれぬる

藤原敏行《ふじわらのとしゆき》

『古今集』秋歌巻頭の立秋の歌。「おどろく」はにわかに気づく。まだ目にはありありと見えないが、ああもう風の音が秋をつげている。目に見えるものより先に、「風」という「気配」によって秋の到来を知るという発見が、この有名な歌のかなめである。つまり「時」の移り行きを目ではなく耳で聴き取る行き方で、より内面的な感じ方である。これが後世の美学にも影響を与えたのだった。

藤原敏行（生年不詳―九〇一頃）平安初期歌人。父は陸奥出羽按察使（あぜち）藤原富士麿。母は紀名虎（きのなとら）の娘。能書家としても知られる。「是貞親王家歌合」などに参加。

七月三十日

鳰《にほ》の海や月の光のうつろへば浪の花にも秋は見えけり

藤《ふじ》原《わらの》家《いえ》隆《たか》

『新古今集』巻四秋歌上。「鳰《にほ》の海」は琵琶湖のこと。「浪の花」は白波を花にたとえた。湖水の白波に忍び寄る秋を見ているのだが、調べの優美、影像の精緻、さすが新古今代表歌人の作である。この歌は『古今集』の文屋康秀の作、「草も木も色かはれどもわたつみの波の花にぞ秋なかりける」を踏んでいる。康秀が色の変わらぬ白波には秋も冬もないといったのに対し、家隆が果してそうかと応じた形。両者の感覚表現の差は歴然としている。

藤原家隆(一一五八—一二三七)鎌倉前期の歌人。正二位権中納言藤原光隆の次男。母は太皇太后宮亮(すけ)藤原実兼の娘。寂蓮の婿となり、藤原俊成に入門。『新古今集』撰者の一人。定家と並び称された大家だが、対照的な作風で叙景歌に秀でた。後鳥羽院の殊遇を受ける。

七月三十一日

君待つとわが恋ひをればわが屋戸《やど》のすだれ動かし秋の風吹く

額《ぬか》田《たの》王《おおきみ》

『万葉集』巻四相聞。「額田王、近江天皇を思《しの》ひて作る歌」と詞書。万葉女流中にその名も高い額田王は、大海人《おおあま》皇子の妃だったが、のち皇子の実兄天智天皇(近江天皇)の妃の一人となった。いつおいで遊ばすかと心待ちにしていると、戸口のすだれが動く。秋風がすだれをそっと揺すっているのだったが、私の心もすだれとともに、ほんのわずかな風にもゆらぐのだ。ごく自然に詠んでいて中身は濃い。作者の力量を示した恋の歌。

額田王(六三〇頃—没年不詳) 大和時代の歌人。鏡王(伝不詳)の女(むすめ)とされる。はじめ大海人皇子(のちの天武天皇)の寵を受け、十市皇女(のちの弘文天皇妃)を生んだが、のち大海人の兄の中大兄皇子(のちの天智天皇)の妃となる。『万葉集』に十二首。上代女流歌人中ぬきんでていた。

八月

八月一日

君や来む我や行かむのいさよひに槙《まき》の板戸《いたど》も閉《さ》さず寝《ね》にけり

よみ人《ひと》しらず

『古今集』巻十四恋四。「……行かむの」の「の」はその上でのべたこと全体を一つの成句として受ける語法。後年与謝野晶子ら「明星」歌人が愛用した。「いさよひ」はためらい。「槙」は真木で良材の意。女が一夜待ち通した相手に贈った歌だろう。あなたが来るだろうか、いっそ私が行ってしまおうか、心乱れるままにとうとう、戸も閉めずあきらめかねて寝たのですよ。待ちぼうけの怨《うら》みに恋しさをこめて。

八月二日

玉垂《たまたれ》の小簾《をす》の隙《すけき》に入り通《かよ》ひ来《こ》ね　たらちねの母が問はさば風と申《まを》さむ

よみ人《ひと》しらず

『万葉集』巻十一旋頭歌。五七七をくり返すセドウカ形式の一首。「玉垂の」は、緒に玉を通す意から「緒」と同じ音で始まる小簾にかかる枕詞。恋人に対して娘がいっているのだ、「すだれの隙間から入ってかよっておいでなさいな。お母さんが怪しんだら、今のはきっと風よと申しますから」。これもまた若い恋人同士、母親を恐れつつも忍びあう歌。ヨバイは元来「呼ばひ」だった。「夜這い」は後世俗化の語。

八月三日

足もとはもうまつくらや秋の暮

草《くさ》間《ま》時《とき》彦《ひこ》

『桜山』(昭四九)所収。「秋の暮」は秋の夕ぐれか、または季節の暮、つまり暮秋のことか。平安時代すでに両方の意味に用いられていたが、元来は暮秋を意味したようである。しかし今はむしろ逆転して、秋の夕べの意に用いることが多い。しかしそこにおのずと暮秋、すなわち晩秋のあわれも漂う。言葉の経歴の重みというものだろう。この現代俳人の句は、思いきり単純なとらえ方で「秋の暮」のそういう情緒をすくいあげることに成功している。

草間時彦(一九二〇―二〇〇三)俳人。祖父天葩は子規門、父時光(元鎌倉市長)は「馬酔木」の俳人。秋桜子、波郷に師事。「鶴」同人となったが、のち離れる。句集『中年』『淡酒』『桜山』、評論集『伝統の終末』など。

八月四日

宵《よひ》のまの村雲《むらくも》づたひ影見えて山の端《は》めぐる秋のいなづま

伏《ふし》見《み》院《いん》

『玉葉集』秋上。鎌倉後期、京極為兼《きょうごくためかね》が伏見院の命で選んだ同勅撰和歌集中、最も入集歌の多いのは、伏見院の九十三首。帝王だから多かったのではない。院は実際に当時の代表歌人だった。『玉葉集』は恋歌の数を抑え、観察細やかで動的な叙景歌を多くして和歌伝統に新味を加えたが、雲を伝って低く移動してゆく秋の稲妻をとらえたこの歌の、一種映画的効果は、新風の魅力をよく示している。

伏見院（一二六五―一三一七）第九十二代の天皇。鎌倉後期の歌人。京極為兼を庇護し、彼に歌を学ぶ。『玉葉集』成立にあずかって力があった。勅撰集入集歌二百九十四首。名筆家でもある。中宮永福門院も当時有数の歌人。

八月五日

船の名の月に読まるゝ港かな

日野《ひの》草城《そうじょう》

『花氷』(昭二)所収。「月に読まるゝ」は、月明のおかげで船の名まで読めるということ。秋の良夜の港の光景である。草城は中学時代に俳句を始め、三高俳句会を創立、二十歳そこそこで「ホトトギス」雑詠欄の花形となった。『花氷』は第一句集で二十六歳当時の刊行、二千句の多きを収める。多作が少しも障りにならない時期に、彼は思うさま多作して、勢いのある青春期独特の印象鮮やかな句を生んだ。

日野草城(一九〇一―五六) 俳人。東京下谷に生まれ、「ホトトギス」に投句、同人となるが、のち無季俳句や連作俳句を実践し、除名される。「青玄」創刊、主宰。句集に『花氷』『青芝』『微風の旗』など。

八月六日

頂上や殊《こと》に野菊《のぎく》の吹かれ居《を》り

原《はら》　石《せき》鼎《てい》

『花影』（昭一二）巻頭句。初期の「ホトトギス」で石鼎を一躍有名にした二十七歳時の作。明治四十五年から一年余、村医となった次兄の助手役として吉野山の山中深く暮らした当時の句である。丘の頂上の光景をありのままに詠んでいるが、「頂上や」の単刀直入に続く「殊に」が、無造作で的確で生きているため、句は澄んだ秋空のもと、それ自身風に溶けて自在に吹かれている感がある。

原石鼎（一八八六―一九五一）俳人。島根県生まれ。京都医専中退。高浜虚子に師事し、「ホトトギス」で活躍。「鹿火屋（かびや）」主宰。晩年は病弱の日を送った。俳画もよくした。句集に『花影』『石鼎句集』『深吉野』など。

八月七日

沙魚《はぜ》釣《つ》るや水村山廓酒旗《すゐそんさんくわくしゆき》の風

服《はっ》部《とり》嵐《らん》雪《せつ》

芭蕉に師事した江戸の俳人。「梅一輪一輪ほどの暖かさ」「蒲団着て寝たる姿や東山」などで知られる。右は中国晩唐の詩人杜牧《とぼく》の「江南の春」から詩句を得た作。「千里鶯《うぐいす》啼いて緑《みどり》紅《くれない》に映《えい》ず、水村山廓酒旗の風、南朝四百八十寺、多少の楼台煙雨のうち」より第二句をそっくり頂き、原詩の春を秋に転じた。山に囲まれた入江の村のハゼ釣り。居酒屋の旗が風にはためく好天。

服部嵐雪（一六五四―一七〇七）蕉門では其角に次ぐ古参者。淡路の生まれ。新庄隠岐守ほかの諸大名に仕える武士の生活を送った。芭蕉一周忌に芭蕉との両吟歌仙を巻頭とする『若菜集』刊行。俳諧撰集『其袋』を編む。

八月八日

さやけくて妻とも知らずすれちがふ

西《にし》垣《がき》脩《しゅう》

『西垣脩句集』(昭五四)所収。昭和五十三年夏五十九歳で急逝した俳人。臼田亜浪に学んだが、伊東静雄に大阪住吉中学時代から薫陶を受けた詩人でもあった。「さやけし」という季語は秋のさわやかに澄んだ大気、その快さを形容する。おそらく夕暮れどき、人通りの多い街頭での情景だろう。ふとすれちがった女性が妻であることにさえ、一瞬気づかなかったほど、街景も秋気も一様にさやかに澄んでいた日。

西垣脩(一九一九—七八) 俳人、詩人。大阪市生まれ。東大国文科卒。明治大学教授。俳句は松山高校時代にはじめ、「石楠」に拠った。俳誌「風」同人。『西垣脩句集』、詩集『一角獣』『西垣脩詩集』。

八月九日

よろこべばしきりに落つる木《こ》の実《み》かな

富《とみ》安《やす》風《ふう》生《せい》

『草の花』(昭八)所収。昭和五十四年二月、九十三歳で逝去した作者が、四十八歳で出した第一句集の代表作。風生晩年の句には、大切に老年期へ乗り入れた人の、腰のすわった風格があるが、普通、風生といえばまずあげられるのがこの句。よく知られているのに、何度読んでも古びが来ないのは大したものだと思わせられる。作者の心が自然界に対していきいきと開かれているのだ。それに、無技巧にみえて実際は句に隙《すき》がないのである。

富安風生(一八八五―一九七九)俳人。愛知県生まれ。東大法科卒、逓信官吏となる。虚子に師事。貯金局有志の手になる「若葉」の雑詠欄を担当、のち主宰。『草の花』『朴落葉』『愛日抄』『米寿前』など。俳論も多い。

八月十日

初恋や燈籠《とうろ》によする顔と顔

炭《たん》 太《たい》 祇《ぎ》

江戸時代中期の俳人。「炭」はスミとも。俳句の季語の「燈籠」は盆燈籠のことで初秋のもの。寺社にある石燈籠の類ではない。この句も陽暦のお盆ではなく、涼風のたつ旧盆の季節に当てて読まないと、恥じらいつつ二人して灯影《ほかげ》に顔寄せ合っている少年少女の印象が薄れよう。連句の中にはすぐれた恋の付け句も多いが、発句（俳句）には恋の名作は少ない。中でのこれは秀逸の句。

炭太祇（一七〇九―七一）　江戸中期の俳人。剃髪し、禅堂生活に入ったが、翌年は一転して島原遊廓の中に不夜庵を結び、居住。愛酒家で、役者付合いを好んだ。蕪村と親交があったが、敢て門派を立てず、自己の好みのままに句作を楽しんだ。『太祇句選』など。

八月十一日

黙つていた方がいいのだ／もし言葉が／言葉を超えたものに／自らを捧げぬ位なら

谷《たに》川《かわ》俊《しゅん》太《た》郎《ろう》

『あなたに』(昭三五)所収。昭和六年東京生まれの詩人。戦後間もないころ『二十億光年の孤独』一冊を片手にさっそうと登場して以来、この詩人が孤独な魂の密室でつむいできた言葉の織物は、人々との間にまことに多彩な懸け橋をかけてきた。しかし彼の詩の根源には、ここに見られるように、言葉は実は「言葉を超えたもの」のもつ沈黙の豊かさに自らを捧げるからこそ、言葉なのだという信仰がある。そこには、おしゃべりにみちた現代への拒絶がある。

谷川俊太郎(一九三一―二〇二四)詩人。東京生まれ。父は哲学者谷川徹三。第一詩集『二十億光年の孤独』で清新な衝撃を与えた。音やデザインや映像の世界にも活躍する。児童絵本や、『ことばあそびうた』など多彩な活動を展開。

八月十二日

しののめのほがらほがらとあけゆけばおのがきぬぎぬなるぞかなしき

よみ人《ひと》しらず

『古今集』巻十三恋。作者は女性だろう。昔の結婚は男が女の所に通うのがふつうだった。二人は脱いだ衣を重ね合って夜着にしたが、一夜明ければまためいめいの衣を着、衣々《きぬぎぬ》になって別れた。キヌギヌを「後朝」とも書くのは、意味をとった当て字。右の歌、朝空は気持ちよく朗らかに明けていくのに、私は後朝で悲しいという。だが調べは民謡風に明るい。当時広く愛誦されていた歌だろう。

八月十三日

わが心なぐさめかねつ更級《さらしな》や姨捨山《をばすてやま》にてる月を見て

よみ人《ひと》しらず

『古今集』雑上。信州更級郡姨捨山を月の名所として有名にした歌。都からの寂しい旅人が、美しさを通り越して凄味《すごみ》さえ感じさせるほどにさえざえと照る月を見あげて、思わずもらした嘆きの歌か。この古歌は同地方の棄老伝説と結びつき、老母を村の慣習通り山に捨ててきた孝行息子が、悲しみにたえきれず、この歌を歌って母を連れ戻しに行ったというよく知られた説話を生んだ。

八月十四日

そこには夜のみだらな狼藉《らうぜき》もなく
煌煌《くわうくわう》と一個の卵が一個の月へ向つてゐる

吉岡《よしおか》　実《みのる》

『静物』（昭三〇）所収。大正八年東京生まれの詩人。少年期、俳句・短歌に親しみ、それぞれ実作もあるが、新傾向《モダニズム》の現代詩にひかれて詩に転じた。戦中の五年間、輜重兵《しちよう》として満州各地を転戦、戦後『静物』『僧侶』などの詩集で一躍存在を知られるに至った。日常の中に戦慄的な超現実風景を透視する独自な詩風だが、それを実現する手腕は、この「静物」の一節にも鮮やかに見られるような素描力による所が大きい。

吉岡実（一九一九―九〇）　詩人。東京本所生まれ。出版社に勤務し、書籍の装丁家でもあった。特異な幻視の世界を構築した詩集『僧侶』『サフラン摘み』『薬玉』のほか、初期の短歌を集めた歌集『魚藍』がある。

萩《はぎ》の花　尾花《をばな》　葛花《くずばな》　瞿麦《なでしこ》の花　女郎花《をみなへし》　また　藤袴《ふぢばかま》　朝貌《あさがほ》の花

山上憶良《やまのうえのおくら》

『万葉集』巻八。憶良は人事詠・世相批判の歌にすぐれた作を残すが、時にこういうなつかしい歌も作った。五七七・五七七の旋頭歌《せどうか》形式で秋の七草を詠む。尾花はススキ、朝貌はアサガオ、ムクゲ、キキョウなど諸説がある。春の七草についてはいつからか次の歌があって、知る人も多かろう。「セリ・ナズナ・ゴギョウ・ハコベラ・ホトケノザ・スズナ・スズシロ、春のななくさ」。

山上憶良（六六〇—七三三頃）奈良時代の歌人。遣唐使として渡唐、後に筑前守となる。「貧窮問答歌」に見られるような、人生の苦悩、社会の階級的矛盾を歌った。妻子愛の歌でも独自の世界を示し、『万葉集』中にきわだった思想歌人である。

八月十六日

人それ〴〵書を読んでゐる良夜かな

山《やま》口《ぐち》青《せい》邨《そん》

『雑草園』(昭九)所収。明治二十五年盛岡生まれの俳人。採鉱学を専攻、東大工学部教授にもなった科学者俳人である。若いころから「ホトトギス」を愛読したが、最初は句よりも写生文に興味があったと述懐している。昭和初期以来、俳人としてぐんぐん頭角を現した。「良夜」は秋の季語で月の明るい夜のこと。特に十五夜、十三夜をいうことが多い。「読書の秋」という標語はいかにも使い古されたが、その心を詠んだこの句の鮮度は、今も失せない。

山口青邨(一八九二―一九八八)俳人。盛岡市生まれ。東大採鉱学科卒。東大名誉教授。高浜虚子に師事。「夏草」創刊、主宰。心のゆとりと風趣に富む作風。句集に『雑草園』『雪国』『冬青空』など。

八月十七日

蟻《あり》台上に餓《う》えて月高し

横《よこ》光《みつ》利《り》一《いち》

随筆・詩・評論集『書方草紙』(昭六)所収。横光は大正末年新感覚派文学運動の先頭に立ち、昭和初年代を通じてたえず強い関心をもたれた作家だが、詩や俳句も作った。右は「蟻」と題する一行詩。荒涼たる原野あるいは広場に立つ高楼が想像される。中天高く澄む月にむかって凝然とうずくまっている蟻。その「餓え」には、あるはげしい意志が感じられる。この蟻はまた孤独な人間でもあるだろう。

横光利一(一八九八―一九四七)小説家。新感覚派の理論実作両面の中心だったが、のち心理主義的作風へ転じる。『機械』『寝園』『紋章』『旅愁』など。俳句、詩の作品もある。

八月十八日

絶滅のあら野に我等立てるひととき、
生の泉にうまし水むすぶ束《つか》の間《ま》

森亮《もりりょう》 訳、オーマー・カイヤム

『ルバイヤット』第三十八歌より。森亮訳詩集『晩国仙果I』(平二)所収。中世ペルシャ詩人のこの四行詩集は、十九世紀の英国文人フィッツジェラルドの名訳を得て、全世界に無数の愛読者をもつ幸運に恵まれた。ここに流れている無常観・運命観は、イスラム世界のものだが同時に普遍的でもある。日本でも明治時代以来多くの訳が行われ、流麗な森亮訳を得て、真に日本語世界のものとなった。

森亮(一九一一—九四) 大阪生まれ。東大英文卒。元お茶の水女子大学教授。訳書『ルバイヤット』『白居易詩鈔』『晩国仙果』など。

八月十九日

抱下《だき》ろす君が軽みや月見船《つきみぶね》

三宅嘯山《みやけしょうざん》

江戸中期、与謝蕪村らと同世代で親交もあった京都の俳人。職業は質屋だが、儒学者で漢詩もよくした。俳人としては、別号葎亭《りってい》も多く用いている。「月見船」は名月を水上で愛《め》でるために出す船で、秋の季題。女性の軽やかさがその美の一条件とされるようになったのは、洋の東西を問わず、主に近世以降のことではないかと思われる。これなどもその一例と言っていい句で、一種の浪漫調。いかにも蕪村の同時代人の句だなと思わせる。

三宅嘯山(一七一八―一八〇一) 江戸中期の俳人。俳号は別に葎亭(りってい)とも。京都の人。質商、青蓮院宮の侍講。望月宋屋の門に入り、点者となる。中国白話の紹介ほか漢詩集『嘯山詩集』、句集『葎亭句集』、編著『俳諧古選』『俳諧新選』。

八月二十日

月を笠《かさ》に着て遊ばゞや旅のそら

田《た》上《がみ》菊《きく》舎《しゃ》

江戸後期の女流俳人。父は長府(山口県)藩士だった。若くして寡婦となり、やがて尼になる。詩・書・画また茶や琴にも一家をなした才女らしい。各地への旅もよくした。茶で有名な宇治の中国風の禅寺万福寺での作、「山門を出れば日本ぞ茶摘うた」はよく知られるが、この句のような作の方が味はこまやかである。夫に死なれ、大旅行を思いたった二十八歳当時の作だという。大らかなひろがりの中に新生の意志がこもり、風格のある句だ。

田上菊舎(一七五三―一八二六) 俳人。長府藩士田上由永の長女。十六歳で村田家に嫁したが、二十四歳で寡婦となる。二十八歳の時剃髪。その後は女流に前例のない長途の俳行脚の日を送った。書画、茶道、琴をよくした。還暦の自賀撰集に『手折菊』。

八月二十一日

やはらかに人分《わ》けゆくや勝角力《かちずまふ》

高《たか》井《い》几《き》董《とう》

江戸中期の俳人。与謝蕪村の忠実な高弟で、寛政元年四十九歳で没した。温厚な人だったそうで、句風も平らかだが、さすがに師に学んで印象鮮明な句を作る。ひたと対象に寄りそって、その暖かみや厚みを句に程よくすくい取ってくる。この句、「やはらかに」が命。江戸時代の力士を描くが、今日でもこの気分はそのまま通じるところがあろう。勝ったときの力士は、なるほどやわらかに人を分けて消える。

高井几董（一七四一—八九）　蕪村門の俳人。京都の人。蕪村没後、蓼太のすすめにより、夜半亭三世を称し、師の俳風を継承。「酒無ければ句なし」の酒上戸であった。『其雪影』『明烏（あけがらす）』『続明烏』などを撰した。自選句集『井華（せいか）集』。

八月二十二日

遺品あり岩波文庫『阿部一族』

鈴《すず》木《き》六《む》林《り》男《お》

『荒天』(昭二四)所収。戦死者の遺品にあった鷗外の傑作の文庫本。事実を叙しただけだが、無季俳句の代表作として知られる。言外に溢れる思いの深さが、これを読む人に痛いほど伝わるからだろう。簡潔をきわめた記録文学といえる。作品「阿部一族」は、肥後藩主細川忠利への殉死を許されなかったばかりに、徐々に一族全滅の悲運に陥る阿部一族を題材に、忠義や権威に深刻な疑問を投じた短編。

鈴木六林男(一九一九—二〇〇四)俳人。大阪府生まれ。永田耕衣、西東三鬼の指導を受け、また山口誓子に師事。無季句を意識的に試み、現実への抵抗感を表現。「花曜」主宰。句集『荒天』『第三突堤』『桜島』など。

八月二十三日

かくばかりうき身なれどもひとりだにうらやましきはなきこの世かな

心《しん》敬《けい》

『権大僧都心敬集《ごんだいそうずしんけいしゆう》』所収。心敬は連歌師だが、和歌を鬼才正徹《しようてつ》に学び、師弟そろって中世和歌末期の最高峰をなした。和歌の神髄を冷え寂《さ》びた境地に求めたのは、まさに中世末期の詩情である。応仁の乱の最中に、乱を避けて隠棲した東国相模《さがみ》で没した。乱の初めのころ、流浪の旅路で詠んだ述懐の歌。「う(憂)き身」であるとはよくよく知っているが、羨ましい人など一人もないと。覚めた絶望。

心敬(一四〇六―七五) 室町中期の歌人、連歌師。紀伊国の生まれ。権大僧都。正徹に師事。『新古今集』の伝統に禅を加えて連歌を詠み、『ささめごと』などの連歌覚書を著わした。連歌における次代の代表者宗祇らに深い影響を及ぼした。

八月二十四日

人も　馬も　道ゆきつかれ死にゝけり。旅寝かさなるほどのかそけさ

釈《しやく》 迢《ちよう》 空《くう》

『海やまのあひだ』(大一四)所収。迢空折口信夫は、民俗資料採集のためしばしば山間離島を旅した。いたる所の山中や峠で、行き倒れの人や馬をまつった供養塔を見た。右は大正十二年作「供養塔」五首の第一首。横死の人馬をいたむ調べの中に、すべての生きとし生けるものの、また旅寝をかさねる自分自身の、いわばよりどころなくさまよう魂への、鎮魂の調べも、おのずとひびいていた。

釈迢空(一八八七—一九五三)　歌人、詩人、国文学者、民俗学者。大阪生まれ。本名折口信夫。歌集『海やまのあひだ』、詩集『古代感愛集』、小説『死者の書』など。民俗学の視点を国文学に導入、古代研究の領域で革新的な影響を与えた。

八月二十五日

君が行く道のながてを繰《く》り畳《たた》ね焼きほろぼさむ天《あめ》の火もがも

狭野弟上娘子《さののおとがみのおとめ》

『万葉集』巻十五。「弟上」は「茅上《ちがみ》」とも。男子禁制の斎宮寮に仕える女官だったが、中臣宅守《なかとみのやかもり》とひそかに通じ、露見した。男は越前に流罪。二人が交した歌六十三首は、『万葉集』中の異色編である。特に娘子の歌が劇的性格の点ですぐれる。右は中でも有名な一首。「道のながて」は配所までの長い道。その長い道をくるくるとたぐり寄せ、丸めて焼きつくしておくれ、天の火よ。女の悲嘆がきわまった所に火の幻が立った。

狭野弟上娘子（生没年不詳）奈良時代の歌人。後宮の男子禁制の役所の下級女官。中臣朝臣宅守（なかとみのあそみやかもり）と通婚して勅勘に触れ、宅守は越前に流罪となった。相聞歌が、『万葉集』巻十五に六十三首収められている。「弟上」を「茅上」とする本もある。

八月二十六日

ぽつかりと月のぼる時森《とき》の家《いへ》の寂《さび》しき顔《かほ》は戸《と》を閉ざしける

佐《さ》佐《さ》木《き》信《のぶ》綱《つな》

『新月』（大一）所収。明治・大正・昭和の三代、歌学者、歌人として余人の追随を許さぬ大きな業績をあげた。私たちが『万葉集』はじめ多くの古典詩歌を簡便に読めるのは、この人の恩恵によるところ多大である。この大学者は、その歌から察するに、童心といってもいい若々しくはずむ心をずっと保っていたらしい。右の歌の感傷もその一面にほかならぬ。現代超現実派の絵にもありそうな風景。

佐佐木信綱（一八七二―一九六三）歌人、歌学者。三重県生まれ。東大古典講習科卒。父弘綱（歌人、歌学者）没後、あとをうけて竹柏会を主宰、「心の華」（のち「心の花」）を刊行。歌集『思草』など。歌学史、和歌史の研究家として多大の業績をあげた。

八月二十七日

おさへねば浮き出しさうな良夜なり

平《ひら》井《い》照《しょう》敏《びん》

『天上大風』(昭五四)所収。名月の夜の気分を純粋培養したような句。取り押さえていないと浮き出しそうだというのだが、一体何を押さえるのか、一体何が浮き出しそうなのか、特定の対象には一切触れていない。いわばあたりに満ちている空気そのものが浮足立っているのである。すべてが浮き出してしまいそうに、物も気分も月光の軽さそのものと化している。俳句的省略語法の醍醐味だろう。

平井照敏(一九三二—二〇〇三)俳人、詩人、評論家。東京生まれ。東大仏文卒。加藤楸邨に師事。「槙」創刊、主宰。詩集『エヴァの家族』、句集『猫町』『天上大風』、評論『現代俳句の論理』など。

八月二十八日

長き夜をたゝる将棋の一ト手哉《かな》

幸《こう》田《だ》露《ろ》伴《はん》

『露伴全集』所収。慶応三年江戸神田生まれ、昭和二十二年没の文人。近代の文豪の名に恥じないごく僅かな文人の一人であることはいうまでもあるまい。俳諧関係の著作も『評釈芭蕉七部集』の偉業をはじめ数多い。自らも句・歌・詩・連句・狂歌・漢詩を自由に作った。また棋力抜群との定評があった。これはいかにも将棋好きの人の一句。一手指し違えたばかりの負け将棋。その口惜しさで、秋の夜長が一層長くなるのだ。

幸田露伴(一八六七—一九四七)小説家。東京の人。尾崎紅葉と併び称され、明治二十年代に紅露対立時代を現出した。出世作『風流仏』『五重塔』ほか。近世文学の伝統に立っていたが、後年史伝文学に新境地をひらく。他に『評釈芭蕉七部集』、長詩『出盧』など。

八月二十九日

月見酒下戸《げこ》と上戸《じょうご》の顔見れば赤坂もあり青山もあり

唐衣橘洲《からころもきっしゅう》

『狂歌若葉集』所収。題は「山手月」。江戸時代の山の手といえば牛込・四谷・赤坂・青山・麻布などの高台住宅地。作者は田安家に仕える小禄の幕臣で四谷に住んだ。牛込の四方赤良《よものあから》すなわち大田蜀山人と競って天明狂歌全盛期を主導した人。この狂歌は月見の宴に集まった連中の、上戸・下戸さまざまな顔色を、地名の赤坂・青山にひっかけて興じたもの。さらりとした味で、嫌味にならないほどに理屈をきかす。

唐衣橘洲(一七四三—一八〇二)江戸中期の狂歌師。幕臣。四方赤良らと初めて狂歌会を催した。以来、武士町人合作の江戸狂歌が形成され、流行をみた。赤良を盟主とするが、技巧面では肩を並べた。のち伝来の正統和歌への接近をはかった。『酔竹集』。

八月三十日

揺《ゆ》れやまぬ樹《き》樹《ぎ》の梢《こずえ》や揺るることその健康に叶《かな》えるならん

川《かわ》浪《なみ》磐《いわ》根《ね》

『川浪磐根全歌集』（昭四五）所収。昭和四十四年八十六歳で去った佐賀出身の歌人。多年記者生活を送ったが、作歌意欲おさえがたく、五十歳をすぎて窪田空穂の門に入り、本格的歌よみとなる。神経痛、心臓病など多病に悩み、晩年は清貧の臥床《がしょう》生活に終始したが、精神は剛直だった。生涯歌は素人と覚悟して詠んだその作は、心境が澄んでいるための率直さとすこやかさで読者の心をうつ。右の歌、素朴な観察と見えるが、また深い洞察とユーモアも感じさせる。

川浪磐根（一八八三―一九六九）歌人。佐賀県生まれ。「文章世界」の記者をはじめ「実業之世界」「ダイヤモンド」その他の記者生活。窪田空穂に師事。歌集に『山さんご』『数知れぬ樹枝』『梅花祭』など。小説『山童記』。

八月三十一日

わがこころ環《たまき》の如《ごと》くめぐりては君をおもひし初《はじ》めに帰る

川《かわ》田《だ》順《じゅん》

『東帰』(昭二七)所収。タマキは手纏とも書いた。古代女性が手に巻いた装飾の腕輪をいう。円環だから始まりも終わりもない。そのようにくり返しくり返しわが心は、あなたを恋いそめたそもその初めに帰る、というのだが、そこにはまた宝玉を連ねた腕輪の清らかさへの思いもあったろう。戦後まもなく、いわゆる「老いらくの恋」によって世を驚かせたこの歌人が、苦悩の日々に産み落とした珠玉の歌の一つ。

川田順(一八八二—一九六六)歌人。東京、浅草生まれ。東大法科卒業後、実業家としても活躍。佐佐木信綱門下。当初浪漫的であったが、窪田空穂などの影響を受けて写実的作風に転じ、大正、昭和歌壇に重きをなした。『伎藝天』『山海経』など。

九月

九月一日

あまの原ふりさけみれば春日《かすが》なる三笠《みかさ》の山にいでし月かも

安倍仲麻呂《あべのなかまろ》

『古今集』巻九羇旅《きりよ》。遣唐学生として十六歳で渡唐、玄宗皇帝に仕えて出世した。大詩人の李白や王維とも交遊。三十数年後、新たな遣唐使一行の帰国の折、共に帰朝することになり、海辺まで来た時この望郷の歌を詠んだとされている。東の空に月が輝く。あれは奈良の三笠山の上にのぼった月だ。その同じ月を、今私は去らんとする唐土で見あげている。ああ、大和よ。だが彼の船は難船、安南に漂着し、彼は再び唐に戻り、ついに日本には帰れなかった。

安倍仲麻呂（六九八？―七七〇）奈良時代の文学者。十六歳で遣唐留学生として渡唐、名を朝（晁）衡と改め、玄宗皇帝に仕えた。七五三年帰国途上、暴風にあい安南に漂着、帰国を断念して再び唐朝に仕え、唐土に没した。

九月二日

木の実山その音聞きに帰らんか

安《あん》東《どう》次《つぐ》男《お》

『花筧後《はなかけいご》』（平七）所収。二〇〇二年四月九日、八十二歳で死去。五十年代を過ぎるまで、現代詩の作者・批評家として活躍し、大学紛争の時期はいわゆる造反教官としても知られたが、その後蕪村や芭蕉の鋭敏な研究で名を馳《は》せ、特に芭蕉七部集の評釈の独自な成果は有名だった。同時に連句の実作にも励み、初期に加藤楸邨門で鍛えた俳句も晩年円熟味を増した。あたかも自らの死を早くも予感していたような句で、安東氏告別式の際は、夫人の会葬御礼にも引用された。

安東次男（一九一九―二〇〇二）詩人、批評家。岡山県生まれ。東大経済学部卒。元東京外国語大学教授。詩集『六月のみどりの夜は』で詩壇に登場。『澱河歌の周辺』『芭蕉七部集評釈』などで古典俳諧の批評・評釈に独自の世界を開く。句集『裏山』『昨（きそ）』『花筧』。

九月三日

玉津島磯《たまつしまいそ》の浦廻《うらみ》の真砂《まなご》にもにほひて行かな妹《いも》が触《ふ》れけむ

柿本人麻呂歌集《かきのもとのひとまろかしゅう》

『万葉集』巻九挽歌。紀伊の国で作った四首とある内の一首で愛人の死を悼む歌。「浦廻」は浦が湾曲した所。「にほふ」は色に染まる、美しく映える。玉津島の磯のこまかい砂に、身も心も染まって歩いていこう、在りし日のかの人が踏みしめていっただろう美しい砂よ。この歌一首だと、まるで生きている人への恋歌としか思えない。万葉の中の人麻呂歌集約三百八十首は、古代叙情詩の宝庫である。

柿本人麻呂歌集　万葉集の十数カ所に『柿本人麻呂朝臣之歌集』より採った歌なるものがあることによって存在の知られる古歌集。人麻呂の作品を含むことは確かであるが、彼の採集した諸国の民謡や、人麻呂作と信ぜられたもの、女性の歌らしいものも含んでいる。『万葉集』にある本書からの歌は、長歌、短歌、旋頭歌約三八〇首。

九月四日

空をあゆむ朗朗と月ひとり

荻《おぎ》原《わら》井《せい》泉《せん》水《すい》

『原泉』(昭三五)所収。昭和五十一年九十一歳で没した東京生まれの俳人。明治四十四年師の河東碧梧桐とともに新傾向の俳句誌「層雲」を創刊、数年で自由律俳句に転じ、尾崎放哉、種田山頭火ら自由律の俊才を育てた。句集、評論集など四百冊はあろうという多産の人である。この句は大正九年の作。月もひとりなら私もひとり、ひとりなるがゆえに朗々と自由に歩む仲間、という気分だろう。「朗朗と」に作者の大切な気持ちがある。

荻原井泉水(一八八四―一九七六)俳人。東京生まれ。東大言語学科卒。河東碧梧桐と新傾向派の「層雲」を創刊。季題無用を唱えて碧梧桐と別れ、層雲調自由律俳句の形成へ。門下より尾崎放哉、種田山頭火ら異色の俳人が出た。句集『自然の扉』など数多く、一茶、芭蕉に関する著書も多い。

九月五日

浪の秀《ほ》に裾洗《すそ》はせて大き月ゆらりゆらりと遊ぶがごとし

大《おお》岡《おか》博《ひろし》

『春の鷺』(昭五七)所収。明治四十年静岡市生まれ、昭和五十六年没の歌人。上記遺歌集は、作者没後一周年に本文筆者が編んだもので、晩年約十年間の歌を収める。病のため伊豆の海を見おろす病院に入院した時の作。「秀《ほ》」は「穂」と同じで、ものの先端。まさに波を離れて空に昇ろうとする月の異様な大きさに魅せられた作者の心が、ゆらりゆらりとさまよい出て、月とともに遊ぶ趣きがあり、遊魂という言葉を連想させられる。

大岡博(一九〇七—八一) 歌人。静岡市生まれ。沼津中学卒業後、教員となる。「ふじばら」(のち「菩提樹」と改称)創刊、主宰。窪田空穂に師事。歌集『渓流』『童女半跏』『春の鷺』。歌論集『歌林提唱』など。

九月六日

白雲《しらくも》に心をのせてゆくらくら秋の海原《うなばら》思ひわたらむ

上田《うえだ》秋成《あきなり》

『藤簍冊子《つづらぶみ》』所収。初秋のころ、琵琶湖畔に遊んで三井寺に月をめで、その翌朝、「あした湖上の楼に遊ぶ」と前書きがあるような行楽をして、この歌を作ったもの。「ゆくらくら」はユクラユクラ(ゆらゆら揺れて定まらぬさま)の省略形のように思われるが、ラを接尾語と見て、「往き来に」の意ととる解釈がある。詩としては、ユクラユクラの意にとる方が格段に広やかな気分で好ましかろう。小説家秋成は江戸期出色の歌人でもあったのだ。

上田秋成(一七三四—一八〇九)江戸中期の浮世草子や読本の作者、国学者。読本『雨月物語』五巻は幻想と怪異の名編。随筆に『胆大小心録』など。晩年の作に『春雨物語』、歌文集に『藤簍冊子(つづらぶみ)』。

九月七日

遠き樹の上なる雲とわが胸とたまたま逢ひぬ静かなる日や

尾上《おのえ》柴舟《さいしゅう》

『静夜』(明四〇)所収。落合直文のあさ香社の門下から出た。明治後期、自然主義に呼応して叙景詩運動を短歌界で推進した。優美な仮名文字の書家としても名高い。歌は今日から見ると淡泊に過ぎる感もあるが、右の歌ではその淡泊さがかえってゆったりした味わいを生んでいる。遠く樹上にかかっている白雲が、自分の心の思いにふと寄りそう感じがしたのだ。静けさがそれで一層深くなった。

尾上柴舟(一八七六—一九五七)歌人、国文学者、書家。岡山県生まれ。東大国文卒。落合直文の「あさ香社」に参加。金子薫園と「叙景詩」刊行、反「明星」の旗を掲げた。『短歌滅亡私論』で定型短歌への懐疑を表明。歌集『銀鈴』『日記の端より』『白き路』『空の色』など。

九月八日

夢のなかといへども髪をふりみだし人を追ひゐきながく忘れず

大《おお》西《にし》民《たみ》子《こ》

『不文の掟』(昭三五)所収。この現代女流歌人は、不運な結婚生活に基く苦しみ、悲しみを多くの歌でうたってきた。周囲の反対を押しきって結婚した相手が、他の女性へと走ったのである。後に離婚したが、長く堪えつづけた女の念々は、作者生得のものと思われる強い理性で覆われつつも、時にせきを切って溢れた。昼は心の痛みを押さえて暮らしていても、夢は容赦しない。それゆえに、醒めてからの悲しみは一層深い。

大西民子(一九二四―九四) 歌人。盛岡市生まれ。奈良女高師在学中、前川佐美雄に師事。公務員。歌集『まぼろしの椅子』『不文の掟』『花溢れゐき』など。木俣修主宰「形成」創刊同人。

九月九日

生き残る必死と死にてゆく必死そのはざまにも米を磨《と》ぎゐつ

雨《あめ》宮《みや》雅《まさ》子《こ》

『雲の午後』（平九）所収。生きてゆくということを単純明快に形容するにはどんな言葉がふさわしいか、と問われて、たとえばこうでしょうか、と答えたような歌。二度現れる「必死」という言葉が、みごとに決まっている。生き残るのも必死、死ぬことも必死。「そのはざまにも」避けようもなく、米を磨ぐという、これもみごとに日常そのものである行為が、大河のごとく人を乗せて流れている。

雨宮雅子（一九二九―二〇一四）歌人。東京生まれ。昭和女子大卒。川上小夜子に師事。竹田善四郎とともに季刊誌「鴟尾（しび）」発行。年三回「雅歌通信」発行。歌集『鶴の夜明けぬ』『熱月』、評論『斎藤史論』など。

九月十日

秋来《き》ぬと目にさや豆のふとりかな

大伴《おおとも》大江丸《おおえまる》

江戸時代後期の俳人。本名安井政胤《まさたね》。大坂で飛脚問屋を業とした。職業柄旅をよくし交友も広かった。古典詩歌のパロディに長じ、この句もそれである。『古今集』秋の歌、「秋来ぬと目にはさやかに見えねども風のおとにぞおどろかれぬる」を踏む。「さやか」にかけて「さや豆」をよび出し、「ふとりかな」で、「風だけではないよ。畑を見ればさや豆が、ほらふっくらとふくらんで、ここにも秋が……」と俳諧に一転した。

大伴大江丸（一七二二—一八〇五）俳人。大坂生まれ。三度飛脚を業とし、六十年間に東海道を七十余回往来した。上品な滑稽を主とした作風。俳画もよくし、筆蹟も麗わしい。編著に『はいかい袋』『俳懺悔』などがある。

九月十一日

眼をとぢて思へばいとどむかひみる月ぞさやけき大和《やまと》もろこし

正《しよう》　徹《てつ》

『草根集』所収。室町前期の歌僧。京都東福寺の僧で、同寺書記をつとめたので徹書記と通称される。歌を今川了俊に学び、詠歌数四万という多作の歌人である。藤原定家を崇拝し、自作の言葉のあしらい、語感の微妙繊細さも抜群だった。「いとど」は「さやけき」にかかる。月に向かい、さてそれを目を開いて見上げるのでなく、静かに瞑目して想い見る所に、夢幻的な気分が現れ出る。その心中に見る景は、日本・唐土をあまねく照らす澄んだ月。

正徹(一三八一—一四五九)　室町前期、冷泉派の歌人。備中小田庄の小松康清の子。今川了俊に入門。定家を崇拝、旧来の歌壇に対立する。門弟に心敬、宗砌(そうぜい)らが出て、のち大いに連歌を興す。家集『草根集』(一条兼良序)、歌論『正徹物語』。

九月十二日

良夜かな赤子の寝息麩《ふ》のごとく

飯《いい》田《だ》龍《りゅう》太《た》

『今昔』(昭五六)所収。「良夜」は月の明るい夜。俳句では十五夜(陰暦八月十五日)、十三夜(同九月十三日)をいうことが多い。しかし必ずしもこの二日に限るわけではない。当然、秋の良夜の句は多いが、中でもこの句、なんともみごとな意外性が光る句である。赤子の寝息を「麩のごとく」と見るのは奇想天外というほかない。だが、作者からすれば、不断の用意のたまものとして、直観がいきなり囁いてくれた表現であろう。

飯田龍太(一九二〇—二〇〇七)俳人。山梨県生まれ。蛇笏の四男。第一句集『百戸の谿』で「颯爽たる覇気を蔵する」(秋桜子)と称されて登場。蛇笏没後「雲母」主宰、平成四年終刊。句集『忘音』『山の木』他。俳論、随筆の著作も多い。

九月十三日

ひと柱掘れば残りし六千の昇天はなる掘らしめ給へ

新《あら》垣《かき》秀《ひで》雄《お》

『黄金森』所収。並ぶ歌に「六千の人目にふれぬ骨を埋め戦後の山ジャングルと化す」。激戦地摩文仁《まぶに》の丘で集骨作業に従う祈りの歌。この摩文仁で戦後五十年の平成七年六月二十三日、「平和の礎《いしじ》」と名づけられた慰霊碑が除幕された。沖縄戦などでの死者実に二十三万四千百八十三人の名を刻んだ百余の紺碧《こんぺき》色の柱。市町村別に氏名を刻んだ碑は、五十年間さまよう死者たちの新たな墓ともいえよう。

新垣秀雄（一九二七―　）歌人。沖縄県生まれ。琉球大植物病理学研究科卒。県立高校長、短大講師など。

九月十四日

祈るべき天とおもえど天の病む

石牟《いしむ》礼《れ》道子《みちこ》

『天』(昭六一)所収。『苦海浄土』『天の魚』その他で、作者は水俣病患者の苦しみと闘いをつぶさに語ってきた。それらの著作の背景には、水俣の海と空が、太古以来いかに平和で豊かな命をはぐくんできたかという歴史に対する限りない愛惜がある。そしてこれは、現代にあっては単に水俣だけの運命ではない。『天』は僅か四十二句の句集だが、右の一句にすべてが集約されている観がある。海が病む以上、天も病む。

石牟礼道子(一九二七―二〇一八)作家、評論家。熊本県生まれ。水俣病幼時に同県水俣に移住。水俣病告発の書『苦海浄土――わが水俣病』『天の魚』『椿の海の記』などの他、句集『天』がある。

九月十五日

軍鼓《ぐんこ》鳴《な》り／荒涼《こうりょう》と／秋の／痣《あざ》となる

高《たか》柳《やなぎ》重《しげ》信《のぶ》

『黒彌撒《くろみさ》』(昭三二)所収。大正十二年生まれ、新興俳句の影響を経て富沢赤黄男《かきお》に師事、多行形式の作者として立ち、戦後俳句の世界で孤軍奮闘した。伝統詩としての俳句の畑に「花鳥諷詠」とも「人間探求」とも違う現代の詩の種子をまこうとする。軍鼓の響きが「秋」の荒涼たる「痣」になるとみるのは作者の想像だが、句には確固たる存在感がある。想像が現実となり得ているからだ。

高柳重信(一九二三―八三) 俳人。東京生まれ。早大卒。「俳句評論」を創刊、編集の中心同人。富沢赤黄男に師事し、その句業の顕彰に尽力。表記の多行書きを実践。句集『蕗子』『黒彌撒』『山海集』など。

九月十六日

秋の田のかりほの庵《いほ》の哥《うた》かるた手もとにありてしれぬ茸狩《たけがり》

四《よ》方《もの》赤《あか》良《ら》

『蜀山百首』秋。小倉百人一首の有名な歌をもじった狂歌。すなわち第一番天智天皇作「秋の田のかりほの庵の苫《とま》をあらみわが衣手は露にぬれつつ」のもじり。目を皿のようにして見ていても、すぐ手もとの札には案外気づかないのがかるた取りのおかしさだが、茸狩りも同様で、すぐ足もとの茸に案外気づかない。両方を手品のように結びつける。人々の熟知する原歌をもじってあっと驚くような展開に導くのが、狂歌の極意である。

四方赤良（一七四九―一八二三）江戸後期の狂歌師、狂詩作者。大田蜀山人、南畝、寝惚先生。江戸牛込の生まれ。有能な幕臣として五十年余りを過ごしたが、自由な文人としては狂歌や黄表紙の世界に遊び、天明文芸界の巨頭だった。狂歌集『蜀山百首』、随筆集『一話一言』他著書多数。

九月十七日

歌よみは下手《へた》こそよけれあめつちの動き出《いだ》してたまるものかは

宿《やど》屋《やの》飯《めし》盛《もり》

『狂歌才蔵集』巻十二雑上。四方赤良門の有力な狂歌師で国学者。本名石川雅望《まさもち》、平安以降の用語例集『雅言集覧』で著名な学者だが、本業は宿屋。狂名もそこから来た。「ある人によみてつかはしける」とある。紀貫之の『古今集』序に、和歌は力も入れずに天地を動かすとあるのを故意に大まじめにとり、天地が大揺れに揺れ動いたりしてたまるものか、そんなことなら歌よみは下手で結構と。意外性の笑いに解毒的な効果がある。

宿屋飯盛(一七五三―一八三〇)江戸後期の狂歌師、国学者。石川雅望。生家は江戸日本橋小伝馬の宿屋。四方赤良に入門。同門のライヴァル鹿都部真顔が天明狂歌の庶民性を否定するのに対し、あくまで天明調の滑稽を支持して争った。『雅言集覧』など国学の著述のほか読本の作もある。

九月十八日

あらためて孝をつくすも不孝なり大事《だいじ》の父母の肝《きも》やつぶさん

二《に》歩《ぶの》只《ただ》取《とり》

『狂歌才蔵集』巻十二雑上。四方赤良門。江戸市谷加賀町の鈴木文左衛門。職は手元の資料では未詳だが、狂名から推すに、質屋のような職業かとも思われる。この狂名はまた『古今集』撰者の一人壬生忠岑《みぶのただみね》をもじる。「後悔先にたたずといふことを」と詞書にいう。たまげて驚くことを「肝をつぶす」と比喩でいうが、この歌は比喩を事実そのものとしたところにおかしみがある。いわれてみれば、滑稽にして痛切、痛切にして滑稽。

二歩只取（生没年・伝不詳）天明狂歌の作者の一人。通称鈴木文左衛門。江戸市谷加賀町に住す。

九月十九日

われを思ふ人をおもはぬむくいにやわが思ふ人の我をおもはぬ

よみ人《ひと》しらず

『古今集』巻十九雑体。笑いを主題にした「誹諧歌」の一つ。江戸の狂歌は笑いの種を広く社会生活一般に求めたが、ぐんとさかのぼった平安朝の笑いの歌の題材は、恋愛を主題としたものに片寄っていた。歴史の中で、詩歌がそれを生んだ人々の生活様式の変化を知らず知らずに示す好例だろう。男女の間柄に笑いの題材が限られる限り、種は早晩尽きる。それが一因だろう、『古今集』以後誹諧歌は衰退し、近世の俳諧のよみがえりまで待たねばならなかった。

九月二十日

とろり〳〵としむる目の　笠《かさ》のうちよりしむりや　腰が細くなり候《そろ》よ

松《まつ》の葉《は》

室町末期から江戸初期にかけ、琉球伝来の新楽器三味線に合わせて歌われた流行小歌。数首をつないだ組歌を一曲とする。右は中でも古い「琉球組」の一首。「しむる」は締むる。ここでは女が流し目で男をとろりととらえてしまうことを言っているのだろう。女は芸人か遊女か。「腰が細くなる」とは艶のある表現で、これほど色気の豊かな歌詞も珍しい。現代にこういう情景はもうあり得まい。歌は世につれというが、歌謡の時代性を痛感させられる。

松の葉　元禄年間、秀松軒の集録刊行した三味線歌謡集。室町末期から江戸初期にかけての流行小歌の集成。素朴な民謡も含まれている。『松の葉』にもれた小歌を集めて『松の落葉』も刊行された。こちらは大木扇徳編。

九月二十一日

わが心澄《す》めるばかりに更《ふ》けはてて月を忘れて向《むか》ふ夜《よ》の月

花《はな》園《ぞの》院《いん》

『風雅集』秋中。十四世紀半ばのこの勅撰和歌集は、南北朝争乱期、わずかな平穏の時を利して編まれた。花園院はその中心的推進者だったが、歌人としても伏見院や永福門院と並ぶ当時の代表的な皇室歌人だった。すみずみまで澄みきったと思えるほどに、心も、夜も、しんしんと更けつくし、ふと気づけば、自分は月を見ていることさえ忘れて月に向かっていた。ある種の宗教性さえ感じさせるような、無我の世界。

花園院（一二九七―一三四八）第九十五代の天皇。鎌倉後期の歌人。和漢の学に通じ、仏教の素養も深い。和歌は京極為兼の歌風を重んじ、清新にして印象鮮明。『風雅集』和漢の序は天皇の作。自筆日記『花園院天皇宸記』。

九月二十二日

かきなぐる墨絵をかしく秋暮《くれ》て　史《し》邦《ほう》

はきごころよきめりやすの足袋《たび》　凡《ぼん》兆《ちょう》

『芭蕉七部集』中『猿蓑』の「はつしぐれの巻」所収。前句の「墨絵」は十五世紀なかば宋元画が流入して興った水墨画で、禅宗とも深くかかわる。中国伝来という意味で異国風な新鮮さがあった。一方、付け句の「メリヤス」は長崎などを通じて入ってきた紅毛人の品物である。すなわち二様の異国情緒を取り合わせ、両句相まって、晩秋ひとり心ゆくままに墨絵に没頭して楽しむ人物を描きだした。風雅を解する豪商か、それとも脱俗の隠士か。

中村史邦（生没年不詳）　蕉門の俳人。尾張犬山城下で春庵と号し、侍医であったが、上洛、中村荒右衛門と名乗って仙洞御所に仕え、与力衆にもなった。去来の紹介で芭蕉に入門した模様。『芭蕉庵小文庫』の編著がある。

野沢凡兆（生年不詳―一七一四）　江戸前期の俳人。金沢の生まれ。京都に出て医を業とした。元禄三、四年頃、在京中の松尾芭蕉に師事、俳境を深め、向井去来とともに『猿蓑』の編纂に従事。六十歳前後で没した。

九月二十三日

たのしみは小豆《あづき》の飯の冷えたるを茶漬てふ物になしてくふ時

橘《たちばな》 曙覧《あけみ》

『志濃夫廼舎《しのぶのや》歌集』所収。米国大統領は一九九四年、訪米した天皇を歓迎する式典で、曙覧の「たのしみは朝起きいでて昨日まで無かりし花の咲ける見る時」を引き、人々を驚かせた。右もその同じ「独楽吟《どくらくぎん》」から。国際外交などを離れても、幕末歌人の貧生涯の方が、私たちの生活より少なくとも落ちつきがあったと感じられる。橘曙覧、同じく幕末期に活動した大隈言道、不思議にも二人とも明治になると同時に死んだ。

橘曙覧（一八一二―六八）江戸後期の歌人。越前福井の生まれ。博覧強記、和漢の学を修め、賀茂真淵、本居宣長の古学を継承。和歌は、真淵の万葉ぶりをとりいれた上、題材表現に変化に富む歌風をひらいた。『志濃夫廼舎（しのぶのや）歌集』。

九月二十四日

遺産なき母が唯一のものとして残しゆく「死」を子らは受取《うけと》れ

中城《なかじょう》ふみ子

『花の原型』(昭三〇)所収。作者が「乳房喪失」の題で「短歌研究」誌に五十首詠一位当選作を発表、一躍歌壇を越えた注目の新鋭歌人となったのは昭和二十九年。それからわずか数カ月後の同年八月には、乳癌転移後の肺癌で逝去した。三十一歳。三児の母だったが、夫に背かれて離婚し、個人生活では不運だった。しかし歌人としての才質は、流星のような短い一生を補って余りある豊かさだった。

中城ふみ子(一九二二―五四) 歌人。北海道帯広生まれ。「新墾」「潮音」「凍土」などに参加。肺癌と乳癌に冒され、乳房切除。歌集『乳房喪失』、没後『花の原型』。

九月二十五日

白き霧ながるる夜の草の園に自転車はほそきつばさ濡《ぬ》れたり

高《たか》野《の》公《きみ》彦《ひこ》

『汽水の光』(昭五一)所収。昭和十六年生まれの新鋭歌人。小説界で内向の世代という呼び名がはやったことがあるが、この作者の歌は短歌形式の中で堅固な内向性の世界をつくっている。心理や意識の暗がりの領域、それを一種内臓感覚的な手ざわりの表現方法でとらえる。夜霧に濡れる自転車は、「ほそきつばさ」を得て、昼とは別の、「夜の」自転車に変容する。ひっそり濡れて「心の」自転車になる。

高野公彦(一九四一—) 歌人。愛媛県生まれ。歌集『汽水の光』『天泣』『水苑』ほか。宮柊二に師事、「コスモス」同人。

九月二十六日

汝《な》が兄にあまた貰《もら》ひし恋文はわが宝ぞと微笑《ほほえ》む老女

島《しま》仲《なか》芳《よし》子《こ》

『黄金森』所収。これと並ぶ歌に「わが兄をひたすら待ちて老いませる一人のをみな永《なが》く守らむ」。作者の二人の兄はフィリピンと沖縄で戦死した。長兄には婚約者がいた。彼女はフィリピンで戦死したと伝えられた長兄を待ち続け、そのまま老いた。妹たる作者は胸も痛くその人を訪れるが、彼女は微笑んで右のように語るのである。父は父で戦死の報に「神も仏もない」と叫んで立ち尽くしたとある。

島仲芳子（一九三二— ）歌人。沖縄県生まれ。茶道・舞踊教師。保護司もつとめる。

九月二十七日

君が瞳《ひとみ》はつぶらにて／君が心は知りがたし。／
君をはなれて唯《ただ》ひとり／月夜の海に石を投ぐ。

佐《さ》藤《とう》春《はる》夫《お》

『殉情詩集』(大一〇)所収。明治二十五年和歌山県生まれ、昭和三十九年没の小説家・詩人。「少年の日」と題する四行詩四章の作で、四季にわけたうちの三番「秋」。作者によると、少年時代に憧れた遊び友達の姉の面影を歌ったものという。詩形も表現も古風な型を守っているため、かえってあてどない少年の恋ごころがさやかに歌われ、愛誦された。一番「春」は「野ゆき山ゆき海辺ゆき　真ひるの丘べ花を藉《し》きつぶら瞳の君ゆゑに　うれひは青し空よりも」。

佐藤春夫(一八九二―一九六四)詩人、小説家。和歌山県生まれ。『殉情詩集』、小説『田園の憂鬱』、評論・随筆集『退屈読本』などを刊行、大正中期以降文壇に名声を得た。伝統的詩法を意識的に利用して近代の抒情詩をつくることでは抜群の技を示した。

九月二十八日

処女《をとめ》にて身に深く持つ浄《きよ》き卵《らん》秋の日吾《われ》の心熱《こころあつ》くす

富小路禎子《とみのこうじよしこ》

『未明のしらべ』(昭三一)所収。大正十五年東京生まれの現代歌人。旧華族の家に生まれ、独身の上家族にも先立たれたためか、歌には時にとぎ澄まされたある種の滅亡感が息づく。この歌の背景も決して単純な若さの讃美ではあるまい。「身に深く持つ浄き卵」は鮮烈な印象を与えるが、その「浄き卵」は深くわが身にとざされたままなのである。それを思う時ふと熱くなる心は、複雑な思いを秘めて孤独である。

富小路禎子(一九二六―二〇〇二)歌人。東京生まれ。女子学習院卒。植松寿樹の「沃野」に参加。歌集『未明のしらべ』『白暁』『透明界』など。

九月二十九日

男と男父と息子を結ぶもの 志《こころざし》とはかなしき言葉

佐《さ》佐《さ》木《き》幸《ゆき》綱《つな》

『直立せよ一行の詩』(昭四七)所収。昭和十三年東京生まれの現代歌人。弘綱、信綱、治綱と続く国文学者・歌人の家系を継ぐ。祖父信綱に幼少時から歌を作らされたため、逆に詩歌嫌いとなったらしい。しかし二十歳の誕生日に父治綱が急逝、その衝撃から短歌にめざめたという。父と息子、あるいは男と男、その関係を「志」の継承持続としてとらえているのが注目される。「かなしき」に思いがこもる。

佐佐木幸綱(一九三八―) 歌人。東京生まれ。祖父は佐佐木信綱。早大大学院国文科修了。「文藝」編集長を経て、大学教師。「心の花」の精力的な推進者。『群黎』『直立せよ一行の詩』『瀧の時間』『旅人』など。歌論にも活躍。

九月三十日

あかあかと一本《いつぽん》の道とほりたりたまきはる我が命なりけり

斎《さい》藤《とう》茂《も》吉《きち》

『あらたま』(大一〇)所収。タマキワルは魂極・玉極などの字を当てる枕詞で、内・命その他にかかるが、正確な語義は未詳とされている。しかし茂吉がこの語にこめた遥かなるものへの激情は、「たり」「けり」の力強い連打と相まって、読む者にまっすぐ伝わる。大正二年秋、代々木原頭での作。その直前、傾倒していた師伊藤左千夫が逝った。茂吉は眼前の道の光のなかに、ある悲壮な思いとともに、連綿と続く魂の一本道を見ていたのだろう。

斎藤茂吉(一八八二―一九五三) 歌人。伊藤左千夫に師事。精神科医を業とするかたわら、同輩の島木赤彦没後の「アララギ」を率いて精力的な活動を続けた。烈しい生命感を漲らせた処女歌集『赤光』は歌壇内外に広く迎えられた。歌集は『あらたま』『白き山』など多数。

十月

十月一日

にせものときまりし壺の夜長《よなが》かな

木《き》下《した》夕《ゆう》爾《じ》

『木下夕爾全句集』(昭五七)所収。作者は豊かな叙情性で知られた「四季」派の詩人であり、また久保田万太郎門の俳人としても知られた人だが、こんな微苦笑の句も作った。手もとで可愛がってきた壺が、鑑定の結果贋物《がんぶつ》と決まった。怪しいと思わないでもなかった壺でも、いざそう決まってみると、その傍で、秋の夜長の感もひとしお。美術骨董に多少とも関わりある人には、身につまされるところのある句だろう。

木下夕爾(一九一四—六五) 詩人、俳人。広島県生まれ。第一早稲田高等学院(仏文)から名古屋薬学専門へ転じ、家業の薬局を継ぐ。詩集は『田舎の食卓』『笛を吹くひと』など。詩誌「木靴」主宰。俳句は「春燈」に投句し、久保田万太郎に認められる。『南風抄』『遠雷』などの句集がある。

十月二日

或《あ》る闇《やみ》は蟲《むし》の形をして哭《な》けり

河《かわ》原《はら》枇《び》杷《わ》男《お》

『密』(昭四五)所収。昭和五年生まれの現代俳人。闇が「虫の形」をして「哭く」なんてことがあるのだろうか。その現場を肉眼で、また耳で、とらえることはできまい。しかし私たちには「予感」とか「予兆」の世界がある。そこでは、闇が「虫の形」で「哭く」こともある。いわゆる現実世界の事象より一層現実的に、それは私たちに肉薄する。なぜならそれは「心」そのものの出来事だからだ。

河原枇杷男(一九三〇—二〇一七) 俳人。兵庫県生まれ。龍谷大学卒。一九五四年永田耕衣に師事。「琴座」「俳句評論」同人。句集『烏宙論』『密』『閻浮提考』『流灌頂』など。

十月三日

相思《あひおも》はぬ人を思ふは大寺《おほでら》の餓鬼《がき》の後《しりへ》に額《ぬか》づくがごと

笠《かさの》女《いら》郎《つめ》

『万葉集』巻四相聞。作者は奈良時代有数の女流歌人。首ったけの思いを二十九首の歌に連ねて恋しい大伴家持に贈った中の一首。女の燃える思いに比して男は冷淡だった。女は苦悩し、じれ、ついにあきらめた。悲痛な執着をたち切るような捨てぜりふの歌。貪欲の戒めとして寺に置かれている餓鬼の像、そんなものを拝んでもご利益《りやく》などあるはずもない。さて、薄情なあなたを慕うなんて、その餓鬼を一所懸命へりくだって拝むようなものですわ、というのだ。

笠女郎（生没年・伝不詳）『万葉集』中に短歌二十九首を残すが、いずれも若いころの大伴家持に贈ったもので、繊細優美な歌や激情の歌など、内容豊かな相聞歌の作者。家持周辺の女性では一頭地を抜く歌人だろう。

十月四日

わが背子《せこ》を大和《やまと》へ遣《や》るとさ夜深《よふ》けて暁露《あかときつゆ》にわが立ち濡《ぬ》れし

大《おお》伯《くの》皇《ひめ》女《みこ》

大伯皇女(六六一—七〇一) 天武天皇皇女。母は大田皇女(持統天皇の同母姉)。大津皇子の姉。斎宮に定められ、伊勢に下向。ひそかに訪れた大津皇子の上京を見送る歌二首、その死を悼む哀切な歌四首が『万葉集』に残る。

『万葉集』巻二。天武皇女で伊勢神宮に斎宮として仕えた。同母弟の偉丈夫大津皇子は父帝崩御の直後、反逆のかどで死刑となる。政敵のわなにおちたらしい。右は危険な立場の大津がひそかに伊勢の姉のもとを訪れ、暗いうちに再び去った時の、見送る姉の憂いと愛の歌。「わが背子」はここでは弟。「暁露」は未明の草露。姉弟の間柄だが、清らかな身の姉の歌にこもる情感は、恋人に対するようだ。

十月五日

ももづたふ磐余《いはれ》の池に鳴く鴨《かも》を今日のみ見てや雲隠《くもがく》りなむ

大津皇子《おおつのみこ》

『万葉集』巻三挽歌。天武天皇の遺子大津皇子が、反逆罪の汚名のもとに奈良の磐余《いわれ》の池のほとりで処刑された時、涙しつつ歌ったとされる臨終詠。「ももづたふ」は「イ」音にかかる枕詞。「雲隠る」は死ぬこと。この池に鳴く鴨を見るのも今日を限りとして、私はこうして死んでゆくのか。二十四歳の文武に秀でた皇子は宮廷の権力争いの犠牲としてはかなく散り、悲しみにくれる皇子の妃は、はだしで遺体にかけより、殉死した。

大津皇子(六六三―六八六)　天武天皇第三皇子。文武ともにすぐれ、詩賦を振興したと、『懐風藻』および『日本書紀』に見える。天武崩御後まもなく、皇位継承にからむ陰謀に巻き込まれ、処刑された。二十四歳。

十月六日

によつぽりと秋の空なる富士の山

上島《うえじま》鬼貫《おにつら》

江戸前期、芭蕉などとほぼ同時代の俳人。摂津(兵庫県)伊丹の酒造家一族に生まれた。初期俳諧の革新者談林派が風俗化し散文化していった時期に、「まこと」のうちにこそ俳諧の詩があるとして、俳諧再生に大きな貢献をした。澄んだ秋空にそびえる富士の姿を「によつぽり」とは、言い得て妙の形容。このくだけた口語調擬態語が一句の命だ。「そよりともせいで秋立つ事かいの」その他、鬼貫には口語調の句が多い。

上島鬼貫(一六六一—一七三八) 江戸前期の俳人。十三歳の時、貞門の松江重頼に入門。十七歳頃には談林の西山宗因の風に移ったが、姿、詞の妙よりも人格の高さを重視し、「まこと」を説いた態度は、芭蕉に通じる所があった。

十月七日

遊びをせんとや生《うま》れけむ／戯《たはぶ》れせんとや生《うま》れけん／遊ぶ子供の声聞けば／我《わ》が身さへこそ動《ゆる》がるれ

梁《りよう》塵《じん》秘《ひ》抄《しよう》

平安歌謡。普通に読めば、無心に遊ぶ子供の姿を見つつ、つられてわが身までゆらぎ出すようだと大人が歌っている歌である。しかしその解釈とは別に、これを当時の歌謡の重要な作者兼歌手だった遊女の歌だろうとする見解もある。「遊び」も「戯れ」も、当時の言葉では、春を売る行為、またその人を指す語でもあった。その観点から読めば、無心に遊ぶ子らの上にすでに将来の流浪の人生を予感した歌となり、意味は一変する。

梁塵秘抄　一一七〇年代成立。後白河法皇編になる、今様を主とする平安歌謡集。もと十巻あったが、巻一の一部、巻二全部のみが現在伝わっている。これに付随する同法皇著『梁塵秘抄口伝集』巻十には、法皇自身の今様修業の模様が克明に語られていて興味深い。『口伝集』も十巻あったとみられ、現存するのは巻一の初めの部分と巻十のみ。

十月八日

世の中にまじらぬとにはあらねどもひとり遊びぞ我はまされる

良《りよう》寛《かん》

『良寛歌集』所収。「行燈《あんどん》の前に読書する図に」との詞書きがある。本を読んでいる姿で描かれた自画像のための賛の歌。別に世人と交わらないと決めているわけではない。だが自分には「ひとり遊び」の方が一層気に入っている、という。周知のように良寛は越後で庵に独居しながら、近隣の大人や子供とも広く親しんだ。その人の作だけに印象的な歌である。静かに読書することを「ひとり遊び」といいとめたこの一語、みごとに的を射て歌の品格を高めている。

良寛(一七五八―一八三一) 越後の名主の長男として生まれたが、二十二歳で出家。大愚と号し、曹洞禅の修行を積んだ。諸所を行脚、晩年郷里に住む。『万葉集』、寒山詩に親しみ、俗事にとらわれず淡々として気品高い歌境をひらいた。歌集は貞心編『蓮(はちす)の露』。

十月九日

白露や死んでゆく日も帯締めて

三《みつ》橋《はし》鷹《たか》女《じよ》

『白骨』(昭二七)所収。鷹女は句集に『白骨』『羊《し》歯《だ》地獄』などの題をあえてつけるほど個性の強い女流俳人だった。「白骨の手足が戦《そよ》ぐ落葉季」(『白骨』)のような痩せこけた句もその個性の反面を示していた。彼女には死をみつめて自己を厳しく追いつめる一面がある。「夏痩せて嫌ひなものは嫌ひなり」「みんな夢雪割草が咲いたのね」のように強気で孤絶的な作が多いが、この句の「死んでゆく日も帯締めて」には、気品と寂寥の結びついた澄んだ悲しみがある。

三橋鷹女(一八九九―一九七二) 俳人。千葉県生まれ。はじめ与謝野晶子、若山牧水に私淑。のち原石鼎に師事。立子、汀女、多佳子とともに女流の四Tと称された。句集に『向日葵』『白骨』『羊歯地獄』など。

十月十日

世田谷区奥沢、深沢、下北沢沢ありし世の涼しさ想《おも》う

松平盟子《まつだいらめいこ》

『オピウム』(平九)所収。東京都世田谷区一帯は武蔵野台地にひろがる住宅地だが、土地は起伏に富み、時には幽谷《ゆうこく》をさえほうふつさせる谷あいの土地や沢に恵まれている。作者は結婚してからこの土地に住むようになったらしいが、地名から昔を想う発想は、歌人らしい土地誉《ぼ》めの仕方である。「そのむかし五位鷺《ごいさぎ》のわれは見下ろせり多《さわ》に眩《まぶ》しき武蔵野の沢を」。歌集の題名は「阿片」だが、香水の名。

松平盟子(一九五四―) 歌人。愛知県生まれ。南山大卒。「コスモス」を経て「プチ★モンド」代表。歌集『帆を張る父のやうに』『シュガー』『プラチナ・ブルース』他。

十月十一日

郊外や見まじきものに行き逢ひぬ秋の欅《けやき》を伐《き》りたふし居り

若《わか》山《やま》牧《ぼく》水《すい》

『秋風の歌』(大三)所収。牧水は晩年沼津海岸の有名な千本松原の一隅に住んだ。松原の一部を静岡県が伐採しようとした時、じっとしていられず、立ってこの伐採がいかに理不尽な暴挙であるかを説く論陣を張った。計画は中止された。樹の命を深く愛し畏れた詩人である彼の旅が、観光旅行とは全く類を異にしたのもそのためだった。この歌はずっと若いころの作。欅の悲鳴を彼だけが聞いている。

若山牧水(一八八五—一九二八)歌人。宮崎県生まれ。初期の恋愛歌で広く知られるが、旅と酒を生涯の友とし、揮毫旅行もしばしば行った。『海の声』『別離』など主要歌集十五冊。牧水調といわれる愛唱歌では他の追随を許さない。

十月十二日

行く我《われ》にとどまる汝《なれ》に秋二つ

正《まさ》岡《おか》子《し》規《き》

子規句帖『寒山落木』巻四。明治二十八年十月十九日、松山で親友夏目漱石に贈った句。子規は同年、日清戦争従軍の帰途喀血して松山に帰郷し、八月末、当時松山中学校の英語教師として同地にあった漱石の下宿に移った。松山の俳人たちがここに集まり、漱石も一座に加わって、盛んに句作した。十月子規は東京に戻る。松山を故郷とする子規は東上し、東京を故郷とする漱石は松山に留まる。二人それぞれの秋の中での、友への惜別。

正岡子規(一八六七―一九〇二) 俳人、歌人。松山の生まれ。肺患、脊椎カリエスの病床にあって俳句、短歌の革新運動を推進、「ホトトギス」を発行して後年の俳壇の主流を築き、また根岸派短歌の中心として、のちの「アララギ」の生みの親となる。歌集『竹の里歌』。随筆『病牀六尺』など。

十月十三日

笠置《かさぎ》シヅ子があばれ歌ふを聴きゐれば笠置シヅ子も命賭《か》けゐる

前《ま》川《かわ》佐《さ》美《み》雄《お》

『捜神』(昭三九)所収。笠置シヅ子の「東京ブギウギ」が大阪の梅田劇場で唱われ、大反響をまき起こしたのは昭和二十二年九月。以来三年ほどのあいだ彼女はたて続けにブギを唱い、流行歌の世界をつむじ風のように席捲した。右の歌の「あばれ歌ふ」には作者の微妙な違和感もこめられていそうだが、それにもまして笠置シヅ子の迫力をとらえるに適切な表現だった。「命賭けゐる」も同じく。

前川佐美雄(一九〇三―九〇) 歌人。奈良県生まれ。佐佐木信綱の門に入るが、歌風は幻想的ロマンティシズムの傾向を強く持ち、昭和十年代注目を浴びた。歌集に『植物祭』『大和』『白鳳』『積日』など。

十月十四日

握力計の知らざるちから身にありて4Bの鉛筆に文字現わる

冬《ふゆ》道《みち》麻《あさ》子《こ》

『森の向こう』(昭六三)所収。健康そのものの少女期に襲われた病が、筋ジストロフィーだったという不運。闘病の苦悩の中で短歌を知り、高安国世に師事した。その敬愛した師の没後に出した第二歌集から。握力計にはもう現れもしない力がこの身には潜んでいて、4Bの鉛筆を握れば、ふしぎや、文字となってその力が現れ出る、紙の上に。歌を作ろうとする意志、その集中が、瞬間に生み出すものの偉大さ。

冬道麻子(一九五〇―) 歌人。静岡県生まれ。「塔」入会、高安国世に師事。進行性筋ジストロフィーにて闘病。歌集『遠きはばたき』『森の向こう』『リラの風』。

十月十五日

マッチ擦《す》るつかのま海に霧《きり》ふかし身捨《す》つるほどの祖国はありや

寺山修司《てらやましゅうじ》

『空には本』(昭三三)所収。高校時代俳句を作り、また短歌を作った。大学在学中に短歌研究新人賞を受け、才華ある十代の新人として一躍注目を浴びた。右も当時の作。この深い霧には、作者の故郷青森の海の思い出が感じられるが、「ふるさとの訛りなくせし友といてモカ珈琲はかくまでにがし」と歌う彼は、同時に、右の歌にうかがわれるように、故郷や祖国にべったり付くような執着を振り捨てて生きていこうと決意した青年として歌っている。

寺山修司(一九三五―八三) 劇作家、歌人、詩人。青森県生まれ。早大中退。在学中に短歌研究新人賞受賞。演劇実験室「天井桟敷」を設立、主宰。歌集『空には本』『血と麦』『田園に死す』など。

十月十六日

留守《るす》と言え／ここには誰《だれ》も居《お》らぬと言え／五億年経《た》ったら帰って来る

高《たか》橋《はし》新《しん》吉《きち》

『高橋新吉の詩集』（昭二四）所収。明治三十四年愛媛県生まれの現代詩人。二十二歳の時『ダダイスト新吉の詩』を出し、日本最初のダダイスト詩人となった。青年期に真言宗の寺で修行したが、やがて禅に傾倒、「禅詩人」として海外でも知られるにいたった。禅的契機をつかんではっしと対象の本質を射とめたような詩が多い。これは「るす」と題する三行詩で、代表作とされる。わずか三行の中に、日常の時空を一挙に脱出する詩の魔術がある。

高橋新吉（一九〇一―八七）　詩人。愛媛県生まれ。八幡浜商中退。東京へ出奔。翌年帰郷し真言宗の寺で八カ月修行後、再び上京。『ダダイスト新吉の詩』（辻潤編）は、詩壇に衝撃を与えた。禅詩人として英米などに紹介されている。

十月十七日

大江山かたぶく月の影さえて鳥羽田《とばた》の面《おも》に落つるかりがね

前大僧正慈円《さきのだいそうじょうじえん》

『新古今集』秋歌下。政変のため四度にわたって天台座主《ざす》の辞退と復任をくりかえした人。関白藤原忠通の六男。『新古今』入集九十二首は西行につぐ。落雁《らくがん》の歌だが、落雁はふつう地におりた雁を歌う例が多いのに対し、これは空から降下しつつある雁をうたう。京の西方大江山に冴え渡る月に、南方鳥羽田の野に落ちる雁を配する。暮秋の情を、歌によって一幅のさびさびとした絵に描いたともいえよう。史家として『愚管抄』六巻をあらわした人。

前大僧正慈円(一一五五—一二二五) 関白藤原忠通の子。十歳で父の死にあい、十一歳で出家、叡山に上る。天台座主となって以来、法界と朝廷とを結ぶ第一人者となる。家集に『拾玉集』、史論『愚管抄』。『千載集』以下に二五五首。没後慈鎮と諡(おくりな)される。

十月十八日

虫ごゑの千万《せんまん》の燈《ともし》みちのくに

川《かわ》崎《さき》展《てん》宏《こう》

『義仲』（昭五三）所収。加藤楸邨の薫陶を受けた現代俳人。虚子論などの俳論でも知られる。俳句の「虫」は秋鳴くコオロギ科やキリギリス科の総称で、秋の季語。陸奥の広野にすだく虫声は、秋の寂寥《せきりよう》感を深める。だがそのおびただしい虫の「声」を「千万の燈」ととらえた時、句に命がともった。外に対してと同時に、自己内面をたえず注視する眼がないと、こういう瞬時の直観の表現はなしえない。

川崎展宏（一九二七―二〇〇九）俳人。呉市生まれ。東大国文科卒。加藤楸邨門。「貂」を創刊。『春 川崎展宏全句集』、評論集『高浜虚子』、文集『俳句初心』など。

十月十九日

蒼苔《さうたい》路《みち》滑《なめ》らかにして　僧《そう》寺《てら》に帰る
紅葉《こうえふ》声《こゑ》乾《かわ》いて　鹿《しか》林《はやし》に在《あ》り

温《おん》庭《てい》筠《いん》

平安中期の『和漢朗詠集』巻上「鹿」。作者は晩唐の詩人。青々と苔の生えた路はしっとりと柔らかく、一僧これを踏んで寺に帰る。林には乾いた音をたてる紅葉を踏んで、鹿が遊ぶ。閑雅な秋景。くだって江戸前期の『芭蕉七部集』中『猿蓑』の「夏の月」の巻には、「茴香《ういきよう》の実を吹落す夕嵐　去来」「僧ややさむく寺にかへるか　凡兆」という付け合いがあるが、凡兆あるいはこの詩句にヒントを得たか。

温庭筠(八一三?―八七〇)　晩唐の詩人。初唐の宰相温彦博の子孫といわれる。遊蕩生活に耽り、進士に及第できなかったため、官途は一生不遇であった。詩作はほとんどすべて女性や恋愛をうたったものである。

十月二十日

わが影の壁にしむ夜やきりぎりす

大《おお》島《しま》蓼《りょう》太《た》

江戸中期の俳人。信州伊那の産というが、早くから江戸に住み、そこで名声を得た。これは日本の詩歌で秀作が多い「しみ入る」感覚で詠まれた作のひとつ。「きりぎりす」は古くはコオロギを指し、ここでもそれである。いつ絶えるともなく夜のしじまに鳴きつづけるコオロギを聞いている秋夜の孤愁が、「わが影の壁にしむ夜や」によくとらえられている。昔は灯火も今よりずっと暗く、夜も深かったのだ。

大島蓼太（一七一八―八七）江戸中期の俳諧師。諸国行脚の後、次第に名声を博し、門人三千といわれるほどの勢威を張った。平明な、都会風の句調だが、蕪村の下風に甘んじた。編著『朝起集』『芭蕉句解』『今は昔』『俳諧十三条』など。

十月二十一日

年をとる　それはおのれの青春を
歳月の中で組織することだ

ポール・エリュアール、大岡信《おおおかまこと》訳

『途絶えざる詩Ⅱ』(一九五三)所収。上記詩集は二十世紀前半のフランスを代表するこの詩人の没後一年して刊行された。右の二行は七百行近い長篇詩「よそにもここにもいずこにも」の中にある。私は詩集刊行当時この詩を読み、何とか日本語に移そうと試みたが中途で挫折した。したがって右の詩句は未完の訳からという変則的なことになるが、ここに含まれる生への洞察に敬意を表して、あえて引用した。

エリュアール(Paul Eluard　一八九五—一九五二)　フランスの詩人。ダダイスム・シュールレアリスムから共産主義に進み、第二次大戦中抵抗運動に参加、簡潔明晰なフランス語で美しい詩を作る。詩集『苦悩の首都』『詩と真実』『政治詩篇』など。

十月二十二日

霜は軍営《ぐんえい》に満ちて　秋気清《しゅうききよ》し
数行《すうこう》の過雁《かがん》　月　三更《さんこう》

上《うえ》杉《すぎ》謙《けん》信《しん》

十六世紀、戦国時代末期を代表する越後の名将上杉謙信の七言絶句「九月十三夜陣中の作」の起承二句。天正二年能登に遠征、遊佐弾正の七尾城を攻略した時、折からの十三夜の月に興を発し、陣中で詠じたとされている。「数行の過雁」は空をゆく数列の雁。秋になって南下してきた群れを見たのだ。「三更」は夜の十二時から二時まで。詩句は清涼、往時の武人の心ばえを示す。広く愛誦されてきたのは周知の所だろう。

上杉謙信（一五三〇—七八）　戦国時代の武将。越後の守護代の子として生まれる。群雄を相手に越後、越中、加賀、飛驒などを勢力圏内に収めた。川中島の戦は名高い。敵国甲斐の領民に塩を送った逸話も有名である。和歌、茶道、謡曲、琵琶、書をたしなんだ。

十月二十三日

秋の田の穂の上《へ》に霧《き》らふ朝霞《あさかすみ》いつへの方《かた》にわが恋ひ止《や》まむ

磐姫皇后《いわのひめのおおきさき》

『万葉集』巻二相聞。磐姫皇后は仁徳天皇の后、恋の情熱と嫉妬で有名。万葉所載歌人の中ではとびきり古い時代の作者ということになるが、右を含む四首の連作は、後代の伝誦歌が皇后に仮託されたものと考えられている。晩秋の稲穂の上に低く垂れこめて動かぬ朝霧(古代、霞と霧は区別がなかった)は、同時に恋の悩みの心象そのものである。上三句と下二句は、言葉で飛躍し、心で通じている。すぐれた暗示技巧である。

磐姫皇后(生年不詳—三四七) 仁徳天皇の皇后。武内宿禰の孫。葛城襲津彦の娘。履中・反正・允恭の三天皇を生む。仁徳天皇の女性関係を怒り、相手の吉備黒比売らをその生国に退けたことが記紀に見える。

十月二十四日

川に沿《そ》いのぼれるわれと落《お》ち鮎《あゆ》の会《あ》いのいのちを貪《むさぼ》れるかな

石《いし》本《もと》隆《りゅう》一《いち》

『星気流』(昭四五)所収。昭和五年生まれの現代歌人。感覚を精細に表現し、心理の陰影に富んだ歌を作る。山間の清流をさかのぼって旅したのだろう。旅舎の夕食に産卵のためくだってきた落ち鮎が出た。それをむさぼりつつ、自分とこの一尾との出会いを思い、いきものの悲しみの感をいだいたのだ。「のぼれる」われと「落ち」鮎の、「会いのいのち」をむさぼったというところ、目が詰んだ表現である。

石本隆一(一九三〇—二〇一〇)歌人。東京生まれ。出版社勤務ののち文筆業。前田夕暮系の歌風で、香川進に師事。歌集『木馬騎士』『星気流』『海の砦』ほか。「氷原」主宰。

十月二十五日

筑波嶺《つくばね》の峰《みね》のもみぢ葉落ち積もり知るも知らぬも並《な》べて愛《かな》しも

東歌《あずまうた》(常陸《ひたち》うた)

『古今集』巻二十。上三句と下二句との間には、表現にやや飛躍がある。紅葉は古来きわめて美しい秋の景物として愛された。落ち積もる紅葉は、どれもこれも(「並《な》べて」)いとしい。同様に、この筑波山に集まっている男女は、知る人も知らぬ人も皆いとしい、というのである。秋の収穫後の祝祭のため山に集い、未知の男女もこの時だけは自由に愛し合うことが許された古代の風習から生まれた歌。筑波山は特に有名で、男女が歌を詠みかわす嬥歌《かがい》が盛んに行われた。

東歌　『万葉集』巻十四、『古今集』巻二十にある東国の歌。労働作業歌、民謡として歌われてきたものか。方言を多く含み、野趣ゆたかで純粋朴直。恋歌が多い。『万葉集』中には二三〇首。

十月二十六日

木がらしや目刺《めざし》にのこる海のいろ

芥川龍之介《あくたがわりゅうのすけ》

『澄江堂句集』(昭二)所収。大正十一年の友人あて書簡に「長崎より目刺をおくり来れる人に」と前書きつきで引いているが、句は大正六年作とされている。贈物への返礼の気持ちを汲んで読めば、「目刺にのこる海のいろ」も一層心にしみるが、前書きなしでも句の繊細な情感は的確に伝わる。芥川は早くから句作に親しんだが、ある時期以後芭蕉やその弟子凡兆、丈草らを愛読し、その作もおのずと古調を帯び、端正な中に哀愁が漂う佳句が多い。

芥川龍之介(一八九二—一九二七) 小説家。学生時代は短歌や詩に多く親しむ。俳句は高浜虚子に学び、「ホトトギス」雑詠欄に載ったこともある。のち古俳諧に親しみ、芭蕉はじめ凡兆、丈草ら蕉門の句に傾倒。俳号は我鬼(がき)、澄江堂(ちょうこうどう)。『澄江堂句集』。

十月二十七日

神無《かみな》月《づき》降りみ降らずみ定めなき時雨《しぐれ》ぞ冬のはじめなりける

よみ人《ひと》しらず

『後撰集』巻八冬歌。神無月は旧暦十月。現在の暦の十一月半ばごろからにあたる。時雨は秋から冬にかけて降る通り雨だが、『万葉集』では秋季のものとされた。それが『古今集』になると、冬の最初の歌が「しぐれ」の歌という配列になる。以来和歌や俳諧では時雨は初冬の景物となった。奈良から京都へ、微妙な季感の変化があったのかもしれない。右の歌は平安朝以降のその通念にお墨つきを与えた形の歌である。

十月二十八日

うつくしきあぎとあへり能登《のと》時雨《しぐれ》

飴《あめ》山《やま》實《みのる》

『少長集』(昭四六)所収。醱酵醸造学を専攻した化学者の俳人。敗戦前年『芭蕉七部集』一冊を頼りに句を作りはじめたという。句は古格を重んじ、観察に無駄がなく、情緒の懐が深い。「あぎと」は顎《あご》。能登を旅しているとき時雨に遇った。その時目の前を一つの美しいあごが、美しいあごをもった能登の女性が、軽やかに通る時雨さながら過ぎ去ったのだ。旅情はそのあごの線にきわまるような思いがし、たまたま行きあった時雨も、「能登時雨」となった。

飴山實(一九二六―二〇〇〇) 俳人。石川県生まれ。京都大学農学部卒。山口大学教授。戦後復活された「京大俳句」に参加。「風」所属。芝不器男の句業の顕彰につとめた。句集に『少長集』ほか。

十月二十九日

さんさ時雨《しぐれ》と　萱野《かやの》の雨は　音もせで来て　降りかゝる

鄙《ひな》の一《ひと》曲《ふし》

『鄙廼一曲』は江戸後期の大旅行家で民俗学者の菅江真澄の著。東日本各地の民謡を丹念に採集している。これは仙台辺で唄われていた祝言《しゅうげん》唄《うた》だという。「さんさ」は「さっさ」と同じく、時雨の降る音から来た語で、音が美しい。今では「さんさ時雨か萱野の雨か音もせできて濡れかかる」と唄われる事が多いようだが、それだと色事の「濡れ」と重なり、忍んで女に通う男の姿である。本歌もその色気は秘めているが、初冬の時雨そのものを唄って余情がある。

鄙廼一曲　江戸時代の旅行家で民俗学者の菅江真澄が東北、越後、信濃、三河などの農山村で収集した民謡集。当時都で流行した三味線歌とはちがった素朴な歌謡の集成。胡桃沢勘内によって発見され、昭和五年、柳田国男校註で世に出た。

十月三十日

妹《いも》が門《かど》行き過ぎかねつひさかたの雨も降らぬか其《そ》を因《よし》にせむ

よみ人《ひと》しらず

『万葉集』巻十一。「妹《いも》」は愛人や妻をいう。「ひさかたの」は「天《あめ》」の枕詞だが、この場合は転じて同音の「雨」にかかる。「因《よし》」は口実。愛する人の門前で、行きつ戻りつしている男がいう。えい、雨でも降らんかなあ、雨宿りを口実に上ってしまおうものを。歌謡として広く愛誦されていたものだろう。後の平安朝宮廷歌謡『催馬楽《さいばら》』にも、『古今和歌六帖』にも、少し形を変えて受けつがれている。

十月三十一日

いかにせん　いかにせんとぞ　いはれける　物おもふ時《とき》の独《ひと》りごとには

隆《りゆう》達《たつ》小《こ》歌《うた》

泉州堺の僧高三《たかさぶ》隆達の創始になり、関ヶ原の戦(一六〇〇)前後大いに流行した小唄は、隆達節歌謡と総称されるが、従来隆達小歌という呼び名で親しまれてきた。右は短歌形式だが、隆達小歌全体の中では短歌形式はあまり多くない。「物おもふ」はここでは恋の物思い。しかし、意味をもっと広くとってみても、多くの人にとって、たしかに、とうなずける内容の歌ではなかろうか。

隆達小歌　関ヶ原役前後の慶長年間に、堺の僧高三隆達が小歌に節をつけて歌いはじめ、時流に投じたもので、隆達節ともいう。歌詞は自作もあるが、室町小歌を受けついだものも多い。中に七七七五の形式をとる近世調の作が見られ、近世小歌の祖とされている。

十一月

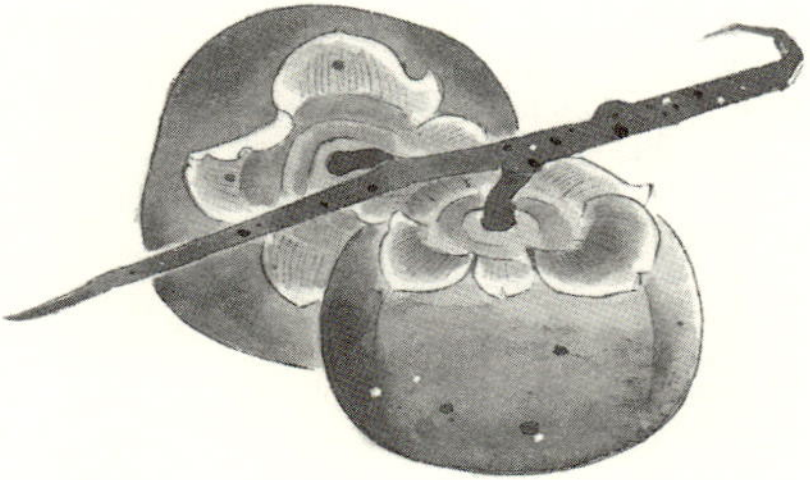

十一月一日

君まちて　待ちかねて　定番鐘《ぢやうばんがね》の　其下《そのした》での
じだ〳〵じだだ　じだ〳〵をふむ

隆《りゆう》達《たつ》小《こ》歌《うた》

近世歌謡。隆達節が大流行したのは関ヶ原合戦の時代だった。定番鐘は城内警備用の鐘。その下で男と落ち合う約束をしたのである。場所そのものに時代色がある。「じだだ」は地踏鞴（ヂタタラ）がヂダンダ、さらにヂダダになったものという。いらいらと足踏みし、地団太ふんでいるのに、不実な男はいつまでもやってこない。この歌の面白さは「じだじだ」と繰り返す所にある事もちろんだが、初二句の、ややせきこんだ繰り返しもいい。

隆達小歌　関ヶ原役前後の慶長年間に、堺の僧高三隆達が小歌に節をつけて歌いはじめ、時流に投じたもので、隆達節ともいう。歌詞は自作もあるが、室町小歌を受けついだものも多い。中に七七七五の形式をとる近世調の作が見られ、近世小歌の祖とされている。

十一月二日

つれなのふりや　すげなの顔や　あのやうな人が　はたと落つる

隆《りゅう》達《たつ》小《こ》歌《うた》

隆達節歌謡がどんな節まわしや楽器で歌われたものか、今ではわからない。桃山時代だから三味線はもう作られているが、一般に広く普及してはいなかった。尺八に似た一節切《ひとよぎり》や小鼓などで伴奏したらしい。この歌など、どんな曲調だったのか知りたい気がする。つれなくツンと澄ましている、ああいう人ほど、くどけば早く落ちると。これは今でも男同士の学説には、そんな見解もあるようだ。

隆達小歌　関ヶ原役前後の慶長年間に、堺の僧高三隆達が小歌に節をつけて歌いはじめ、時流に投じたもので、隆達節ともいう。歌詞は自作もあるが、室町小歌を受けついだものも多い。中に七七七五の形式をとる近世調の作が見られ、近世小歌の祖とされている。

十一月三日

磯城島《しきしま》の日本《やまと》の国に人二人ありとし思はば何か嘆かむ

よみ人《ひと》しらず

『万葉集』巻十三。「二人のため世界はあるの」という歌詞のある歌があった。あれと同じ意味の歌に見えるかもしれないが、全く違う。「人二人」の「人」は恋いこがれる相手を指す。この日本国にあなたがもし二人いると思うことができたなら、どうしてこんなに嘆いたりするでしょう。あなたはたった一人しかいない。そしてて私につれない。そのあなたに恋してしまった苦しさを、わかって下さい。切ない訴えと讃美の歌なのである。

十一月四日

われ死なば靴磨《くつみが》きせむと妻はいふどうかその節《せつ》は磨《みが》かせ下され

吉《よし》野《の》秀《ひで》雄《お》

『含紅集』(昭四二)所収。明治三十五年群馬県生まれ、昭和四十二年没の歌人。多病の上定職というほどの職もなかった。最初の妻は戦争末期に子らを残して逝く。身辺を手伝ってくれていた詩人八木重吉の未亡人登美子夫人と再婚した。彼が文筆でかせげる金は乏しかったからこのような歌が折々に書かれた。「金の話うまくいきたらば帰りには氷位飲めと妻をはげます」という歌もある。いずれも貧すれど鈍せずのいさぎよさ、心のゆとりが生んだ歌。

吉野秀雄(一九〇二—六七) 歌人。群馬県生まれ。会津八一に師事。『万葉集』を尊重し、多病に苦しみながら、独自の詠風で境涯の歌を詠んだ。歌集『苔径(たいけい)集』『寒蟬(かんせん)集』など。他に『良寛和尚の人と歌』。

十一月五日

壁の穴にドアをとり付けしっかりと鍵《かぎ》を中からかけて住んでいる

山《やま》崎《ざき》方《ほう》代《だい》

山崎方代(一九一四—八五) 歌人。山梨県生まれ。第二次大戦で南方戦線に従軍、戦傷により殆んど失明状態で帰還。戦後放浪生活を余儀なくされる。吉野秀雄に私淑した。歌集『方代』『右左口(うばぐち)』など。

『迦葉《かしよう》』(昭六〇)所収。作者の最終歌集で、本ができあがるのとほとんど同時に病没、遺歌集となった。六十六歳から七十歳まで五年間の歌を収める。山梨県の右左口《うばぐち》村の農家に生まれたが、右左口は峠の名で、山の名は「迦葉山」と称するという。戦傷でほとんど失明、無一物の放浪者の境涯でひっそり生き、戦後社会に生きる稀有の風狂者の位置に立っていた。そこで、自分の周辺を歌った歌が、おのずと文明批評になっていた。

十一月六日

にこやかに酒煮《に》ることが女らしきつとめかわれにさびしき夕ぐれ

若山喜志子《わかやまきしこ》

『無花果《いちじく》』(大四)所収。作者は明治四十五年若山牧水と結婚、牧水逝去(昭三)後は牧水創刊の「創作」を主宰して貫禄があった。酒なしには日を送れない牧水は、酒の名歌を数々残したが、新妻の歌にはそのいわば裏面の世界がある。来客でもあったのか、妻はにこやかに台所で酒を暖めながら、しかし心のうちではその「女らしきつとめ」を疑っている。「われにさびしき」に思いがこもって、単なる不平の歌に終わっていない。

若山喜志子(一八八八—一九六八) 歌人。長野県生まれ。「信濃毎日」に投句、選者太田水穂に認められ、彼を頼り上京。若山牧水と結婚。夫の没後「創作」を主宰。歌集に『無花果』『白梅集』『筑摩野』『芽ぶき柳』など。

十一月七日

相語る声うやうやし道に逢ふ角《つの》ある人と角《つの》ある人と

森《もり》　鷗《おう》　外《がい》

『鷗外全集』所収。鷗外は漢詩、詩、訳詩、短歌、俳句と一通りすべての詩形を試みている。後二者については、中年になってから作り始めた俳句よりも短歌の方が熱心で、優れてもいた。常磐会歌会や観潮楼歌会なども主催している。これは明治四十一年八月号「明星」に掲載された歌。互いに頭には角を隠しながら、にこやかにうやうやしく語り合う人間たち。鷗外の詩歌作品全体を通じての本領の一つは、風刺にあった。

森鷗外（一八六二―一九二二）　小説家。津和野藩典医の嫡男として生まれる。医学徒としてドイツに留学、帰国後文壇に次々に新風をまき起こし、浪漫的主知的傾向を推進して文学界の指導者となった。『舞姫』『阿部一族』『渋江抽斎』、翻訳『即興詩人』、訳詩集『於母影』など。

十一月八日

ほのほのみ虚空《こくう》にみてる阿鼻地獄《あびぢごく》行方《ゆくへ》もなしといふもはかなし

源実朝《みなもとのさねとも》

『金槐集』所収。仏教思想を短歌形式でうたう「釈教」の歌。「阿鼻地獄」は無間《むげん》地獄とも言い、極悪人がおちる地獄とされる。燃えさかる炎以外に何もない地獄の釜だ。五逆罪をおかした人間はここで焼かれつづけ、どこへ逃げようもない。実朝は鎌倉幕府の若き将軍なるがゆえに非業の死に見舞われた。下句には思いなしか、その運命の予感があるようだが、歌そのものは生きとし生けるものすべての悲しみを、詠嘆というよりはむしろ思索的に歌っている。

源実朝(一一九二—一二一九) 三代鎌倉将軍。頼朝の次男。承久元年一月鶴岡八幡宮にて甥の公暁に殺される。二十八歳。和歌を定家に学び、家集に『金槐集』がある。万葉調の作風として、後世に至り真淵、子規らに高く評価される。

十一月九日

ゆめの世をゆめでくらしてゆだんしてろせんをみればたつた六文《ろくもん》

木《もく》喰《じき》上《しよう》人《にん》

『柳宗悦全集』第七巻「木喰上人」所収。五行上人木喰明満は江戸中期に甲斐(山梨県)に生まれ、千体仏造建を志して日本全土を経めぐった上人である。廻国の旅の間に作った和歌は、木喰仏を発掘し顕彰につとめた柳宗悦の手を経て世に出た。いわゆる道歌の部類に入るが、その迫力は並のお説教の比ではない。「六文」はもちろん、棺の中に入れられる、俗に三途の川の渡し賃といった六文の路銭の事。

木喰上人(一七一八―一八一〇) 江戸時代後期の遊行造像僧。甲斐国の農家に生まれた。二十二歳の時仏門に入り、四十五歳の時「木食戒」を受け、生涯五穀を断った。千体仏造像を発願し、諸国に特異な木彫仏を残す。大正時代に柳宗悦が発見、仏門の造像者の代表的存在として認識される。

十一月十日

大いなる「無」の見るかすかなる夢の我《われ》の一生《ひとよ》か思えば安し

高《たか》安《やす》国《くに》世《よ》

『光の春』（昭五九）所収。この第十三歌集刊行直後七十一歳で病没した。迫ってくる死の予感の中で書かれた歌だろうと思われる。わが一生は大いなる「無」が夢見る微かな夢にすぎないのだと思えば、ふしぎに心安らかだというのである。太古のギリシア詩人ピンダロスにも「人間はひとつの影が夢みている夢」という詩句があった。リルケ研究でつとに知られた歌人でもあり、その歌の思索的叙情は現代短歌の貴重な達成であった。

高安国世（一九一三―八四）歌人、独文学者。大阪市生まれ。京大独文卒。京大名誉教授。「アララギ」に入り、土屋文明に師事。歌集『Vorfrühling』『高安国世全歌集』など。「塔」創刊、主宰。リルケ研究家として著名。

十一月十一日

いにしへはこゝろのまゝにしたがひぬ　今はこゝろよ我にしたがへ

一遍上人《いつぺんしようにん》

『一遍上人語録』所収。西暦十三世紀の日本は思想家・宗教家の黄金時代だった。親鸞、道元、日蓮、一遍ほか。みな大文章家だったが、一遍はわけても傑出した詩人だった。ところでこの歌、ぎょっとするようなことを無造作に仰せになるものである。かつては心が命じるまま服従したが、今は違う、心よ、我に従えと。しかし、「従え」と命じる者はまさに心のはず？　もし心でないなら、誰が？

一遍上人（一二三九―八九）　鎌倉中期の僧。伊予の人。時宗の開祖。幼にして天台の学を修める。十歳のとき母に死別し、剃髪。他力念仏の道をたずね、念仏札を携え、踊念仏を民衆に勧めながら諸国を遊行したため、世に遊行（ゆぎょう）上人と称された。

十一月十二日

ふるさとは遠きにありて思ふもの
そして悲しくうたふもの

室《むろ》生《う》犀《さい》星《せい》

『抒情小曲集』(大七)巻頭の詩「小景異情」その二(全部で十行)の冒頭。有名な詩句だが、これは遠方にあって故郷を思う詩ではない。上京した犀星が、志を得ず、郷里金沢との間を往復していた苦闘時代、帰郷した折に作った詩である。故郷は孤立無援の青年には懐かしく忘れがたい。それだけに、そこが冷ややかである時は胸にこたえて悲しい。その愛憎の複雑な思いを、感傷と反抗心をこめて歌っているのである。

室生犀星(一八八九―一九六二) 詩人、小説家。金沢生まれ。貧窮と放浪の生活の中で詩作。盟友萩原朔太郎とともに大正時代の新しい自由詩世界を樹立。『愛の詩集』『抒情小曲集』ほか。小説に『性に目覚める頃』『杏っ子』などの自伝的作品がある。

十一月十三日

水鳥を水の上とやよそに見む我れも浮きたる世を過ぐしつつ

紫《むらさき》式《しき》部《ぶ》

『紫式部集』所収。「水鳥どもの思ふことなげに遊びあへるを見て」という詞書きがある。大意は次のようなことだろう。水鳥は何の思い患うこともなく泳ぎ廻っているのだと、よそごとのように見ていられるだろうか。私だとて水に浮く鳥同様、華やかに浮いた宮中の生活を営みながら、水面下の水鳥のあがきのように憂き日々を送っている身なのだ。「浮き」に「憂き」がかかり、平安女流の複雑な心の陰影を歌いとめている。

紫式部(九七八?―没年不詳) 平安中期の『源氏物語』の作者。藤原為時の女。山城守藤原宣孝の妻。大弐三位を生み、長保三(一〇〇一)年夫に死別後、一条天皇の中宮彰子に仕えた。他に『紫式部日記』があり、清少納言、和泉式部にも筆が及んでいる。

十一月十四日

幼馴染《おさななじみ》に離れたをりは　沖の櫓櫂《ろかひ》が折れたよな

山家鳥虫歌《さんかちょうちゅうか》

江戸中期明和九年刊の歌謡集。中身は江戸前期以来のものらしい。諸国盆踊歌が主体となっている。民謡と流行歌謡の関わりを知るにも貴重とされる歌謡集で、これは伊賀の国の歌。幼馴染に別れた時は、沖に出ている最中に、頼みにしている櫓や櫂が折れたようで、実に心細いものだという。これだけだと、「幼馴染」は男同士にもいえそうだが、多くの民謡同様これも恋歌なのだろう。「離れた」というやわらかい表現がいろんな場合を考えさせて含蓄がある。

山家鳥虫歌　江戸時代の諸国歌謡集。農民のあいだで歌われた民謡的歌謡を採集したもので、近世における有数の民謡資料である。当時遊里などで流行した小唄、端唄に比べるといかにも素朴な味わいがある。二巻。明和八―九(一七七一―七二)年の日付のある序跋を付し、大坂の版元から刊行された。

十一月十五日

鷹のつらきびしく老いて哀れなり

村上鬼城《むらかみきじょう》

『定本鬼城句集』(昭一五)所収。近代俳句に英才俊秀は数多いが、句そのものに人生の年輪をまぎれもなく刻んでいる点で、鬼城にまさる人はいまい。「闘鶏の眼《まなこ》つむれて飼はれけり」「冬蜂の死にどころなく歩きけり」など、いわば鬼城という人を陰の、そして真の主人公とした短編小説の味わいがある。この句も同じだろう。「鷹」は飼われている鷹だろうが、老いてなお眼光きびしい面構えが、衰残の身を一層哀れにきわだたせる。

村上鬼城(一八六五—一九三八) 俳人。鳥取藩士、禄三五〇石の小原平之進の長男として生まれたが、耳疾と貧に生涯苦しむ。多年、高崎裁判所代書人。蛇笏、水巴、石鼎と並ぶ「ホトトギス」初期の代表作家。境涯詠に独自の境地をひらく。『鬼城句集』『鬼城俳句俳論集』。

むしぶすま柔《なご》やが下《した》に臥《ふ》せれども妹《いも》とし寝ねば肌《はだ》し寒しも

藤《ふじ》原《わらの》麿《まろ》

『万葉集』巻四相聞。藤原氏隆盛の基盤を作った不比等の四男。奈良京の各種重要事務を司る役所の長官京職大夫《きょうしきだいぶ》の地位にあった。これは愛人大伴坂上郎女《おおとものさかのうえのいらつめ》に贈った恋歌の一首。「むしぶすま」のムシは苧麻《からむし》の繊維。フスマは寝具で、ムシブスマは柔らかく暖かかった。その寝床に入っていても、あなたと一緒でないと肌寒いよ、と単刀直入に訴える。日本の恋歌の大きな伝統は、一人寝の肌寒さを嘆く歌にある。この率直な歌もその古代の好例だ。

藤原麿（生年不詳—七三七）万葉歌人。不比等の第四子。母はその異母妹五百重娘。従四位上左京大夫から従三位、参議兵部卿。天平九（七三七）年没。穂積皇子亡きあと、大伴坂上郎女を娶る。『懐風藻』に詩五首、『万葉集』に三首。

十一月十七日

人の親の心は闇にあらねども子を思ふ道にまどひぬるかな

藤《ふじ》原《わらの》兼《かね》輔《すけ》

『後撰集』巻十五雑一。京の加茂川の堤に邸があったので堤中納言とよばれた人。紀貫之ら当時の代表的な文学者たちのパトロン的存在だった。紫式部の曾祖父に当たる。親の心は夜の闇とは違うのに、子のことを思う道はまっくら闇、途方にくれるばかりだ、というこの歌、平安時代すでにきわめて有名で、『源氏物語』でも数えると最も多く引き合いに出されているという。時は移ってもこの歌の溜息は生き続けているようだ。

藤原兼輔（八七七―九三三） 藤原利基の子。冬嗣の孫。従三位中納言に至り、堤中納言と呼ばれた。紫式部の父為時は兼輔の孫。三十六歌仙の一人。『古今集』『大和物語』に逸話がある。『古今集』以下に五十数首。家集『兼輔集』。

十一月十八日

水鳥やむかふの岸へつういつい

広《ひろ》瀬《せ》惟《い》然《ぜん》

放浪の俳人惟然は美濃(岐阜県)の人で、芭蕉晩年の門人。惟然坊とよばれた。風狂の人となりが句作にもそのまま現れ、口語の擬声・擬態語を多用して、物に感じ心が動くとき口をついて出る想念を、わかり易い句にしたてた。「梅の花赤いは赤いは赤いはな」(「は」はワ)や右の句など特に有名。「水鳥」はカモ、オシドリの類で冬の季語。水鳥の生態を「つういつい」に活写したが、常にこの手が成功するわけではない。

広瀬惟然(生年不詳—一七一一)俳人。美濃国の生まれ。『惟然坊句集』編者の秋挙の序文に「ある夜妻子を捨(て)みづから薙髪して芭蕉門にかけ入(り)吟徒となりて昼夜をわかず、俳諧三昧にして……」とある風狂の人。

十一月十九日

今はには何をか言はん世の常にいひし言葉ぞ我《わが》心なる

伴《ばん》信《のぶ》友《とも》

若狭《わかさ》国(福井県)小浜藩士。藩務で江戸や京に勤めること多年に及んだ後、辞して学問一本に専心、和漢の学を深くきわめた文化文政期最高の学者の一人。本居宣長を慕い近世考証学の雄となった。著作百余に及ぶが、平安から室町にいたる神事歌、舟歌、田歌その他の雑唱を集録した『中古雑唱集』もその一つ。右はそういう大学者の辞世の歌である。辞世にもいろいろあるが、この歌の心のごときを本来の平常心というのだろう。

伴信友(一七七三—一八四六) 江戸後期の国学者。若狭国(福井県)に小浜藩士の子として生まれる。本居宣長に私淑、没後の門人となる。『六国史』の校訂、『仮字本末(かなのもとすえ)』『比古婆衣(ひこばえ)』などの考証的著書多数。歴史的社会的背景を踏まえての『万葉集』研究でも知られる。

十一月二十日

山林に自由存す
われ此句を吟じて血のわくを覚ゆ

国《くに》木《き》田《だ》独《どっ》歩《ぽ》

合著詩集『抒情詩』(明三〇)所収「山林に自由存す」(四行四連)の冒頭二行。作家独歩の出発はまず新体詩だった。明治三十年ごろ短期間に約五十編書いたが、中で最も有名なのがこの詩。自由の存する山林を見捨て、世俗の虚栄に迷って生きてきた愚かさへの嘆きを歌う。明治二十七年、当初『地理学考』の題で出た内村鑑三の『地人論』に引かれたシルレルの詩に「自由は山に在り」云々の句が見える。関係があるかもしれぬ。

国木田独歩(一八七一—一九〇八) 詩人、小説家。下総国(千葉県)生まれ。父は播州龍野藩士。自由新聞社、国民新聞社などの記者生活のかたわら、人間と自然の交感をとらえた『武蔵野』、短篇「牛肉と馬鈴薯」を含む『独歩集』などを発表。浪漫精神のうちに自然主義的傾向を示す。

十一月二十一日

座《ざ》敷牢《しきらう》母も手錠がものは有《あり》

誹《はい》風《ふう》柳多《やなぎだ》留《る》

川柳は季題や切れ字の約束をもたず、世態人情を口語調で鋭くえぐる社会派短詩で、古川柳には江戸時代そのものがぎっしりつまっている。放蕩息子がとうとう座敷牢にとじこめられてしまった。たしかに息子は悪い。しかし息子をそこまで甘やかした母親も、ほんとは手錠ものではないのか。「母親はもつたいないがだましよい」「お袋をおどす道具は遠い国」。『武玉川』にも「母の寝耳へたびたびの水」など、母親の甘さが息子を駄目にするという風刺の句は多い。

誹風柳多留　川柳集。川柳は、江戸後期に発達した俗語による十七音詩形。滑稽、風刺を旨とした。柄井川柳(一七一八―九〇)の選んだ高点句(川柳点という)より厳選した選句集。門人呉陵軒可有の編。明和二(一七六五)年成立。評判をとったため年々続刊し、二世以後歴代川柳により、天保九(一八三八)年、一六七編にまで及んだ。

十一月二十二日

おもしろい恋がいつしか凄《すご》く成《なり》

武《む》玉《たま》川《がわ》

『武玉川』は先駆的な川柳集といった性質の付句集だが、数も多く質も高い。短章よく人生の要点を押さえている句が多い。遊里あるいは町家の男女関係の句がきわめて多いのは『柳多留』と同じである。「腰帯を締めると腰が生きて来る」「ともし火も吹消しやうで恋に成り」「妾《せう》二人刃もののやうに美しき」。かくて最後には「まじめに成るが人の衰へ」というほろにがい述懐にまでいたるのは、いつに変わらぬ人情というものか。

武玉川　雑俳集。寛延三(一七五〇)年、初編刊、十八編を重ねる。十四音の短句を出題し、それに十七音の句を付ける「前句付」の流行に応じ、其角門流の江戸座の俳諧宗匠慶紀逸により、付句のみ独立させて編まれた。市井の日常生活の機微をうがった句が多く、川柳点集『柳多留』の刊行をうながした。

十一月二十三日

藍壺にきれを失ふ寒さかな

内《ない》藤《とう》丈《じょう》草《そう》

『蕉門名家句集』所収。植物染料にも数々あるが、藍は特別。多くの染料は素材を煮出してとるのに対し、藍は葉を醱酵させて製したスクモのバクテリアを藍壺の中で細心丹念に育てて作る。その作業は藍を「建てる」という独特な表現そのままである。藍は神秘的なまでに生きている。壺の大きさとは別に、藍は奥深い。丈草の句は厳寒の時期に藍壺に布をとり落とし見失った感覚を詠むが、寒さとともに藍の深さの把握が見事。

内藤丈草（一六六二―一七〇四）江戸時代の俳人。蕉門十哲の一人。尾張、犬山藩士だったが出家し、京、近江と移り住む。閑寂な俳風で、師の「さび」の精神を最もよく伝えるといわれる。『寝ころび草』『丈草発句集』。

十一月二十四日

われもまた渚《なぎさ》を枕《まくら》
孤身《ひとりみ》の浮寝《うきね》の旅ぞ

島《しま》崎《ざき》藤《とう》村《そん》

『落梅集』(明三四)所収。歌曲としても広く愛誦される「椰子《やし》の実」の第四連。名も知らぬ南の島からはるばる日本の岸に漂着した椰子の実に寄せて、みずからの漂泊の思いを歌う。この種の旅情は古今東西の詩にたえず歌われるが、藤村は伝統的で時には陳腐でさえある用語をたくみに用い、明治の子女の感傷に快い形を与えた。「浮寝」は船などで水に浮いて寝ること。転じて漂泊の旅。

島崎藤村(一八七二—一九四三) 明治新体詩に新しい浪漫精神を盛り、近代詩に一大転機をもたらした詩集『若菜集』『落梅集』刊行後、詩から散文に向かった。小説に『破戒』をはじめ、『春』『新生』『夜明け前』など。

十一月二十五日

屋根《やね》々々はをとこをみなと棲《す》む三日月

富沢赤黄男《とみざわかきお》

『天の狼』(昭一六)所収。昭和三十七年五十九歳で逝去した新興俳句運動の代表的俳人。同時期(昭一六)の作「蝶墜《お》ちて大音響の結氷期」が有名で、さかんに論じられるが、赤黄男の持味はむしろ右のような句にすなおに現れている。「をとこ」は男、「をみな」は女。どこかおとぎ話風な情景だが、昭和十年代の大半を召集されて軍におり、大陸を転戦もした作者には、これは心うずく「生活」への夢の情景だったのかもしれぬ。

富沢赤黄男(一九〇二—六二) 俳人。愛媛県生まれ。早大経済卒。中国大陸や北千島などへ従軍、異色の戦場俳句を発表。「薔薇」創刊。浪漫的な句風だったが、のち孤絶の詠風。句集『天の狼』『蛇の笛』『黙示』など。

十一月二十六日

若者は語彙《ごい》すくなくて刺《とげ》なせる物言ひをする淋《さび》しきまでに

篠《しの》　弘《ひろし》

『百科全書派』(平一二)所収。歌集題名は作者が多年さる大出版社の百科事典編集部長として奮闘してきた経歴を踏まえている。ただし自讃の歌ではない。むしろ苦い思いをたえず反芻する壮年の自画像が多く、右の歌もその枠内での若者批評。職業柄企画会議の歌が多い。「間髪にわが言ひ換へて椅子の背に逃るるすべなき身を支へをり」「一人づつ席欠けてゆくプロセスにまつぶさに見る満身創痍」。知識産業の厳しさを詠んで出色。

篠弘(一九三三―二〇二二) 歌人、歌論家。東京生まれ。早大国文卒。「まひる野」代表。歌集『昨日の絵』、歌論集『近代短歌論争史』『歌の挑戦』『歌の現実』など。

十一月二十七日

我が家《や》の遺法、人知るや否や
児孫《じそん》の為に美田《びでん》を買はず

西《さい》郷《ごう》隆《たか》盛《もり》

「偶成」と題する七言絶句の転結部。たまたまできた詩という題意だが、内容は西郷の胸中に常にあった思想をのべている。「幾たびか辛酸を歴《へ》て志始めて堅し、丈夫は玉砕すとも甎全《せんぜん》を恥ず」という起承を受ける。子孫のためによい田地(財産)を買っておいてはやらぬのがわが家の家憲だという思想は、この維新の英傑の覚悟のほどを示すが、その背後には彼の家に伝えられてきた家庭教育の深い英知があるだろう。

西郷隆盛(一八二七—七七) 鹿児島藩士。号は南洲、通称吉之助。明治維新の功臣で、わが国最初の陸軍大将となる。明治十(一八七七)年、征韓論が容れられなかったために官職を辞し、のち故郷で兵を挙げたが、討伐され、城山で自刃(西南の役)。

十一月二十八日

なにせうぞ　くすんで　一期《いちご》は夢よ　ただ狂へ

閑《かん》吟《ぎん》集《しゅう》

近世室町歌謡。中世以降の歌謡には無常観という太い底流があることはたびたび書いた通りだが、この小歌はそれを端的に吐き出していて忘れがたい。なんだなんだ、まじめくさって。人生なんぞ夢まぼろしよ。狂え狂えと。「狂う」は、とりつかれたように我を忘れて何かに(仕事であれ享楽であれ)没頭すること。無常観が反転して、虚無的な享楽主義となる。そのふしぎなエネルギーの発散。

閑吟集　室町中期の歌謡集。編者は遁世者か僧侶などと推測されるが不詳。当時の小歌、大和節、吟詩句、放下歌、田楽などを集大成したもの。貴族、僧侶、武士などの歌謡もあるが、民衆の生活から生まれた歌謡が多い。歌数三一一首。近世歌謡の源流で「隆達小歌」の母胎でもある。

十一月二十九日

たちまちに君の姿《すがた》を霧《きり》とざし或《あ》る楽章をわれは思ひき

近《こん》藤《どう》芳《よし》美《み》

『早春歌』(昭二三)所収。大正二年朝鮮で生まれた現代歌人。郷里は広島。『早春歌』は昭和十一年から二十年までの戦中作を収めた第一歌集。作者は戦後派歌人の代表的存在だが、青春のみずみずしい恋歌にその本領はすでに存分に現れていた。戦時下の若い男女の恋愛は、いつ破壊されるか知れない危うさの上にゆれていた。それゆえの切なさと甘美さが、この歌の霧と少女と音楽の中にある。「君」はやがて作者の夫人となった。

近藤芳美(一九一三―二〇〇六)歌人。東京工大卒。建築技師。「アララギ」入会。中村憲吉、土屋文明に師事。『早春歌』『埃吹く街』により戦後派歌人の代表的存在となる。「未来」創刊、主宰。『喚声』『黒豹』など。

十一月三十日

夕なぎに波こそみえね遥々《はるばる》と沖の鷗《かもめ》の立居《たちゐ》のみして

兼《けん》好《こう》

『徒然草』であまりにも有名な鎌倉後期・南北朝時代の歌人。俗名は卜部《うらべ》また吉田兼好《かねよし》。神官の家の出だが、壮年で出家した。変転無常の世に生きたので、歌はおのずと哀感のこもるものが多い。しかしこのように印象的な描写の歌もある。夕なぎの海辺。沖を見やると、はるかむこうにカモメが舞いあがり舞いおりしているのが見える。鳴き声も聞こえず、ただ白いものが静かに舞いあがり、舞いおりる。

兼好（一二八三頃―一三五二以後）鎌倉後期、南北朝時代の歌人。吉田（本姓卜部）兼好。京都吉田神社の神官の子。北面の武士として仕えたが、三十歳頃出家。和歌を二条為世らに学び、頓阿らとともに和歌の四天王といわれた。四十歳代に思想的随筆文学の傑作『徒然草』を著わす。

十二月

十二月一日

はかなくて木にも草にもいはれぬは心の底の思ひなりけり

香《か》川《がわ》景《かげ》樹《き》

家集『桂園一枝』所収。江戸後期の歌人・歌学者。禅を学び、内省的な歌に独特の深みを持つ秀歌が多い。右の歌、わが心底の思いはまことにはかなくて、木草にさえ告げることもできないほどだ、というのが表面の意味だが、作者はむしろそう言うことによって、口に出してしまえばいかにもありふれて見える「心の底の思ひ」の、いとおしさ、かけがえのなさを語っていると感じられる。さりげなく人心の機微にふれたいい歌である。体験の深さによる。

香川景樹(一七六八—一八四三) 江戸後期の歌人、歌学者。「歌はことわるものにあらず、しらぶるものなり」と、「しらべ」を本質とする歌論をとなえ、和歌革新を推進した。歌論『新学(にいまなび)異見』『古今和歌集正義』など。家集に『桂園一枝』。一門を桂園派と呼ぶ。

十二月二日

おのが灰おのれ被《かぶ》りて消えてゆく木炭の火にたぐへて思ふ

太《おお》田《た》水《みず》穂《ほ》

『老蘇の森』(昭三〇)所収。水穂は島木赤彦や窪田空穂と同じく信州出身の歌人で同世代。和歌史、俳諧史の研究にも多くの業績がある。右は最晩年の作。炭火はあかあかと燃え、しだいに表面からふうわりと柔らかい灰に変わってゆく。自らを、白い灰をかぶりつつ静かに消えてゆく炭の命にたぐえて、自分の生涯のはての日を思いやっているが、決して単にひえびえとした寂寥を歌っているのではない。作者の死生観だけでなく、芸術観を示す歌でもあろう。

太田水穂(一八七六—一九五五)歌人、国文学者。長野県生まれ。空穂らと「この花会」結成。牧水の「創作」に協力する一方、「潮音」を創刊、主宰。『つゆ艸』『流鶯』『老蘇(おいそ)の森』などの歌集、歌文集、『短歌立言』他の歌論書、研究書も多数。

十二月三日

山のあなたの空遠く
「幸《さいはひ》」住むと人のいふ。

上田敏《うえだびん》訳、カール・ブッセ

『海潮音』(明三八)所収。今でもこの詩句は多くの人の記憶に留まっていよう。『海潮音』の数ある苦心の訳業の中で、訳者上田敏にとってはむしろ手すさびだったかもしれないこの小曲が、皮肉にも最も愛誦されるものとなった。これは全六行の冒頭二行。以下、「噫《あゝ》、われひと、尋《と》めゆきて、／涙さしぐみ、かへりきぬ。／山のあなたになほ遠く／「幸」住むと人のいふ。」若き日の牧水も犀星も愛誦愛吟したことが知られている。

上田敏(一八七四―一九一六)詩人。訳詩集『海潮音』で、フランス近代の高踏派・象徴派の詩を中心に五十七編を紹介、明治三十年代後半、蒲原有明、薄田泣菫らとともに象徴詩時代を現出させた。没後の訳詩集に『牧羊神』。

十二月四日

美しき眼をとりもどす嚔《くさめ》の後

小《お》川《がわ》双《そう》々《そう》子《し》

『幹幹の声』(昭三七)所収。クシャミを扱った詩歌は、仮にあったとしてもそう多くはなかろう。また重心は笑いに傾くだろう。漱石の『吾輩は猫である』の主人公苦沙弥《くしゃみ》先生が作者の滑稽化された自画像だったように。してみるとこの句は、クシャミを扱って美しい女性の面影をよび起こすことができた珍しい例といえるだろう。人物の性別にもふれず、眼だけを点描したところが、つまり句の極意。

小川双々子(一九二二—二〇〇六)俳人。岐阜県生まれ。「馬酔木」に参加。山口誓子に師事、「天狼」同人。昭和三十八年「地表」創刊、主宰。句集『幹幹の声』『三千抄』『あゐゑ抄』など。

十二月五日

大海《おほうみ》は広くしありけりむれ鯨潮《うしほ》高吹きゆたに遊べり

石《いし》榑《くれ》千《ち》亦《また》

『石榑千亦作品集』(昭二八)所収。明治二年愛媛に生まれ、昭和十七年に没した歌人。佐佐木信綱門の重鎮だった。文字通り日本近代社会の歩みと生涯を共にしたわけだが、青年期発心して帝国水難救済会創立に参加、半世紀余りこの事業にうちこんだ。勤務の関係で海の旅を重ね、海洋歌人として知られた。北海のわたなかをゆったり(「ゆたに」)遊泳する鯨のむれ。二句切れの歌の大らかさに明治の格調がひそむ。

石榑千亦(一八六九—一九四二) 歌人。愛媛県生まれ。神道、国学を学ぶ。落合直文、正岡子規の指導を受け、「竹柏会」入会。「心の華」(のち「心の花」)創刊より没年まで編集責任者。水難救済会の創設に参与。歌集『潮鳴』『鷗』『海』。

十二月六日

筑紫《つくし》なるにほふ児《こ》ゆゑに陸奥《みちのく》の可刀利《かとり》をとめの結《ゆ》ひし紐《ひも》解く

東歌《あずまうた》（陸奥国《みちのくのくに》の歌）

「にほふ」は色美しく映えること。「結ふ」は元来ひもなどを用いて他人の接触や立入りを禁じる意味の言葉だった。ここでの「結ひし紐」もそれ。相思の仲の男女が、相手の節操を念じて結んだ、まずは貞操帯というべきか。貞操帯はこの場合少々場違いだが、気持ちとしてはそれと変わるまい。陸奥の恋人が結んだその紐を筑紫乙女のあまりの美しさに解いてしまう男ごころ。

東歌　『万葉集』巻十四、『古今集』巻二十にある東国の歌。労働作業歌、民謡として歌われてきたものか。方言を多く含み、野趣ゆたかで純粋朴直。恋歌が多い。『万葉集』中には二三〇首。

十二月七日

ぬばたまの夜《よ》の更《ふ》けゆけば久木生《ひさきお》ふる清き川原に千鳥しば鳴く

山部赤人《やまべのあかひと》

『万葉集』巻六。柿本人麻呂と並び称せられてきた万葉歌人。自然詠にすぐれていた。目も耳も深く澄んでいるのがその歌の特徴である。「ぬばたまの」は夜にかかる枕詞。「久木」はアカメガシワの木というが、別の説もある。吉野の宮滝近くに当時あった離宮への行幸に随行した赤人が、周辺の風物をたたえた歌である。同時作の「み吉野の象山《きさやま》の際《ま》の木末《こぬれ》にはここだもさわく鳥の声かも」もよく知られている名歌。

山部赤人（生没年不詳）　奈良時代の歌人。後世、人麻呂とともに歌聖と称される。下級官吏として宮廷に仕えていたらしく、行幸供奉（ぐぶ）の歌が多い。自然を詠んだ歌にすぐれ、整った清澄な調べで群を抜く。『万葉集』に長歌十三首、短歌三十七首。

十二月八日

尾頭《をかしら》の心もとなき海鼠《なまこ》哉《かな》

向《むか》井《い》去《きょ》来《らい》

『猿蓑』所収。古人はナマコをいうのに海のネズミと当て字した。辞書『大言海』(大槻文彦著)はいう、「鱗骨、鰭尾、無ク、全体、疣《いぼ》多クシテ、軟骨ナリ。口ハ刀痕ノゴトシ、腹ハ平ニシテ白ク、背ノ黒キモノ、味、最モ佳ナリ」。どこが尾とも頭とも見分けにくい珍妙な形を、「心もとなき」(おぼつかない、頼りない)という形容詞でぴたり言いとめる。蕉門きっての端正な俳人去来にこのとぼけた味の句があった。

向井去来(一六五一―一七〇四) 江戸前期の俳人。蕉門十哲の一人。儒者の家に生まれ、天文、暦学を修めて一時堂上家に出入りしたが、浪人生活を続けた。『猿蓑』を凡兆と共撰。『去来抄』は蕉風俳論中の白眉。嵯峨に落柿舎を営む。芭蕉の『嵯峨日記』は同庵滞留の所産である。

十二月九日

冬菊のまとふはおのがひかりのみ

水《み》原《はら》秋《しゅう》桜《おう》子《し》

『霜林』(昭二五)所収。作者の高弟石田波郷が、秋桜子先生の句を一つだけ挙げるならこの句だといい、その理由として「洗練されきった叙法、明澄な気品」をあげたことは有名である。他の花がしだいに失せたあと、ひとり咲く菊の花に、われとわが身から湧く光をまとって立つものの、厳しさとすがすがしさを見ている。寂しいといえば寂しいが、その毅然たるさまに、作者自身の好み、性向が共鳴したところからこの句が生まれた。

水原秋桜子(一八九二―一九八一)俳人。窪田空穂に短歌を学び、高浜虚子門に入り、清新で印象的な作風で四S時代とよばれる「ホトトギス」の黄金期をもたらした。のち虚子から離れ、「馬酔木」を主宰。句集『葛飾』『晩華』など。俳論も多い。

十二月十日

旅に病んで夢は枯野をかけめぐる

松《まつ》尾《お》芭《ば》蕉《しょう》

『笈日記』ほか所収。芭蕉最後の吟。彼は元禄七(一六九四)年旅先の大坂で発病、各地の門人がかけつけてみとる中で、十月十二日逝去した。これは八日の作。辞世を意識した句ではない。弟子が辞世の吟を乞うと、芭蕉は折々の句がすべて辞世だと答えたという話が伝わっている。俳諧への執念の人はまた、それを妄執として刻々に断ち切ることを念じた人でもあった。それゆえ、この句は辞世の吟である。

松尾芭蕉(一六四四―九四) 伊賀上野に出生。主として滑稽を追求することで民衆化をとげた貞門、談林の初期俳諧を、高度に純粋な文芸へ高めることに生涯を捧げた。のちに『芭蕉七部集』ほかを形作る蕉門の作品群を指導して作る。紀行文『奥の細道』など。

十二月十一日

雪のやうに木《こ》の葉のやうに淡《あわ》ければさくりさくりと母を掬《すく》へり

馬場《ばば》あき子

『飛種』(平八)所収。作者は生母を五歳で失い、その後継母に育てられた。孫を手元におきたい祖母の意に反してまで、「幼い私は、このうら若い継母のどこかに魅かれて、自ら望んで継母の家に住んだ」と、幼時を回想して「あとがき」に書いている。長い歳月がたち、母は老い、「雪のやうに木の葉のやうに」淡く軽い骨に還った。無量の思いと思い出を詰めるには、歌は軽やかになるほかなかった。

馬場あき子(一九二八—) 歌人。東京生まれ。昭和女子大卒。「まひる野」を経て「かりん」創刊、主宰。歌集『無限花序』『桜花伝承』『葡萄唐草』『阿古父』など。評論集『式子内親王』『鬼の研究』他。能楽に造詣が深い。

十二月十二日

鴨のゐるみぎはのあしは霜枯れて己が羽音ぞ独り寒けき

塙《はなわ》保《ほ》己《き》一《いち》

『松山集』所収。江戸後期の国学者。武蔵国の農家の生まれ。五歳のころ肝臓を病み七歳で失明。江戸で三味線や鍼を学んだが身につかず、生来の読書好きから国漢の師について学んだ。古典籍の集成『群書類従』の編を志し、数十年の刻苦の後五三〇巻編刊の大業を実現した。これはさらに『続群書類従』へと受けつがれる。保己一の和歌は新古今調で華麗鮮明な影像に富み、盲目の人の作とは思えぬほど。この歌、下句の細みに内省的な情感がこもる。

塙保己一（一七四六―一八二一）江戸後期の和学者。武蔵国の農家に生まれる。幼少で失明、十三歳の時江戸に出て鍼術を学ぶが、学問を好み、賀茂真淵の門に入る。無類の博覧強記で和漢の学に通じ、幕府の後援で、和学講談所を設立、『群書類従』編纂の大業をなし遂げた。

十二月十三日

門前の小家《こいへ》もあそぶ冬至《とうじ》哉《かな》

野沢《のざわ》凡兆《ぼんちょう》

『猿蓑』所収。凡兆が向井去来と共同で編んだ『猿蓑』の中に収められた発句のひとつ。「門前」は寺の門前。江戸時代には、冬至の日は一般に仕事を休んだ。寺院でも僧に一日の暇を与える習慣だった。のどかな休日、寺の門前であきないなどしている小家も、今日は一日遊んでいる。冬至を詠むのにのどかな小家を点出する技法だが、それがよび起こす森閑とした情は豊か。

野沢凡兆（生年不詳―一七一四）江戸前期の俳人。金沢の生まれ。京都に出て医を業とした。元禄三、四年頃、在京中の芭蕉に師事、俳境を深め、向井去来とともに『猿蓑』の編纂に従事。六十歳前後で没した。

十二月十四日

しんしんと寒さがたのし歩みゆく

星《ほし》野《の》立《たつ》子《こ》

『立子句集』(昭一二)所収。明治三十六年東京生まれの現代俳人。高浜虚子次女。十代後半から作句、処女作は「まゝ事の飯もおさいも土筆《つくし》かな」だという。すでにして生来の詩才が躍動している。虚子も彼女の自由闊達な才能をこよなく尊重した。「ホトトギス」で活躍し、のち女流中心の「玉藻」を創刊、主宰した。この句は二十九歳の時の作。充実した若さに宿る童心が、健やかな女性の姿で歩いてゆく。

星野立子(一九〇三―八四) 俳人。東京生まれ。高浜虚子の次女。評論家星野天知の子息吉人と結婚。「ホトトギス婦人句会」で活躍。父虚子のすすめにより女流俳誌「玉藻」創刊、主宰。句集『立子句集』『笹目』など。

十二月十五日

独《ひと》り碁《ご》や笹《ささ》に粉雪《こゆき》のつもる日に

中《なか》勘《かん》助《すけ》

『中勘助全集』所収。幼少年時代を描いた『銀の匙《さじ》』で知られる作家中勘助には、詩集『琅玕《ろうかん》』があり、また後年は多くの随筆を書き、短歌や俳句も作った。漱石に推されて世に出たが文壇とは没交渉で、仏教的世界観に深く染まった作品を書き続けた。「山居しぐれてけづる牛蒡《ごぼう》のかをり哉」「粕《かす》やいて鳥の話を書く夜かな」。いずれも孤独な瞑想者の句である。笹に降る雪は近世の歌謡などでも好んで歌われ、冬の情趣を語る好題材だった。

中勘助（一八八五―一九六五）小説家、詩人。東京神田生まれ。東大英文より転じて国文卒。在学中漱石の教えを受ける。処女作『銀の匙』は漱石の推薦で「東京朝日新聞」に連載された。詩集『琅玕』がある。

十二月十六日

夜《よ》は寒み夜床《よどこ》はうすし故郷《ふるさと》の妹《いも》がはだへはいまぞ恋しき

曾《そ》禰《ね》好《よし》忠《ただ》

家集『曾禰好忠集』所収。平安中期歌人。彼の題材や詠法が当時の正統だった『古今集』の歌風に比して新奇なところが目立ったため、同時代には不遇だったが、後世評価が高まった。家集には不遇を嘆き焦慮する歌が多い。旅先で妻の肌を恋しいと歌う掲出作でもわかるように、恋歌に『古今集』以来の優美な情趣を盛るだけでは飽きたらず、生活のにおいをつよく歌にしみこませずにはいられなかった。そのあくの強さを後世が評価した。

曾禰好忠（生没年不詳）　平安中期、『拾遺和歌集』のころの歌人。丹後掾（たんごのじょう）であったので「曾丹後（そたんご）」「曾丹」ともあだ名された。新しい歌材、歌語を用い、和歌革新をはかり、後代に評価が高まる。『曾禰好忠集』（『曾丹集』ともいう）がある。

十二月十七日

冬山の青岸渡寺《せいがんとじ》の庭にいでて風にかたむく那智の滝みゆ

佐藤佐太郎《さとうさたろう》

『形影』(昭四五)所収。斎藤茂吉に師事し、その全集の編集に従事したのをはじめ、茂吉関係の著作が多い。西国三十三所第一番の札所青岸渡寺から那智の滝を遠望すると、繊美な一筋の帯が夢うつつにかかっているのを感じるが、作者は折からの冬景に、風を受けて滝がうつつに傾くのを見たと感じたのである。「風にかたむく」が見どころだが、作者自身の心もその時そこでかすかに傾いた。「いでて」を、「みる」でなく自動詞「みゆ」で受けた技巧の老練。

佐藤佐太郎(一九〇九—八七) 歌人。宮城県生まれ。岩波書店に昭和二十年まで勤務。「アララギ」に入会、斎藤茂吉に師事。歌誌「歩道」主宰。歌集『歩道』『帰潮』『形影』など。評論に『斎藤茂吉研究』『茂吉秀歌』他。

十二月十八日

ふゆの夜や針うしなふておそろしき

桜《さくら》井《い》梅《ばい》室《しつ》

幕末俳壇の大家。金沢の人。加賀藩の研刀師だったが、京に出て俳人となった。文政、天保年間、江戸に十余年住んで俳名をあげ、京に帰って天下の巨匠と仰がれた。連句作法の簡易化など俳諧大衆化に努め、自作も平俗でわかりやすいいわゆる月並調で、のち明治の革新の旗手子規にねらい射ちされた。しかしはたしてそんなにまずい俳人かといえば、さに非ず。この、梅室の代表作の句に見られる語感の冴えなど、さすがに名声を得ただけのことはある。

桜井梅室(一七六九―一八五二) 幕末の俳人。加賀金沢の人。文化四(一八〇七)年京に出て、俳壇に交わる。二条家より花の本宗匠の称を允許され、全国から門人が集った。鳳朗、蒼虬とともに「天保の三大家」。連句作法の簡易化をすすめ、俳諧人口の増大化に応えた。

十二月十九日

鯛焼《たひやき》やいつか極道《ごくどう》身を離《はな》る

五《ご》所《しょ》平《へい》之《の》助《すけ》

『わが旅路』(昭五四)所収。明治三十五年東京神田生まれの映画監督・俳人。「マダムと女房」「伊豆の踊子」「今ひとたびの」他で知られる映画界の大御所だが、俳歴も大正八年、学生時代からで長い。久保田万太郎の指導を受ける。幼少年期寂しい生い立ちだったためか、作品に孤独感と人恋しさが漂う。これは古稀を迎えた時の、心によぎる感慨を詠んだ句。ある日ふと、老いに気づいてうなずくのだ、そういえばいつのまにか極道もしなくなった、と。

五所平之助(一九〇二―八一) 映画監督、俳人。東京生まれ。松竹蒲田以来映画界で活躍、日本映画監督協会理事長。三田俳句会で俳句を学び、「加比丹」「いとう句会」「春燈」に参加。『五所亭俳句集』など。

十二月二十日

憂《う》きことを海月《くらげ》に語る海鼠《なまこ》かな

黒《くろ》柳《やなぎ》召《しょう》波《は》

別号を春泥舎という江戸中期の俳人。与謝蕪村の高弟。クラゲとナマコの対話という題材は珍しく、句も新鮮だ。「あはれ」と「をかし」を兼ね備えている句といえよう。理屈をいえば、海底にいながら人にねらわれて食われるナマコが、水面にいるのに食用に不向きなため比較的安全なクラゲに対して、身の憂さ、辛さをぼそぼそ話している図と解されようが、そこまで理詰めに解さずとも、単に浮遊する者と這う者の会話と見るだけで面白い。

黒柳召波（一七二七—七一）　江戸中期の俳人。京都の人。江戸に出て服部南郭に漢詩文を学ぶ。蕪村門の俊秀。遺稿『春泥集』に添えた蕪村の書簡に「京師にはめづらしき俳者にて有之候。今は古人にて、愚老半臂を殺がれし心致候」とある。

十二月二十一日

他界より眺《なが》めてあらばしづかなる的《まと》となるべきゆふぐれの水

葛《くず》原《はら》妙《たえ》子《こ》

『朱霊』(昭四五)所収。「他界」といえば「あの世」ということになろうが、必ずしも死後の世界だけを考える必要はあるまい。現実を超えた世界が、他界なのである。その他界からこちらをながめやったとき、今自分が立っているこの夕暮れの水辺は、「しづかなる的」と見えることだろうという。作者はこれ以上何も説明していないが、「他界より眺めてあらば」という視点が、歌にふしぎな瞑想性を与えている。

葛原妙子(一九〇七―八五)歌人。東京生まれ。太田水穂、四賀光子に師事し、「潮音」に参加。「女人短歌」創刊にも加わった。歌集に『橙黄』『原牛』『朱霊』『薔薇窓』ほかがある。

十二月二十二日

中原《なかはら》よ。
地球は冬で寒くて暗い。

ぢや。
さやうなら。

草《くさ》野《の》心《しん》平《ぺい》

『絶景』(昭一五)所収の詩「空間」の全部。詩人中原中也は昭和十二年十月二十二日、三十歳で死んだ。右は亡友追悼の詩だが、発表は十四年四月「歴程」第六号。雑誌が第五号以後二年半も出なかったためらしい。筆者は少年時代、これを某選詩集で読み、詩というものは短い言葉でなんと多くのことを暗示できるものだろうかと、ひとり驚き、肝に銘じた思い出がある。

草野心平(一九〇三―八八) 詩人。福島県生まれ。中国の嶺南大学に留学。同地で「銅鑼」創刊。原始的生命感覚を鋭敏に形象化する作品を発表。「歴程」創刊に参加。詩集『第百階級』『定本蛙』『マンモスの牙』など多数。

十二月二十三日

鶏《とり》の嘴《はし》に氷こぼるる菜屑かな

加舎《かや》白雄《しらお》

『白雄句集』所収。寒さのため菜っぱの切れはしも凍《い》てついてしまった。鶏がそれをくちばしでつついては、地べたからむしりとっている。むしりとるたびに、氷のかけらがきらきら光りながら、鶏のくちばしから散りこぼれる。加舎白雄は十八世紀後半に活躍した江戸中期の俳人。信州上田に生まれ、江戸で俳人として一家をなした。繊細、鋭敏な作風は、観察のこまやかさにおいて時代を抜き、今日なお新鮮である。

加舎白雄(一七三八—九一) 江戸中期の俳人。信州上田の生まれ。江戸の大島蓼太と並び称された。諸国を巡歴して俳名を高め、江戸に春秋庵を開いた。技巧を排した清新な作風。句集『春秋稿』、俳論書『かざりなし』など。

十二月二十四日

たつぷりと真水を抱きてしづもれる昏《くら》き器《うつは》を近江《あふみ》と言へり

河《か》野《わの》裕《ゆう》子《こ》

『桜森』(昭五五)所収。「あふみ」は「淡海」で琵琶湖をさす。その歴史的・文化的重要性のため、古代から多くの詩歌が捧げられた湖だが、それでも、この歌のような角度からこの湖をとらえた歌や句は記憶にない。歌の内容にあいまいな所はないにもかかわらず、何かしら深い影に包まれた女性的な世界の魅力のようなものがある。それはたぶんこの「昏き器」が、生命をはぐくむ母胎を連想させるからだろう。女性の歌の力を感じさせる。

河野裕子(一九四六—二〇一〇)歌人。熊本県生まれ。京都女子大卒。「塔」選者。歌集『森のやうに獣のやうに』『ひるがほ』ほか多数。

十二月二十五日

咳《せき》をしても一人

尾《お》崎《ざき》放《ほう》哉《さい》

『大空《たいくう》』(大一五)所収。放哉は種田山頭火と共に、荻原井泉水を先導者とする口語自由律句の代表作者だった。二人が世捨て人だったことと、伝統的な五七五の俳句形式を離れてしまった事とは、たぶん密接に結びつく事柄だろう。「一人」であるとき、句は定型を順守する必要がなくなるのだと思われる。だがたとえば右の句が三・三・三から成るように、まったくの無形式ではない。彼らの自由律は「咳をしても一人」の境涯に耐えうる人の為の詩形だった。

尾崎放哉(一八八五—一九二六)俳人。鳥取県生まれ。東大法卒。保険会社の支配人として朝鮮に赴任したが一年で辞職。帰国後、諸所の寺に寺男として働きながら短律の句を作った。遺著に句集『大空(たいくう)』。

十二月二十六日

こがらしや日に日に鴛鴦《をし》のうつくしき

井《い》上《のうえ》士《し》朗《ろう》

江戸後期名古屋の俳人・産科医。同地の俳人加藤暁台門の筆頭で、国学を宣長に学び、絵画、平曲、漢学にも一家をなした。編著も多い。木枯らしが吹くごとに森は落葉し、池のオシドリの羽色は美しさを増す。画人らしい着眼だ。「日に日に」が効果的である。これは千代女の「落鮎や日に日に水のおそろしき」、高桑闌更の「枯蘆の日に日に折れて流れけり」をついだ語法だろうが、三作ともそれぞれの作者の代表作となったのが妙。

井上士朗（一七四二―一八一二）江戸後期の俳人。名古屋の人。産科医で医名は専庵。琵琶をよくし、枇杷園とも号した。俳諧は暁台に、国学は宣長に、画は範古に学んだ。『枇杷園句集』など。

十二月二十七日

一つ松幾代《いくよ》か経《へ》ぬる吹く風の声《おと》の清きは年深みかも

市《いち》原《はらのおおきみ》王

『万葉集』巻六。天平十六年正月十一日、活道《いくじ》の岡に大伴家持らと登り、一本の老松の下で宴を開いた日の歌。「年深みかも」は、松の齢《よわい》が久しい年を経ているためだろうか、の意。さらさらと歌っているが、「吹く風の」以下の表現には深い感情がこもっている。特に「年深みかも」の簡潔な表現のふくらみはみごとで、『万葉集』中有数の清韻と感じられる。

市原王（生没年不詳）志貴皇子の曾孫。代々万葉歌人の家柄に生まれる。治部大輔、摂津大夫、造東大寺長官などを歴任。正倉院に王自筆の書状が残されている。大伴家持と親交があったらしい。万葉集に八首。

十二月二十八日

霜柱俳句は切字《きれじ》響きけり

石《いし》田《だ》波《は》郷《きょう》

『風切』(昭一八)所収。代表作の一つ。霜柱立つ寒気厳しい朝、不意にひらめく断言命題。「切字」はヤ・カナ・ケリなど、句の中で切れる働きをする字をいう。しかし芭蕉は、切字に用いるなら「四十八字皆切字」ともいった。要はきっぱりと切るか、切らないか、気構えの問題だろう。しかし、ここでの波郷は、形式上の字使いにとどまらず、まずもって引き緊まった日本語を切望する気持ちを、「切字響きけり」の中にこめていたのだと思う。

石田波郷(一九一三—六九) 俳人。松山生まれ。水原秋桜子の主宰誌「馬酔木」に投句、同人、のち編集長となる。草田男、楸邨らとともに人間探求派とよばれ、昭和前期俳壇の中心部を形づくった。「鶴」創刊、主宰。結核で長期療養した。『鶴の眼』『惜命』など。

十二月二十九日

多摩川にさらす手作《てづくり》さらさらに何《なに》そこの児《こ》のここだ愛《かな》しき

東歌《あずまうた》（武蔵国《むさしのくに》の歌）

「手作」は手織りの布。古代の税「調」（チョウ、ミツギ）として宮廷に納入した。ここまでは「さらさらに」（さらにさらに）を導き出すための序の働きをしている。多摩川にサラす手作りの布のように、サラニサラニ、なぜ恋人はこんなにも（「ここだ」）いとしいのだろう。音調の快さのため東歌の中でもよく知られ愛誦される歌。多摩川べりは調のための布の産地だったので、今に調布の地名を残す。

東歌　『万葉集』巻十四、『古今集』巻二十にある東国の歌。労働作業歌、民謡として歌われてきたものか。方言を多く含み、野趣ゆたかで純粋朴直。恋歌が多い。『万葉集』中には二三〇首。

十二月三十日

去年今年《こぞことし》貫《つらぬ》く棒の如《ごと》きもの

高浜虚子《たかはまきょし》

『六百五十句』(昭三〇)所収。昭和二十五年十二月二十日、新春放送用に作った句という。当時七十六歳。「去年今年」は、昨日が去年で今日は今年という一年の変わり目をとらえ、ぐんと大きく表現した新年の季語。虚子の句はこの季語の力を最大限に利用して、新春だけに限らず、去年をも今年をも丸抱えにして貫流する天地自然の理への思いをうたう。「貫く棒の如きもの」の強さは大したもので、快作にして怪作というべきか。

高浜虚子(一八七四―一九五九) 俳人、小説家。松山生まれ。河東碧梧桐とならぶ子規門下の双璧。「ホトトギス」発行の中心となる。「客観写生」と「花鳥諷詠」を説き、大正後半期以降の俳壇に君臨した。句集『五百句』ほか。小説『俳諧師』など。

十二月三十一日

除夜《じょや》の妻白鳥のごと湯浴《ゆあ》みをり

森《もり》　澄《すみ》雄《お》

『雪櫟《ゆきくぬぎ》』（昭二九）所収。大正八年兵庫県生まれの俳人。加藤楸邨に師事した。ボルネオ戦線に従軍、辛うじて生還し、療養生活ののち教職についた。句は昭和二十九年の作。作者は当時武蔵野の片隅で板敷きの六畳一間に親子五人で暮らしていたという。土間にすえた風呂で妻が湯を浴びているのだ。生活環境は貧しくとも人の命は輝き出る。そしてその夜が「除夜」である所に、格別の感動がある。

森澄雄（一九一九―二〇一〇）　俳人。兵庫県生まれ。加藤楸邨の「寒雷」に投句、のち編集に従事。昭和十九年ボルネオに出征、帰還後長崎郊外で戦病を養う。上京後句集『雪櫟』上梓。「杉」創刊、主宰。『鯉素』『游方』『空艪』。

あとがき

「朝日新聞」第一面の片隅に、日本の短詩型文学から毎朝一作ずつ抜きだし、短文でそれを鑑賞する、という試みを始めたのは、一九七九(昭五四)年一月二十五日、朝日新聞創刊百周年記念日のことだった。それが大勢の読者に支えられて、何度かの休載期間をはさみながら、現在にまで続いてきた。まったく予想もしなかったことだが、新聞休刊日以外はまさに一日の休載もなくやってこられたことは、実に幸運なことだった。

今ざっと計算してみると、これまでに約五千八百数十回新聞紙面に登場したのではないかと思う。それが大よそわかるのは、新聞連載開始後、一年分をまとめて一冊ずつ、「岩波新書」で本にしてきたのが、二〇〇二年十一月現在、合計十六冊(十一冊目からは「新折々のうた」と題名が変り、それが今六冊目)にまでなっているからである。現在は、「新折々のうた 7」の、ちょうど半分ほどのところを新聞連載では書いていることになる。

五千八百余回というのが、驚くほどの数なのかどうか、日々一本ずつ新聞社に送っているだけの人間としては、よくわからない。毎日一生懸命書いているだけである。しかし、過去に採りあげて鑑賞してきた多くの作品は、あらためて読めば非常に重要なもの、興味あるもの、珍しいものをいっぱい持っている作品がたくさんあることは、まぎれもない事実である。これらを一年三六五日に配して、一冊の本にまとめてみたらどうか、ということを考え、それを私に相談してこられたのは岩波書店のかたがたであった。

私にも異論はなく、過去十六冊分の岩波新書版にあたっていろいろ取捨選択した結果、ごらんのような本になった。時代は古代から現代まで、詩歌作品の種別も、和歌、短歌、誹諧、俳句はいうまでもないが、古歌謡から近世歌謡まで、諸外国の児童によって試作されたハイク、その他私にとって、日本の短詩型文学の仲間に含めうると考えられるさまざまな試みも、すべて「日本語の詩文」の範囲内にあるものとしてここに収めた。

それだけに、近・現代の日本人による作品を、万遍なく拾いあげて網羅するということはできなかった。たえずそのように心掛けてはいたが、結果としては遺漏も多かろうと思う。何しろ五千八百余の中から三百六十五を選び出すのだから、別の観点から選べば、まったく別の本も作りうること、いうまでもない。

今は一つの試みとして、大方の読者に寛大な眼で翫賞していただきたい。

二〇〇二年十一月はじめ

著　者

「見渡し」による詩の織物

堀江敏幸

大岡信の「折々のうた」は、一九七九年一月二十五日、朝日新聞朝刊の一面に設けられた囲みではじまった。一日一篇の短詩を掲げ、そこに百八十字の評釈を添えるこの連載は、幾度かの休載を挟んで足かけ二十九年のながきにわたってつづけられ、一年ごとに岩波新書にまとめられて、『折々のうた』十巻、『新 折々のうた』九巻という膨大な絵巻に成長していった。最終巻となる十九冊目には、二〇〇六年四月一日から二〇〇七年三月三十一日までが収められている。書籍化にあたって削除されたものを除いても六七六二回、ひとりの撰者による詞華集としては、気の遠くなるような、まさに未聞の規模だが、これらは設計図に基づいて組み立てられた完成品ではなく植物的な生命力をもった言葉の体系であり、連載が終了し、撰者がこの世から消えたあとも、精選された一語一語が「たね」となって、いまも読者のなかに息づいている。

本書『折々のうた 三六五日』の親本の刊行は二〇〇二年十二月。新聞連載は前年四月から休みに入っていて、この年五月に再開されている。「あとがき」に記されているとおり、この時点ですでに十六冊が世に送り出され、通しで五千八百数十回を数えていた。そこから一日一作品を選び出して一年分のアンソロジーを編むという、喜びと苦しみが同居する作業に向きあったとき、大岡信は七十一歳になっていた。岩波新書版では、一作品につき二一〇字、つまり初出より三十字分の余裕が生まれ、よい意味での拘束が少しゆるめられた印象があるとはいえ、いずれの評も引用作品と拮抗し、共鳴し、双方の魅力を高めていく唱和になっており、散文よりも詩の呼吸に近い。限られた文字数のなかで、作者の来歴と制作当時の状況、時代背景、関連作品の引用、そして個々の作品の本質に切り込む寸評が、鋭く、やわらかく、ときには大胆に展開され、文字の用法ひとつ、表現ひとつへの着目が、作品の隠された意図を鮮やかに開示する。

その前段にあるのが、作品の選定と配列だ。季節の推移だけに終わらない、作品どうしのつながりを引き出す方法を、大岡信は「見渡し」と呼ぶ(『新 折々のうた1』「まえがき」)。短詩は一個の独立した世界であると同時に、他の作品との響き合いによって表情を変化させる。「単一の作品には単一の解釈しかありえないということになったら、そんな作品は決して永持ちしえない」のであり、「作品は、潜在的にはつねに他の作品を呼んでいるのである」。自分を表に出すことが他人を生かし、他人に生かされる場を形成する。詩を読み、詩を書くことは、主体を消し、詩に読まれ、詩に書かれることに等しい。ここで大岡信は、他者の作品と自身の評釈を、少し距離をとって冷静にながめている。「孤」としての作品との対峙が、うたげとしての場の豊かさと厳しさを知らしめる、『うたげと孤心』に通底する視点だとも言えよう。

「見渡し」の手法は、「連句」の発想とも繫がっている。「〝折々のうた〟と連句の骨法」(『新 折々のうた 総索引』)に詳しいが、紹介されていく作品は、連句の付句のように有機的に結びついている。しかし連句は相手の句を受けてから現場で発想するわけだから、個人の脳内にあった見取り図どおりには進まない。その位置取りの意味がすぐに見えてこない作品が投げ込まれるからだ。しかしそこにこそ妙味がある。「いいものばかり並んでいる」のではなく、「ときどき素人っぽい下手くそなものが並んでいる」「いいものばかり並んでいる」ことで全体が活性化し、たがいが息づきはじめる。『折々のうた』は、こうした連句の呼吸法を踏襲している。

「きょう非常にまじめなものが出ていたら、次の日にそれをひっくり返すようなものを出す、というかたちで、いってみればつなげている。対立するものが、対立という意味でつながる。同質のものはもちろん素直なかたちでつながっている」(前掲書)

作品どうしが引き合って自発的に解釈の枝葉をのばしていく手助けとなる部分の連動は、一九六九年から雑誌「ユリイカ」ではじまった《文学的断章》シリーズとも響きあっているだろう。付句はたんに付け加えるものではない。加えることがそぎ落としにもなるように添えられるのだ。こうした合わせの技法は、断章という形で少しずつ磨きあげられていたのである。とはいえ「見渡し」は大まかな布石にすぎない。作品内部に切り込む言葉は、予見的な保証を棄ててはじめて掘り出される。辞書にも歳時記にもない、そのとき、その場ではじめて出会う言葉。「そういう出会いがないと、百八十字の短文は書きようがなかった。一語の背後に同時に数十語が感じられるような、そういう一語に出会えるかどうかが、この種の文章の唯一といってもいい要点だと思われた」(『続 折々のうた』「あとがき」)と大岡信は記している。三六五篇の評釈はこうして詩の領域に近づき、引用された作品とともに読者の胸に刻まれる。

忘れがたい表現がいくつもある。たとえば渡辺水巴の「かたまつて薄き光の菫かな」についての、「菫のあわあわしさを外から描きつつ、内からもほんのりと照らし出し得た感があり、近代写生句の本領を示すもの」という一節(三月二十日)、木下利玄の「にはとこの新芽を嗅げば青くさし実にしみじみにはとこ臭し」についての、「一見無造作な表現のうちに、観察と感動を一挙にしぼりあげている」とした節回し(四月十五日)、あるいは金子兜太の「谷に鯉もみ合う夜の歓喜かな」を前にしての、「歓喜しているのは鯉だとも作者だともいえない。むしろ夜そのものの肉体が歓喜しているというべきか」とする主客の転倒と同一化への言及(六月二十九日)など、ときに掲載作の作者は大岡信自身ではないかと疑わしくなるほどだ。

組み合わせは無限にある。詞華集は決定版を拒む。ここに並んでいるのは、あくまで撰者が向き合った二〇〇二年の「現在」の「見渡し」であり、新聞初出や新書版で創出された文脈とはべつものなのだ。読者には、だから本書の作品がもともとどんな配列のなかに収まっていたのかを確かめ、この三百六十五日の詩歌の新味を味わう楽しみが残されている。

あるいはまた、ここには含まれていない閏年の二月二十九日に想いを馳せることも許されるだろうか。撰者は二十九日という時空の穴を省いた「見渡し」を行っていたのだから、無理になにかを加えたら流れが変わってしまう。しかし四年に一度しか巡ってこない空白の一日には、前後の掲出作を内側から照らし出す「数十語」が隠されている可能性もある。二月末から三月一日への流れは以下のようになっている。

眠らざりける暁に少年のあわれ夥しき仮説を下痢《くだ》す(岡井隆、二月二十五日)
少年や六十年後の春の如し(永田耕衣、二十六日)
うらやまし思ひ切るとき猫の恋(越智越人、二十七日)
あはれなりわが身のはてやあさ緑つひには野べの霞と思へば(小野小町、二十八日)

鶯の次の声待つ吉祥天（加藤知世子、三月一日）

試行錯誤を繰り返す若者から仮説の爪痕を飲み込んできた老人へ、老人のなかに共存している少年へと移り、遠いむかしの、そしていまこそ訪れる恋の季節と春の愁い、さらには末期を視野に入れたいまここの無常観。二月二十八日と三月一日のあいだには、月をまたぐだけではない飛躍と転換がある。このあいだになにを置くか。本書では、芭蕉と凡兆を例外とし、よみ人しらずや歌謡が重なるくらいで、原則としてひとり一作品に限定されているので、選出されなかった作者の「春のうた」を当たればいい。たとえば各務支考の「船頭の耳の遠さよ桃の花」（『蕉門名家句集』、『第四　折々のうた』）などはどうだろうか。

いよいよ野辺の霞になって、海に通じるのではない三途の川を渡るときが来た人を迎え入れ、できればほのかに明るい寂光土の色で染めてあげたい。川を渡る時間を少しでも遅らせてやりたい。大岡信は「対岸の老船頭を客が呼ぶが、耳が遠くていくら呼んでも聞こえないらしい。桃の花咲く村の、のどかな渡し場風景。美濃派の作風のいい面を見せた作であろう」と評した。人物に焦点をあてられがちな小町のあとに、蕉門で人品の評判があまり芳しくなく、「創意に富む一方で不実軽薄の評を受け」た支考をあえて呼び入れ、煙になった小町をふたたび吉祥天に変貌させて、客の声ではなく鶯の声で耳の遠い船頭を呼び寄せてもらう。そんな妄想も本書は許容してくれそうである。なにしろ一月一日が天明の狂歌ではじまっているのだ。ここにはユーモアや笑いも欠けていない。それでいて大晦日はしんみりと内側から光を放つような森澄雄の句で締めくくられている。

一年は長くて短い。短いようで長い。伸び縮みする時間の帯を、読み返すたびに鮮度を増す本書の言葉が支えてくれるだろう。

二〇二四年九月

索　引

あ

会津八一　124
赤尾兜子　173
明石海人　122
秋元不死男　226
芥川龍之介　321
東歌　31, 192, 320, 365, 388
阿部青鞋　207
安倍仲麻呂　264
雨宮雅子　272
飴山實　323
新垣秀雄　276
在原業平　121
阿波野青畝　63
安西冬衛　44
安東次男　265

い

飯島晴子　25
飯田蛇笏　13
飯田龍太　275
石川啄木　53
石榑千亦　364
石田波郷　387
石橋秀野　225
石牟礼道子　277
石本隆一　319
和泉式部　200
市原王　386
一休宗純　214
一遍上人　338
伊藤一彦　97
伊東静雄　54
稲畑汀子　32
井上士朗　385
井原西鶴　123
磐姫皇后　318

う

上島鬼貫　301
上杉謙信　317
上田秋成　269
上田敏　362
上田三四二　171
植松寿樹　34
宇佐美魚目　114
臼田亜浪　205
有智子内親王　130

え

永福門院　170
榎本其角　169
榎本星布　120
エリュアール，ポール　316

お

大江千里　64
大岡博　268
大岡信　316
大伯皇女　299
大隈言道　204
凡河内躬恒　107
大島史洋　65
大島蓼太　315
太田水穂　361
大津皇子　300
大伴大江丸　273
大伴坂上郎女　168
大伴旅人　166
大伴家持　12
大西民子　271
オーマー・カイヤム　249
岡井隆　66
岡野弘彦　224
岡本かの子　102
小川双々子　363
荻原井泉水　267
尾崎紅葉　35
尾崎放哉　384
越智越人　68
落合直文　223
小野茂樹　203
尾上柴舟　270
小野小町　69
おもろさうし　165
尾山篤二郎　222
折笠美秋　26
温庭筠　314

か

香川景樹　360
柿本人麻呂　36
柿本人麻呂歌集　38, 164, 266
神楽歌　55
鹿児島寿蔵　56
笠女郎　298
桂信子　202
加藤郁乎　197
加藤克巳　96
加藤暁台　95
加藤楸邨　27
加藤知世子　72
楫取魚彦　94
金子兜太　196
賀茂真淵　163
加舎白雄　382
唐衣橘洲　260
川崎展宏　313
川崎洋　162
川田順　262
川浪磐根　261
河野裕子　383
川端茅舎　119
河原枇杷男　297
河東碧梧桐　219
菅茶山　218
閑吟集　45, 195, 201, 355

き

紀在昌　194

北原白秋　57
紀貫之　113
紀友則　74
木下夕爾　296
木下利玄　118
京極為兼　217

く

クウィンテロ，ジーン　149
草野心平　381
草間時彦　234
葛原妙子　380
国木田独歩　347
久保より江　16
窪田空穂　125
窪田章一郎　193
久保田万太郎　17
黒柳召波　379

け

兼好　357
建礼門院右京大夫　161

こ

小池光　52
古泉千樫　117
光厳院　160
幸田露伴　259
コクトー　40
古語拾遺　23
古事記歌謡　73
五所平之助　378
五島美代子　159
後藤夜半　190
後鳥羽上皇　105
小西来山　75
小林一茶　58
近藤芳美　356

さ

西行法師　116
西郷隆盛　354
西東三鬼　153
斎藤史　188
斎藤茂吉　293
催馬楽　157, 158
坂口謹一郎　154
嵯峨天皇　33
坂本龍馬　156
前大僧正慈円　312
防人の妻　46
桜井梅室　377
佐佐木信綱　257
佐佐木幸綱　292
薩摩守平忠度　115
佐藤鬼房　155
佐藤佐太郎　376
佐藤春夫　290
狭野弟上娘子　256
山家鳥虫歌　341

し

式子内親王　112
志貴皇子　29
志太野坡　11
篠弘　353

篠原鳳作　152
芝不器男　93
史邦→中村史邦
柴生田稔　151
島木赤彦　76
島崎藤村　351
島田修二　59
島仲芳子　289
釈迢空　255
寂蓮法師　111
正徹　274
心敬　254

す

菅原道真　60
杉田久女　109
鈴木真砂女　61
鈴木六林男　253
崇徳院　110

そ

宋之問　77
曾禰好忠　375

た

高井几董　252
高野公彦　288
高野素十　108
鷹羽狩行　148
高橋新吉　311
高橋虫麻呂　206
高浜虚子　389
田上菊舎　251
高村光太郎　28
高安国世　337
高柳重信　278
高市連黒人　187
竹久夢二　216
但馬皇女　189
橘曙覧　286
谷川俊太郎　242
種田山頭火　42
田安宗武　186
炭太祇　241

ち

智恵内子　10
中古雑唱集　22
千代女　220

つ

塚本邦雄　185
土屋文明　147
坪野哲久　146

て

ディヴィナグラシア，J. J.　150
寺山修司　310

と

道元　20
土岐善麿　78
杜甫　184
富沢赤黄男　352
富小路禎子　291
富安風生　240

な

内藤丈草　350
中勘助　374
中城ふみ子　287
永田耕衣　67
長塚節　227
中原中也　145
中村草田男　183
中村憲吉　144
中村三郎　143
中村史邦　285
中村苑子　142
中村汀女　141
夏目成美　84
夏目漱石　21

に

西垣脩　239
二条のきさき　14
西脇順三郎　140
二歩只取　281

ぬ

額田王　230

の

能因法師　106
野沢節子　139
野沢凡兆　82, 285, 372
能村登四郎　138

は

誹風柳多留　348
萩原朔太郎　133
白居易　79
橋本多佳子　215
芭蕉→松尾芭蕉
長谷川櫂　86
服部嵐雪　238
花園院　284
塙保己一　371
馬場あき子　370
林原耒井　80
原阿佐緒　81
原石鼎　237
伴信友　346
半田良平　221

ひ

鄙廼一曲　47, 324
日野草城　236
平井照敏　258
広瀬惟然　345

ふ

福島泰樹　131
藤田湘子　208
伏見院　235
藤原家隆　229
藤原兼輔　344
藤原俊成　104
藤原俊成女　126
藤原定家　101

藤原敏行　228
藤原麿　343
藤原良経　132
ブッセ，カール　362
風土記歌謡　88
吹芡刀自　48
冬道麻子　309

ほ

星野立子　373
細見綾子　90
穂積親王　37
堀口星眠　92
堀口大學　40
凡兆→野沢凡兆

ま

前登志夫　182
前川佐美雄　308
前田普羅　19
前田夕暮　24
正岡子規　307
松尾芭蕉　82, 369
松平盟子　305
松根東洋城　39
松の葉　283
松本たかし　181
真鍋美恵子　129

み

水原秋桜子　368
三橋鷹女　304
三橋敏雄　213
源実朝　335
源俊頼　127
源通具　83
源頼政　30
壬生忠岑　18
宮柊二　89
三宅嘯山　250
明恵上人　50
三好達治　98

む

向井去来　367
武玉川　349
村上鬼城　342
紫式部　340
室生犀星　339

も

木喰上人　336
森鷗外　334
森澄雄　390
森亮　249

や

八木重吉　180
宿屋飯盛　280
山川登美子　85
山口誓子　212
山口青邨　247
山口素堂　100
山崎方代　332
山中智恵子　128
山上憶良　246

山部赤人　366

よ

横光利一　248
与謝蕪村　209
与謝野晶子　211
与謝野寛(鉄幹)　49
吉井勇　51
吉岡実　245
義孝少将　179
吉野秀雄　331
よみ人しらず　15, 62, 87, 99, 178, 191, 232, 233, 243, 244, 282, 322, 325, 330
四方赤良　279

り

李白　177
リベイロ，ヴィニシウス・T.　172
隆達小歌　176, 326, 328, 329
良寛　303
梁塵秘抄　43, 137, 174, 175, 302

わ

若山喜志子　333
若山牧水　306
渡辺水巴　91
渡辺直己　136
渡辺白泉　210

〔編集付記〕

本書は、大岡信『折々のうた　三六五日　日本短詩型詞華集』（岩波書店、二〇〇二年一一月刊行）を文庫化したものである。

（岩波文庫編集部）

折々《おりおり》のうた 三六五日《さんびゃくろくじゅうごにち》——日本短詩型詞華集《にほんたんしけいしかしゅう》

2024 年 12 月 13 日　第 1 刷発行

著　者　大岡信《おおおかまこと》

発行者　坂本政謙

発行所　株式会社 岩波書店
〒101-8002 東京都千代田区一ツ橋 2-5-5
案内 03-5210-4000　営業部 03-5210-4111
文庫編集部 03-5210-4051
https://www.iwanami.co.jp/

印刷・精興社　製本・中永製本

ISBN 978-4-00-312025-5　　Printed in Japan

読書子に寄す

――岩波文庫発刊に際して――

岩波茂雄

真理は万人によって求められることを自ら欲し、芸術は万人によって愛されることを自ら望む。かつては民を愚昧ならしめるために学芸が最も狭き堂宇に閉鎖されたことがあった。今や知識と美とを特権階級の独占より奪い返すことはつねに進取的なる民衆の切実なる要求である。岩波文庫はこの要求に応じそれに励まされて生まれた。それは生命ある不朽の書を少数者の書斎と研究室とより解放して街頭にくまなく立たしめ民衆に伍せしめるであろう。近時大量生産予約出版の流行を見る。その広告宣伝の狂態はしばらくおくも、後代にのこすと誇称する全集がその編集に万全の用意をなしたるか。千古の典籍の翻訳企図に敬虔の態度を欠かざりしか。さらに分売を許さず読者を繫縛して数十冊を強うるがごとき、はたしてその揚言する学芸解放のゆえんなりや。吾人は天下の名士の声に和してこれを推挙するに躊躇するものである。このときにあたって、岩波書店は自己の責務のいよいよ重大なるを思い、従来の方針の徹底を期するため、すでに十数年以前より志して来た計画を慎重審議この際断然実行することにした。吾人は範をかのレクラム文庫にとり、古今東西にわたって文芸・哲学・社会科学・自然科学等種類のいかんを問わず、いやしくも万人の必読すべき真に古典的価値ある書をきわめて簡易なる形式において逐次刊行し、あらゆる人間に須要なる生活向上の資料、生活批判の原理を提供せんと欲する。この文庫は予約出版の方法を排したるがゆえに、読者は自己の欲する時に自己の欲する書物を各個に自由に選択することができる。携帯に便にして価格の低きを最主とするがゆえに、外観を顧みざるも内容に至っては厳選最も力を尽くし、従来の岩波出版物の特色をますます発揮せしめようとする。この計画たるや世間の一時の投機的なるものと異なり、永遠の事業として吾人は微力を傾倒し、あらゆる犠牲を忍んで今後永久に継続発展せしめ、もって文庫の使命を遺憾なく果たさしめることを期する。芸術を愛し知識を求むる士の自ら進んでこの挙に参加し、希望と忠言とを寄せられることは吾人の熱望するところである。その性質上経済的には最も困難多きこの事業にあえて当たらんとする吾人の志を諒として、その達成のため世の読書子とのうるわしき共同を期待する。

昭和二年七月

《日本文学（古典）》〔黄〕

古事記　倉野憲司校注
日本書紀　全五冊　坂本太郎・家永三郎・井上光貞・大野晋校注
万葉集　全五冊　佐竹昭広・山田英雄・工藤力男・大谷雅夫・山崎福之校注
竹取物語　阪倉篤義校訂
伊勢物語　大津有一校注
玉造小町子壮衰書 ―小野小町物語　杤尾武校注
古今和歌集　佐伯梅友校注
土左日記　紀貫之　鈴木知太郎校注
蜻蛉日記　今西祐一郎校注
紫式部日記　池田亀鑑・秋山虔校注
紫式部集　付 大弐三位集・藤原惟規集　紫式部　南波浩校注
源氏物語　全九冊　柳井滋・室伏信助・大朝雄二・鈴木日出男・藤井貞和・今西祐一郎校注
源氏物語補作　山路の露・雲隠六帖　他二篇　今西祐一郎編注
枕草子　池田亀鑑校訂
和泉式部日記　清水文雄校注
更級日記　西下経一校注

今昔物語集　全四冊　池上洵一編
堤中納言物語　大槻修校注
西行全歌集　久保田淳・吉野朋美校注
建礼門院右京大夫集　付 平家公達草紙　久松潜一・久保田淳校注
拾遺和歌集　小町谷照彦・倉田実校注
後拾遺和歌集　久保田淳・平田喜信校注
金葉和歌集　川村晃生・柏木由夫・伊倉史人校注
詞花和歌集　工藤重矩校注
古語拾遺　斎部広成撰　西宮一民校注
王朝漢詩選　小島憲之編
新訂 方丈記　市古貞次校注
新訂 新古今和歌集　佐佐木信綱校訂
新訂 徒然草　西尾実・安良岡康作校注
平家物語　全四冊　梶原正昭・山下宏明校注
神皇正統記　北畠親房　岩佐正校注
御伽草子　全二冊　市古貞次校注
王朝秀歌選　樋口芳麻呂校注

定家八代抄 ―続王朝秀歌選　全二冊　樋口芳麻呂・後藤重郎校注
閑吟集　真鍋昌弘校注
中世なぞなぞ集　鈴木棠三編
千載和歌集　久保田淳校注
謡曲選集　読む能の本　野上豊一郎編
おもろさうし　外間守善校注
太平記　全六冊　兵藤裕己校注
好色一代男　井原西鶴　横山重校訂
好色五人女　井原西鶴　東明雅校註
武道伝来記　井原西鶴　横山重・前田金五郎校注
西鶴文反古　井原西鶴　片岡良一校訂
芭蕉紀行文集　付 嵯峨日記　中村俊定校注
芭蕉 おくのほそ道　付 曾良旅日記・奥細道菅菰抄　萩原恭男校注
芭蕉俳句集　中村俊定校注
芭蕉連句集　中村俊定・萩原恭男校注
芭蕉書簡集　萩原恭男校注
芭蕉文集　潁原退蔵編註

芭蕉俳文集 全二冊　堀切実編注

芭蕉自筆 奥の細道　上野洋三・櫻井武次郎校注

蕪村俳句集 付 春風馬堤曲 他二篇　尾形仂校注

蕪村七部集　伊藤松宇校訂

近世畸人伝　伴蒿蹊・森銑三校註

雨月物語　上田秋成・長島弘明校注

宇下人言・修行録　松平定信・松平定光校訂

新訂 一茶俳句集　丸山一彦校注

一茶 父の終焉日記・おらが春 他一篇　矢羽勝幸校注

増補 俳諧歳時記栞草 全二冊　曲亭馬琴編・藍亭青藍補・堀切実校注

北越雪譜　鈴木牧之編撰・京山人百樹刪定・岡田武松校訂

東海道中膝栗毛 全二冊　十返舎一九・麻生磯次校注

浮世床　式亭三馬・和田万吉校訂

梅暦 全二冊　為永春水・古川久校訂

百人一首一夕話 全二冊　尾崎雅嘉・古川久校訂

こぶとり爺さん・かちかち山 ―日本の昔ばなしⅠ　関敬吾編

桃太郎・舌きり雀・花さか爺 ―日本の昔ばなしⅡ　関敬吾編

一寸法師・さるかに合戦・浦島太郎 ―日本の昔ばなしⅢ　関敬吾編

芭蕉臨終記 花屋日記 付 芭蕉翁終焉記・前後日記・行状記　小宮豊隆校訂

醒睡笑 全二冊　安楽庵策伝・鈴木棠三校注

歌舞伎十八番の内 勧進帳　郡司正勝校注

江戸怪談集 全三冊　高田衛編・校注

柳多留名句選　山澤英雄選・粕谷宏紀校注

松蔭日記　上野洋三校注

鬼貫句選・独ごと　復本一郎校注

井月句集　復本一郎編

花見車・元禄百人一句　雲英末雄・佐藤勝明校注

江戸漢詩選 全二冊　揖斐高編訳

説経節 俊徳丸・小栗判官 他三篇　兵藤裕己編注

墓地展望亭・ハムレット 他六篇　久生十蘭
六白金星・可能性の文学 他十一篇　織田作之助
夫婦善哉 正続 他十二篇　織田作之助
わが町・青春の逆説　織田作之助
歌の話・歌の円寂する時 他一篇　折口信夫
死者の書・口ぶえ　折口信夫
汗血千里の駒 坂本龍馬君之伝　坂崎紫瀾　林原純生校注
山川登美子歌集　今野寿美編
日本近代短篇小説選 全六冊　紅野敏郎・紅野謙介・千葉俊二・宗像和重・山田俊治編
自選 谷川俊太郎詩集
訳詩集 白孔雀　西條八十訳
茨木のり子詩集　谷川俊太郎選
第七官界彷徨・琉璃玉の耳輪 他四篇　尾崎翠
大江健三郎自選短篇
M/Tと森のフシギの物語　大江健三郎
キルプの軍団　大江健三郎
石垣りん詩集　伊藤比呂美編

漱石追想　十川信介編
荷風追想　多田蔵人編
鷗外追想　宗像和重編
自選 大岡信詩集
うたげと孤心　大岡信
日本の詩歌 その骨組みと素肌　大岡信
詩人・菅原道真 —うつしの美学　大岡信
日本近代随筆選 全三冊　千葉俊二・長谷川郁夫・宗像和重編
山之口貘詩集　高良勉編
原爆詩集　峠三吉
竹久夢二詩画集　石川桂子編
まど・みちお詩集　谷川俊太郎編
山頭火俳句集　夏石番矢編
二十四の瞳　壺井栄
幕末の江戸風俗　塚原渋柿園　菊池眞一編
けものたちは故郷をめざす　安部公房
詩の誕生　大岡信　谷川俊太郎

鹿児島戦争記 —実録 西南戦争　篠田仙果　松本常彦校注
東京百年物語 一八六八〜一九〇九 全三冊　ロバート・キャンベル　十重田裕一　宗像和重編
三島由紀夫紀行文集　佐藤秀明編
若人よ蘇れ・黒蜥蜴 他一篇　三島由紀夫
吉野弘詩集　小池昌代編
開高健短篇選　大岡玲編
破れた繭 耳の物語1　開高健
夜と陽炎 耳の物語2　開高健
色ざんげ　宇野千代
老妓マノン・脂粉の顔 他四篇　宇野千代　尾形明子編
明智光秀　小泉三申
久米正雄作品集　石割透編
次郎物語 全五冊　下村湖人
まっくら 女坑夫からの聞き書き　森崎和江
北條民雄集　田中裕編
安岡章太郎短篇集　持田叙子編
俺の自叙伝　大泉黒石

《別冊》

増補 フランス文学案内　渡辺一夫・鈴木力衛

増補 ドイツ文学案内　手塚富雄・神品芳夫

ことばの花束 —岩波文庫の名句365—　岩波文庫編集部編

愛のことば —岩波文庫から—　岩波文庫編集部編

世界文学のすすめ　大岡信・奥本大三郎・川村二郎・小池滋・沼野充義編

近代日本文学のすすめ　大岡信・加賀乙彦・菅野昭正・曾根博義・十川信介編

近代日本思想案内　鹿野政直

近代日本文学案内　十川信介

ポケットアンソロジー この愛のゆくえ　中村邦生編

スペイン文学案内　佐竹謙一

一日一文 英知のことば　木田元編

声でたのしむ 美しい日本の詩　大岡信・谷川俊太郎編

岩波文庫の最新刊

大岡 信著

折々のうた 三六五日
—日本短詩型詞華集

現代人の心に響く詩歌の宝庫『折々のうた』。その中から三六五日それぞれにふさわしい詩歌を著者自らが選び抜き、鑑賞の手引きを付しました。〔カラー版〕 〔緑二〇二-五〕 定価一三〇九円

池澤夏樹訳

カヴァフィス詩集

二〇世紀初めのアレクサンドリアに生きた孤高のギリシャ詩人カヴァフィスの全一五四詩。歴史を題材にしたアイロニーの色調、そして同性愛者の官能と哀愁。 〔赤N七三五-一〕 定価一三六四円

太宰 治作／安藤 宏編

走れメロス・東京八景 他五篇

誰もが知る〈友情〉の物語「走れメロス」、自伝的小説「東京八景」ほか、「駈込み訴え」「清貧譚」など傑作七篇。〈太宰入門〉として最適の一冊。（注・解説＝安藤宏） 〔緑九〇-一〇〕 定価七九二円

ゲルツェン著／金子幸彦・長縄光男訳

過去と思索（五）

家族の悲劇に見舞われたゲルツェンはロンドンへ。「四八年」が遠のく中で、革命の夢をなおも追い求める亡命者たち。彼らを見る目は冷え冷えとしている。（全七冊） 〔青N六一〇-六〕 定価一五七三円

……今月の重版再開……

アナトール・フランス作／大塚幸男訳

神々は渇く
〔赤五四三-三〕 定価一三六四円

J・S・ミル著／大内兵衛、大内節子訳

女性の解放
〔白一一六-七〕 定価八五八円